憤怒的吳自立

歐陽昱 著
Ouyang Yu

序

乜人

人因何存在，為何存在，是個沒有答案的終極問題。更為吊詭的是，在問題遠沒有答案的今天，人本身成了確定無疑的「問題」。小說《憤怒的吳自立》（下稱《憤怒》）中的主人公吳自立，就他自己的個案，有他自己的看法：他的存在是一場意外。「他們從來沒有打算生我，他們談情說愛，偷偷摸摸地亂搞，只是為了尋歡作樂，消磨無聊的時光，互相滿足彼此披上偽裝的獸慾。」作為他人亂搞的副產品，他的出生是「造化的報應」。他是不被需要的人。他的存在「不是為了幸福，而是為了痛苦，不是為了給予幸福，而是為了破壞幸福。」

作為「問題」存在的吳自立，對世界充滿厭倦，終日冥想死亡，只想一死了事。這樣的小說，主人公徘徊在瘋狂的邊緣，鐘擺般晃動在現實與幻覺的兩端，是剖開傷口給人看，鮮活得近乎血淋淋的閱讀體驗。小說採用的是自述體，直接的文字也許不是最好的文字，無疑是有力的文字，消解心靈的文字，將心底裡明的暗的都翻出來，七零八落攤在黑白紙面上，讓讀者直面各自隱藏在潛意識下意識角落旮旯裡的那個吳自立。或者是因著這樣的誘惑，這樣的主題，這樣「如射精般具有衝擊力的後現代行文特質」的文字，當歐陽昱兄提議我為本書的臺灣版寫序，我惟有欣然受命。

說回小說主人公吳自立，他相信自己的出生是意外，作為人的存在純屬偶然。「我沒有理由。這個世界本身就是沒有理由的」童年的吳自立生長在高度污染的惡劣環境，「我家門口那條河，腐爛發臭，黑如木炭，每到夏季，河面在毒日的照耀下，發出令人窒息的光芒，黃昏給翻白的魚肚子上塗了一層鮮紅的血，大人小孩受不了惡臭的蒸騰，隨地嘔吐著。」他是社會跟家庭暴力的雙重犧牲品，「常常受人欺負，挨打受罵，而第一個打罵我的人就是我的父母親。」長大後的吳自立上了大學，在以灌輸標準答案為己任的專制主義教育體系裡，所謂的大學早已精神破產，是個「腐爛得流膿的地方」。二十一歲的大學生吳自立認定了他所出生的這個時代「不是愛情的時代，而是慾望的時代」，在這樣的時代裡「生是渺小的，死才偉大」。他終日沉浸在對人情世態的仇視和憤怒，企圖通過自我毀滅來毀滅這個他與之不能相容的世界，反復設計一種盡可能完美的自殺方式。

書讀到一半，沒患感冒的讀者應該能嗅到濃烈的存在主義氣息。吳自立的精神危機是其作為問題存在，受困於人之存在問題，最終墮入問題深淵的典型個案。人自始至終不能主宰自身存在的命運。人之生死，皆非出於人的意願：生而為人，不是人的選擇；為人必死，亦只能被動接受。這樣自始至終的被動性，在這場沒有誰能夠活著走出去的旅程中，決定了人自始至終挫敗的命運。人被毫無理由地拋到這個世界上來，如果真有什麼目的，那就是在給定的生存境遇裡完成給定的命運。借用存在主義的宣導者們的說法：存在是被給定的。

傳統小說裡，或者說在大眾化寫作中，有一個被反反覆覆敘述的主題：愛的救贖。愛情故事越是天方夜譚般的傳奇浪漫，越是被賦予喚醒人性，扭轉命運的力量。從這個角度上看，《憤怒》遠不是為大眾寫作的作品。正如作者所言，寫作的目的「在於深入地進入人性和孕育該人性的社會，從不同的角度以不同的寫法探討不同的問題。」作為一本刻下存在主義意識烙印的模本小說，愛情不會是重構人心的推動力。在世界這座倒塌了的房子中，人惟有通過自身選擇走出生之荒謬。

吳自立是「以死人的眼光」觀察活人世界的人。他不可能與周遭世界發生真實的關係，不管對象是同性還是異性。因為真實的關係意味彼此的接受，於吳自立們，被生活接受，反而是不可接受的痛苦。吳自立認為，男人是不可能和女人完美和諧地生活的。性慾上能夠溝通，精神上便被堵塞，心靈上能夠溝通，肉體上又無法結合。吳自立唯一的男女之情，是與一個「醜女」的苟合，原因是因為她也是一個沒人愛的人。無論是否合適，我還是要將這部小說與亨利·米勒的《南回歸線》相提並論。就描寫性、性壓抑與不雅語言的使用上，兩部作品都不像是寫在稿紙，而是描畫在汗跡斑斑的床單上，儘管本質上它們都是嚴肅的作品，不是要挑逗情慾。兩部作品的主人公都追隨尼采式超人的生命意志，不同的是《南回歸線》呈現更為廣闊的歷史與文化視野。在亨利・米勒自由馳騁，汪洋恣肆的精神世界裡，主人公隨身帶著活生生的陽具，以無所畏懼的冷漠蔑視道德、諷刺宗教、擯棄理性，表現出狂妄的放縱和近乎瘋狂的歡欣。依著佛洛德指引的昇華之路，亨利・米勒筆下的性慾是積極的力量，生命本真的衝動，創造的原動力。《憤怒》裡東方專制體制下的吳自立，如同他的先輩，比如魯迅筆下的狂人，儘管身上有著精神先鋒的特色，更多的是激憤悲苦，在失落、沮喪、萬念俱灰的情緒中每天面對味同嚼蠟的生活。如同作者無意圍繞「性」做文章，吳自立拽上床的只是泄慾的代用品，是他自我確認的道具。不管是情還是性，都沒有扭轉乾坤。吳自立說，「你摸摸這顆心，冷得比冰還冷，硬得比鋼還硬，簡直再沒有什麼可以點燃它，融化它了。」

這是一個沒有希望的世界。房屋倒塌了，活在斷垣殘壁的人需要獨自找到生存之道。但只要吳自立還在尋找，哪怕是在尋找一種完美的告別世界的方式，作為孤獨個體的他就是在反抗荒誕的存在狀態。面對這個荒謬的世界，吳自立選擇了沉默的抗議。「我扮演的角色是酒店自斟自飲的酒徒，沒有臺詞，沒有道白，甚至連自言自語都沒有。」而隨著這部被作者「有意打亂了其邏輯構成」（作者語），在其後半部失去故事，最終連情節也溶解消散的作品裡，讀者或者對這樣的沉默的意指與力量會有所感悟。解讀一個在精神的極限上自我摧殘的人，閱讀者自己也在袒露內心，赤裸著身子。在這個層面上理解此書，作者近乎冷酷的野蠻書寫自有他難言的溫柔。正如吳自立所言：「我已經厭倦了這種無休無止的思想，我覺得人與獸之別並不在於人有思想感情而獸沒有，而在於人是能行動的，是能運用思想行動的。」

於吳自立，惟借助肉體的毀滅得以逃避荒誕，因為唯有徹底的死亡可以終結無意義無價值的人生。於作為旁觀者的讀者眼中，無可救藥的悲觀厭世的背面，站著的或許是無可救藥的理想主義者。他不能見容於現存的價值體系，嚮往人的返樸歸真，拒絕供奉虛幻的教義、虛偽的道德。

描述人群中困獸的書不會是可以輕鬆消費的讀物。作為一本自述體小說，無須也無從借助曲折隱晦的象徵手法暗示主人公嚴酷的心理現實，而是一覽無餘地呈現撕裂的傷口，人性黑暗的荒野。主人公走在真實與幻覺的邊緣，不時呈現精神分裂、妄想或自虐狂的種種症狀。幻覺的潛在力量，是他一次次恥辱和挫敗後重新確立自我的唯一途徑。吳自立尋找的那位自伐者說，「人生是座大牢，天網恢恢，想逃是逃不掉的。哪怕是最善良最無罪的人，也得坐這無期徒刑。」作為吳自立的同時代人，我們生活在民族歷史特定的關節點上，經歷同樣的心靈陣痛。世界的悲劇不在於悲劇本身，而在於在自我麻醉的狀態下，人人過著平靜而絕望的生活。人的不滿要好於豬的滿足。同影子搏鬥的吳自立陷入與周遭世界的對立和較量，與命運無休止的鬥爭。「我們曾一次又一次叩響命運的大門，又一次次地遭到慘敗。」吳自立說，「多少次我們詢問蒼天和大地，人生意義在哪裡？結果越問越糊塗。」他的生活是對絕望的反抗，更是一場無盡的逃亡。

薩特在《我的自傳——文字的誘惑》裡說：「無神論乃是一項長期而殘酷的事業……」活在無神論世界裡的吳自立們，生無所望，死無所歸，黑暗的盡頭不會有光。作為「問題」本身的人不可能掌握生死的奧祕。在信仰的荒漠裡，沒有絕對真實的世界。

薩特是在信仰蓬勃的無垠綠洲之間說這番話的。在信仰自由與寬容之地，他津津樂道並實踐的無神論倒像是高爾夫球場間的小小沙池，不過是令人眼前一亮的愉悅挑戰。而失去任何信仰立場的吳自立，還有作為讀者的我們，在被取消了希望的人生裡，將與時光一道逝去。

在這個層次上解讀本書，憤怒的吳自立讓我感動起來。

二〇一五年一月四日星期日

《憤怒的吳自立》二〇一六年臺灣版序

歐陽昱

當我二〇一五年九月正式步入六十歲時，我也正式宣布歸零，之前那個名叫「歐陽昱」的人，已經不復存在了。這樣一來，我用冷眼看到的他，反而更加清楚具體了。

這部小說的正式動筆，是在一九八九年六月四日的晚上。那時，我在上海華師大讀英澳文學碩士研究生。那個晚上，當幾乎所有的學生都圍在一台台電視機前，觀看發生在天安門廣場的那場史無前例的場面時，我，或者離三十四歲還差三個多月的「歐陽昱」，拿著稿紙和鋼筆，走進了空空蕩蕩，只有兩三個還在不知疲倦看書的學生的階梯教室，提筆寫下了第一段話：

我今年才二十一歲，這個世界對我來說已經失去了全部意義，我對它不惟感到失望、憤怒、而且憎恨。我現在唯有一個願望：自殺。我不能將整個世界毀滅，而世界卻能輕而易舉地將我扼殺：每人只要吐一口唾沫就能把我淹死。與其被大眾的臭屁熏死，濁尿灌死，不如趁早結束自己的生命，從而以自我的告終宣告世界的告終。

後來，也就是十年後的一九九九年年底，當所有的投稿都被退稿之後，當時在北京大學作為澳大利亞Asia Link住校作家的「歐陽昱」，找到中島並通過他，把這本全世界都拒絕發表的長篇小說，用自費方式在我主持的原鄉出版社出版了。

這本小說沒有任何驕人的紀錄，未獲任何大獎[1]，沒有大賣，連小賣都沒有，只有那個關於中島連夜把書偷運到我住處的記憶，那個關於一個寒風刺骨的北京上午，我跟大雁把書裝箱，通過海關寄到澳大利亞的記憶，那個每年帶回中國數本或十數本，一本本送人、一本本不再被任何人提起的記憶。如果寫書就是寫輸，出書就是出輸，這本書就是最好的證明。

時隔二十六年（離正式下筆寫書時）、十六年（離正式自費出版時），我在網上看到了一些評論，一些我從來都沒有關注過的評論，因為我以為，書已死，寫書的人

[1] 除了二〇〇一年獲臺灣華僑救國聯合總會華文著述獎文藝創作項小說類佳作獎之外。

也已故。

我想引用若干，以饗讀者：

迄今為止，真正可以稱得上是現代主義小說的恐怕只有一部，那就是歐陽昱的《憤怒的吳自立》。該作品，無論從主題還是從創作手法，都是典型的現代主義「天書」式小說，可以說這是澳洲華人文學歷史上唯一的一部現代主義小說。其他的所謂現代主義作品，大多是從作品的主題和傳達的世界觀進行歸類的，都沒有現代主義的創作手法。[2]

這是一個澳大利亞華人作家的評語。另一位澳大利亞華人評家如此評道：

「死亡」意識似乎是歐陽昱情有獨鍾的藝術思考角度，顯示了他不屑世俗的文人傲骨及憂患意識，讓他的《憤怒的吳自立》這部作品在人生的思考、哲學的

[2] 參見海洛英：《現代主義和現實主義的澳洲之爭》：http://blog.boxun.com/hero/2007/hailuoyingwenji/1_1.shtml

探討上，達到了一定的深度。[3]

中國詩人楊邪在提到《憤怒的吳自立》時說：

> 在詩歌創作上，歐陽昱無疑是「先鋒」的，而在創作小說時，歐陽昱似乎更是找到了一種藝術手法上的「狂歡」——當別的小說家在努力營造小說的可讀性的時候，他卻在蓄意破壞，好像不是在希冀小說走向大眾而恰恰是背道急馳。[4]

個人以為，這本書其實還是一本現實主義的作品，只是以後現代方式寫出來罷了，其故意沒有故事情節，但仍有故事的故事梗概是，大學生吳自立在七〇年代末、八〇年代初就讀大學期間，以日記、筆記、詩歌、對話等方式，詳細記錄了他對那個時代人情、愛情、感情、世情、父子情、母子情等錯綜複雜的世態和世象的觀察，並

---

3 參見何與懷：《澳華文學是一塊不斷崛起的新大陸（五）》：http://www.au123.com/literature/studies/20150825/288300.html

4 參見其《幾個標本、一柄標杆》：http://blog.sina.com.cn/s/blog_4b4cf1de0102e9kt.html

在對一系列自殺人物靈魂的追問和拷問過程中，不斷發個人之幽思並開掘思想深處的礦藏。最後通過尋找一位不知名的、似患憂鬱症的日記者而逐漸擺脫了無時不刻纏繞著他的自殺念頭，走向了某種樂觀主義，為自己的生命點燃了一絲生機。

這部小說雖然不按常規寫作，但仍充滿微型小說和故事，並不是連片段都看不懂的「天書」，如「號碼鎖」一段：

我老跟人說，別用號碼鎖。我有一次在箱子裡找一封舊信，箱子用號碼鎖鎖著，可我無論如何想不起來是多少號，別人也幫不了我的忙，號碼鎖嘛，只有你本人才知道號碼的祕密，再說為了以防萬一，你甚至都沒在筆記本或日記裡標下這個號碼，一來筆記本和日記本用過就換新，一本本轉抄號碼太麻煩，二來免得被人翻看的時候抄走。我急得不行，像便祕的人一樣，怎麼也想不出那個號碼，最後我橫一橫心，找了半截磚頭，把鎖砸了，當鎖在磚頭的沉重打擊下癟下去，發出哀叫，身首分家的最後那一剎那，號碼奇跡般地出現在腦海，豈止在腦海，完全就擺在眼前！39681。可是，號碼鎖已經砸得稀爛。

據我所知，從A到B到D到C一直到Z的那種寫法，是「歐陽昱」一向不屑於為之的。他想做到的是，要寫就要寫得絕對不像任何別的人。一言以蔽之，凡是傳統加在寫作者身上的枷鎖，都要砸得稀爛，讓故事走出故事，把小說寫成詩。即使如此，小說中的那些小小說和小故事，還是層出不窮，並非讀不懂。例如，吳自立想擺脫人世，在山中度過一生，卻在廬山又落進人的濁流：

這就是為什麼我去廬山的緣故。我想離開人世，離得越遠越好，最好到一個終年不見人影的地方，可是我的錢只允許我到廬山去一趟。於是我去了，滿以為深山老林中會得到暫時的寧靜，忘掉我所認識的一切人，卻不料又鑽進另一個陷阱之中，那年盛夏，山上的人比哪兒都多，學校所有的教室全都騰出來做了臨時客店還不夠，每到晚上，街上都看見三三兩兩的人在露宿，橫在那兒像屍體一樣。人們在清晨呼出的氣息集合起來，形成濃霧，填滿了溝溝壑壑，清溪中淌下便紙和被糞便染黃的水波。我在一個小攤排隊等吃涼麵，一個樣子兇狠的婦人口裡不乾不淨地大罵，這是什麼雞巴麵，連佐料都沒得！老闆陪著笑臉送上一瓶味精，那女人將筷子頭塞進瓶裡，蘸了一筷子頭味精，含在嘴裡嚐嚐，又罵開了，他娘的，這裡面摻了麵粉，一點狗屁味兒都沒得！老闆也不知是沒聽到還是怎麼，沒有回頭，那女人趁機抓起味精瓶，反過來就往自己碗裡倒，把一瓶味精全傾瀉進碗中，還一邊罵罵咧咧地說，二兩麵要三毛錢，老子非把本賺回來不可！我真佩服她，最後還是把那碗想必鹹得可以醃菜的麵全部硬著頭皮咽了下去，滿足地走了。從那以後我堅信，現在世上只有兩種人，一種是老闆那種不顧一切、以次充好，能撈多少算多少的，一種是吃客那種付人一分錢，就要撈回十厘利的東西。

這一個個萬花筒式排列組合的小故事，形成了這部小說的主幹，構成了它的現實主義疆域和經濟基礎，但籠罩在這一切之上的制度霧霾，則是吳自立觀察和審視的現實主義（從來都不是虛幻、也不是虛構）的對象，因為對他來說，那個時代的那個國家，從根本上來說是一座大牢。他借一個曾在邊防線當過兵的朋友之口，意識到必須把自己的所有文字銷毀，才能保全性命：

他說，人生是座大牢，天網恢恢，想跑是跑不脫的。哪怕是最善良最無罪的人，也得坐這無期徒刑。天呀，我得趕快把這些信也給燒掉，否則，一旦死後被人辨認出他的字跡和單位，他那小命是難以保全的。還有什麼呢？我想，再沒有什麼了，我以及我身外的一切都不重要，我可以把它們隨便亂扔，扔到哪算哪，可是，誰要是動一下它們，我又會感到無比憤怒，比如有一天我把日記扔在桌上，同學好奇，想看一眼，我勸阻了他幾次，他嬉皮笑臉，一定要看，我心想，你既然這麼想看，那你就看吧，可他看了幾行就丟下了，把我氣得渾身汗炸！他無非是想知道我的日記裡有沒有那些涉及男女私情的東西罷了，這個婊子養的，我可以嚴正地告訴他，老子對男女私情不感興趣。

這一點，特別表現在對毛澤東曾經住過的武漢東湖的「梅嶺一號」的態度上，正如吳自立對他「父親」所說：「『這房子象牢獄一樣』，繞過那座堅石壘成的奶黃色別墅時，我說。……」

吳自立還通過一個詩人朋友的叛逃經歷觀察到，他生活的那個社會不啻是一個「告密」社會：

我實在太累了，感到無法再寫下去，我的生命應該在此結束，然而，我總感到有些意猶未盡，好像心靈中還有一個擔子未卸，我知道那是什麼。他叛逃前留給我的一束詩稿。那件事早在他出逃之前我就已有所聞，是他自己告訴我的。當時我如果告發他，不說當官，起碼可撈一筆不小的獎金。我身邊周圍現在這種靠告密過日子的東西實在不少，形成惡性循環，你背後告我，我背後告你，誰不告誰吃虧，誰先告誰為強，整個社會人與人之間形成了一個巨大的告密系統，他人即我的間諜。我沒告。我不想為此出名，也不想為此得利。當然，他顯然對我抱有戒備，只含含糊糊地說，他可能不會回來，也可能根本不會出去，其實用不著他多說，從他緊盯住我、觀察我表情的眼神中就可看出他的意圖。我並不多問，只問他走之前有沒有什麼交代。於是，那束詩稿和那句話：有可能的話，替我發表。

吳自立對共產主義的理想，也是極度厭惡的：

卡片盒中那一張張慘白如墓碑的卡片上全是有關社會主義共產主義理論的字樣，令我噁心不已，不知怎麼，我對這些書籍厭惡至極，也許是大考複習政治給我留下的壞印象太深了的緣故，現在只要見了唯物主義辯證法一類字樣的書，我就頭暈腦脹、渾身發軟，彷佛立刻要昏暈過去，我想起那個炎熱的酷暑，懷揣兩個乾巴巴的油餅，從早到晚貓在一座密匝匝的樹林子裡，受著毒花蚊子的叮咬，拼命往腦中充塞那些——什麼我都記不得了！真可怕，我一個人倒還沒什麼，全國所有大學幾百萬學生都這樣曠日持久地複習，把最美好的光陰浪費在死記硬背這些過目即忘的教條上，這是對人力對青春的極大浪費和犯罪！我並沒洩氣，繼續尋找著，但始終找不到我心目中所要尋求的幾個哲學家的著作。我並不感到遺憾，反而大大松了一口氣，讓我永遠地忘掉這滅絕人性的哲學吧！面孔板得鐵青的哲學家使我望而生畏。我想完全靠自己的腦力思索出真理，能使絕大多數人幸福。

很多評家在看這部作品時，沒有看到或故意不看到「歐陽昱」通過吳自立這個形象，對該人物社會所彰顯的批判精神，這等於是在拒絕發表之後，第二次堵住吳自立們的嘴巴。這個被定性為「不合出生在今生今世」的人，難道不能讓人們從這樣的文字中，聽到弦外之音嗎？

吳自立對現代生活，也充滿了厭惡和仇恨，如他筆下一段文字所呈示的那樣：

真可恨，這電視機裡傳來的槍炮聲。這些象徵著人類互相殘殺的血腥的聲音什麼時候才能消失淨盡呢？連在和平時期也不讓人得到片刻寧靜。心裡頭煩悶死了。遠處工廠煙囪噴出強大的氣流，聲音隨風而至，跟密集的機槍聲差不了多少。你為什麼這樣仇恨戰爭？你為什麼這樣仇恨工業？你為什麼這樣仇恨城市？你為什麼這樣仇恨現代生活？一個道貌岸然的聲音冷冰冰地問。我仇恨任何形式的戰爭，因為它是毀滅性的、災難性的，交戰對於雙方都是一樣。我仇恨工業，因為它破壞污染了美麗的大自然，也破壞污染了人類的心靈。我仇恨城市，因為它使人的私欲無限制地集中、飽和、膨脹，使人更加自私自利、殘酷無情。我仇恨現代生活，因為它使人窒息、受束縛、受壓抑、扼殺個性、扼殺真正的友誼和愛情，它把人類四分五裂。

我們不必引用所謂的「西方大師」的名言來證明什麼。我們只須從吳自立的筆下，就可以約略瞭解到，對現代文明的仇視，並不是某個或某些「西方大師」思索和引進的結果，而是每一個真正對現代文明進行過思考並願意以筆記錄下來的中國人，都會不約而同得出的結論。生活在八〇年代的中國青年人，也不乏吳自立這樣的，他們像吳自立一樣：

只要能夠自由自在地思想，哪怕吃糠咽菜，他也在所不惜。他不能容忍在思想上受人支配，被人牽著鼻子走，他願意在同等地位上對一切思想進行選擇取捨，按照自己的理解和興趣。然而，在這個地方，人無法自由地思想。

這不是批判現實主義又是什麼？但在這樣一個時代和這樣一個國家，可以接受批判外國的現實主義作品，但絕對不能接受批判本國的現實主義作品。因此，吳自立哀歎道：「按我原來的意思，人實在生下來沒有舌頭和大腦的好。有這兩樣東西，你又哪裡敢想，哪裡敢說呢？因此，活著不如死了。」

至於愛情，這個早已被重度污染的詞彙，也絕不會逃過吳自立的亮眼和亮劍，絕不為其披上溫情脈脈的小無產階級情調。需要提及的是，澳大利亞女權主義作家Germaine Greer早在一九七〇年出版的*The Female Eunuch*（《女太監》）這本書中，就提出了這樣一個口號：「如果獨立必須伴隨自由，女性就絕不能結婚。」[5]吳自立對戀

---

[5] 英文原文在此 "if independence is a necessary concomitant of freedom, they must not marry"，出處參見：https://books.google.com.au/books?id=1ZWAlI5mYowC&pg=PA200&lpg=PA200&dq=germaine+greer:+woman+must+not+marry+to+be+independent&source=bl&ots=KI5zk_bcgD&sig=xxp2cU_

愛婚姻的態度，在沒有讀過這本書的時候八〇年代初就已形成。他寫道：

我想好了，我這一生決不結婚，建立家庭，也決不要小孩，如果真有女人愛我，我也愛她，就讓我們保持若即若離的關係，以避孕藥物來安全地維持我們之間的性生活，根據我的觀察，好像到目前為止，還沒有一個這樣的女人。不過，我願意等下去。如果四十歲相當於過去的六十歲，而我註定只能活六十歲的話，不自殺的話，那我還有二十年好活，說得準確一些，十九年零四個月。

而吳自立（無自立）陰鬱的一大來源，就是社會對個人的埋沒，如他反復悲歎的那樣：

「……（啊啊，可怕，太可怕了！在這兒，沒有個人！沒有個人！沒有個人！沒有個人！沒有個人！沒有個人！沒有個人！沒有個人！沒有個人！不允許個

---

zO5Xh_f0hDAMK1RgRiJc&hl=en&sa=X&ved=0ahUKEwj_tdfOx93JAhUBGaYKHf2CDZQQ6AEIDAF#v=onepage&q=germaine%20greer%3A%20woman%20must%20not%20marry%20to%20be%20independent&f=false

人的存在！不允許個人的存在！不允許個人的存在！我不存在！我不存在！我不存在！我不存在！我不存在！我生活在括弧之中！我生活在括弧之中！我生活在括弧之中！我已經死了，死了一百次，一千次，一萬次，我已經死了一億次。我和周圍所有的人毫無區別，整天為了前途未卜的目標而忙碌，完全忽視了生活中最本質、最珍貴的精髓。你想把自己變成什麼？小爬蟲嗎？那個在日光燈管上結網的小蜘蛛嗎？守在那兒等待蚊蟲落網。可是，這是冬天，蚊蠅全凍死了。你等什麼？你將在等待中餓死，你這可憐而無告的小蜘蛛！我愛人類，愛周圍的生活，可是，我的愛心卻連半毫米也移不出胸腔，它只是狂暴地地在胸腔中跳動，啊啊，這鎧甲一樣的軀殼呀！這鋼壁一樣的皮囊！這頭，這手，這臉，這牙，這一切彷彿全用花崗岩刻成。眼看得分明，絞索吊在前面，從天頂垂下，套子已結好，圓圓地吊著，只要伸出頭去，便可套住，於是，生命結束，一個毫無用處的生命結束了，既不會引來一絲歎息，也不會招來半點同情。大笑，世界仍然虛偽地大笑著前進。把它悲慘的死拋在身後，踏成爛泥，用它虛偽的笑容的陽光曬乾，用瘋狂旋舞的鐵掌踏平，踩向一條通往什麼主義的路。可是，我不得不學會虛偽。我不得不用無情的利刀將每天新生的浪漫的嫩芽刈去，直至我的心成為一片荒漠，一片焦土。我反倒轉憂為喜。因為，在這片沙漠上，再也不會殘留任何東西了。誰也別想在上面刻下任何崇高的思想、主義了！它是一片流沙，在風暴下，眨眼便卷走一切，露出堅硬如鋼的地面——」

八〇年代，中國才剛剛改革開放，把小門（不是大門）慢慢對著西方國家敞開，這時的中國，尚未意識到這樣一種開放，要為自己的物質環境和精神環境付出多大的代價，而這種代價在那個遙遠的時代和年代（其實不過三十來年），早已初露端倪，例如環境污染和憂鬱症，這都是當年那個時代已經存在，但不允許進入文學的重小主題。這種精神污染和環境污染的相生相伴現象，早已進入吳自立或「歐陽昱」的筆下：

也許我一生下地心就是黑的，我的血管裡流動的是墨汁一般濃黑的粘稠的血液，宛如我家門口那條河，腐爛發臭，黑如木炭，每到夏季，河面在毒日的照耀下，發出令人窒息的光芒，黃昏給翻白的魚肚子上塗了一層鮮紅的血，大人小孩受不了惡臭的蒸騰，隨地嘔吐著。

不過二十年後，中國幾乎所有的大河小河都污染得不成樣子，連蒼天都霧霾到難以呼吸的地步。這不是人在做，天在看。這簡直就是人在做，天在怒。至於心靈和精神，只能以憂鬱症這樣的病症來指代。而在三十多年前的當年，「憂鬱症」這個詞彙，就不止一次地在文本中出現。如吳自立自忖，他是否患了憂鬱症或孤獨症，想：「我的憂鬱症和孤獨症大約就是因為黃昏而加重的吧。」又如那個被他撿拾到的日記中，無名書寫者也懷疑自己是否患上了「神經病」或「憂鬱症」。是的，在「憂鬱症」這個詞彙尚未普遍使用的那個時代，人們通常用「神經病」來指代憂鬱症。吳自立的戀人和他有一段對話，就從某個角度曲折地反映了那個時代初露端倪的憂鬱症病兆：

「『我要瘋的，要成神經病的，』她在我背後的床上說，聲音好像是從嘴巴和枕頭之間發出來的。

「『請你不要這樣。』我看著面前打開的《刀鋒》，冷冷地說，『一個正常人決不會這樣。理智一點。』天光正一分分消失，書上的字跡開始模糊起來。天空灰濛濛的，罩著厚厚的雲。室內靜極。大樓下面傳來小孩子的啼哭聲。

「『我要瘋的，我非要瘋不可了。』她的聲音變成尖利刺耳的嗚咽，但仍然壓抑著。傳來深更半夜老鼠伸爪抓報紙的聲音，聲音越來越大，變成了扯棉花，接著又像擂鼓，在一片低低的痛不欲生的抽泣中，傳來踢腳聲。

「我一轉臉。她像瘋子一樣在空中亂晃著手臂，雙腿漫無目標地瞎踢蹬，宛似孩子。我撲上前去，不覺倒抽一口冷氣，床上已被她弄成狗窩一般。乾淨的臥單揉皺得像一塊抹布，壓在她肚子下面，這裡那裡，墊絮的棉花大團大團地扯了出來，她那平時挺好看的長卷髮亂得像稻草，眼睛緊閉，臉色死白，我想把她抱住，像抱住一堆稀泥，她渾身直往下垮，剛剛抱起，又垮下去，癱在地上，滾得滿頭滿臉滿身的灰塵，嘴裡一勁小聲呻吟，『我要瘋了，我要瘋了。』

恰如吳自立所說：「精神分裂症的人越來越多了」：

我那時就想，為什麼不把我生在月球上呢？或者把我變成一株樹什麼的。做一株樹或野草什麼的多好，啥事也用不著做，沒人管你，你整天整夜整月整年就立在那兒或者睡眠或者搖擺著舞蹈的身子或者環視四周環形的大地和天宇或者想心思最多的時候還是想心思無窮無盡地想下去這該有多好。

從某個角度講，這部小說是中國全面進入憂鬱症、孤獨症時代的一個先兆。

由於我認識那個三十多年前的「歐陽昱」，知道他在寫作上採取絕對不妥協的態度，不鑽那個時代和社會設定的套套和圈套，堅持走精神自由的先鋒道路，即便不發表也在所不惜，至少制度還沒有逼著他看不想看的書，如吳自立的夫子自道：

我已經整整三個星期沒摸一本書了。我覺得書對我來說完全是個累贅。我不得不為讀書花去大量時間，碰到好句子的時候，不得不時時停下，摘抄在小筆記本上，摘滿一本，就往抽屜裡扔一本，到後來那兒堆了十幾本，亂成一堆，我怎麼也找不著我想引用的句子，後來我想，隨它的便去好了，我幹嗎非用那些句子不可呢，我自己不是也可以學著寫一些類似的好句子嗎？那天我就寫了一個句子，我說：人生是一個偶然，雖然不可避免，但是一個不可避免的偶然。我挺得意的，我覺得這一句也不差似哪本書的東西。我不想看書還有個原因，我覺得沒有一本書對我的勁，你比如說建國以來所寫的作品吧，小說也好，詩歌也好，都他娘的沒勁透了，全他娘的唱高調，不著邊際。給人一種感覺，好像作家都是烈士，在刑場就義之前喊「××××萬歲！×××萬歲！」似的。或者像一個老態龍鍾的祖父在教小孫子做人，要這樣，別那樣，聽話啊，小乖乖。再不就是沒完沒了地編造一些聳人聽聞或者美好動聽的故事，難怪班上那夥善男信女那麼愛看。他們都是淺薄的一群！解放前嘛，倒有一兩個像樣的作家，可還可以，可他娘的提得太多，評得太苦，再讀時就跟嚼別人咀嚼過的甘蔗渣一樣沒味。再往前走，到什麼雞巴唐宋元明清之類，給呀呀學語的頑童每天背誦一首倒是不錯，像我們這個年紀的人再去讀，就不免有吃鹹菜的味道了。我真不明白，為什麼咱們喜歡看的東西，作家偏不寫，咱們不喜歡看的東西，作家一個勁地窮寫，還他媽的那麼叫響，這個世界是不是顛倒了？難道作家都成了叛徒，背叛自己的叛徒？我實在瞧他們不起。能發表一兩篇或十篇八篇或百兒八十篇作品又算什麼？歷史遲早會把它們歸於垃圾一類的，等著瞧好了。我相信我的判斷力，只要看看題目或者開頭兩三句，我就可以斷定，這篇東西只能活幾個月或者幾年，到目前為止，我還沒有發現一篇東西能活得比我久，而且才怪呢，越是評論界捧得高的、獲獎的東西，他娘的它就越是短壽，一評了獎就好像蓋了棺材蓋子，然後連個屁響都沒有，就銷聲匿跡了。還有個原因。我不懂為什麼看書總有一種上課聽講的感覺。本來一週二十節課已經上得老子頭昏眼花，只打瞌睡，心想換換味兒，可書的封面還沒打開，老子又像被一隻伸出來的紅手抓住，只往課堂裡頭拽。我實在怕極了，連忙嚷道：我不要上課，不要上課，我得神經病了，我要瘋了。老子總在問，你他娘的搖筆桿子把我當成什麼人了？你以為我相信你的狗屁打胡說嗎？你有能耐一本本地出你的書，我老子就是一本也不看，看你把我怎麼辦。

這部小說，你說它是現代主義也好，是後現代主義也好，反正它就是一點，不講故事，不好好講故事。根據我知道的情況，「歐陽昱」把大學時代（八〇年代初，還是二十來歲的年輕人所）寫作的大量文本（含詩歌、小說、片段、日記、筆記、夢境，以及拾得物等）放入書中，充分調動多段合成、置放括弧或取消括弧，隨意糅合、人物沒有姓名，只用英文字母或中文拼音指代，肆意抹去真實和虛構以及夢境的界限，有意互換第一人稱和第三人稱並頻繁拷問寫與不寫、寫與生命的意義等手段，構成了一幅真假莫辨的抽象畫圖景。「任意引號」這段，就是一個特例：

我真不想在上面加這些引號，需要指出的是（對誰指出？）它們屬於任意引號，有時為了好玩，我將沒有引號的加上引號，即時創作的加上引號，而將真正引文的引號去掉，這真過癮，生活不也就是這樣嗎？引號的作用真大，把現在加上引號，它便成了過去，成了某種不確定的東西，某種屬於別人或更屬於自己的東西。而將過去寫的感受或思想的引號去掉，它便成了固定的、彷彿屬於現在的東西。

又如互換人稱的手段，其實也是那個時代壓迫和壓抑下的一種副產品：

一般說來，也就是對我來說，宣洩祕密——這是一種特殊的生理需要，好像要抽煙喝酒或性交什麼的，因為，祕密這東西是個劇毒的細胞，若積累過多，會繁殖增大，變成惡性腫瘤，彷彿癌症，最終導致人病入膏肓——的最好途徑是採用虛構的方式，該用第一人稱的地方採用第三人稱，換上別人的名字，而且是無論哪一本檔案中都查不到的名字，該屬於自己的一切都歸別人所有，那麼物件最好是一個你完全陌生的人，如在公共汽車上挨你站著的一位看樣子還願意聽你講話的人或者火車或輪船上或者最好是隨便撥一個電話號碼對第一個接電話的人開門見山地說：「告訴你，我想自殺，我沒有做，請你耐心聽下去，是這麼回事，我小時候、前幾天、頭天夜裡。」不過，如今的人事情太多，忙不過來，而且日常生活中這類事情又屢見不鮮，誰也懶得瞭解其中的原因，因此常常遇到的情況是，你還沒講三句，對方就把電話掛了，或者一頓臭罵：你他媽的吃飽了飯沒事幹吧！瘋子！神經病！二百五！還有一個辦法，就是跟大人物寫信，比如某某作家或某個主編，然而，這類事情百分之九十九點九是碰壁，他們是決不會回信的，也許你的經歷和祕密觸到了他們內心隱祕之處，他們不願以通信的方式以給一個無名小人回信的方式再次轉述那段難堪與痛苦，或者他們不喜歡陌生人闖入他們如火如荼前途遠大的發跡圈子，或者他們太忙，太不自私，反正，即使有一個人願意給你回信，基本上也是此類詞句：望繼續努力！最毒的辦法也就是最有效的辦法就是把你自己完全陌生化即把你自己本人完全看作一個陌生人，當你在街上漫步，你就用另一個人的嘴（都長在同一張臉上）對你自己（那個被陌生化的物件）說，今天沒事，閒得無聊，因此出來轉悠轉悠，其實並不想買什麼東西，只是隨便看看。這個被陌生化的物件是個沉默寡言的人，他從來是只帶著兩隻耳朵聽，從來不興問一句話，只是偶然不置可否地點點頭或者搖搖腦袋。你無論跟他講任何祕密，他都不感到有絲毫驚奇，哪怕是最可怕的祕密，他對一切處之淡然，覺得均在意料之中，均可理解，均是人之常情。這是很令人惱火的，因為你講祕密時，希望看到睜大的眼睛，扇動的鼻翕，屏住的呼吸，聽到『啊』的呼叫。既然沒有別的辦法，你也只好聽之任之。

貫穿全書的一條紅線或黑線，就是自殺的主題。吳自立的身分很難確定，他雖有父母，但總說自己是孤兒，生活中與他相遇的人，不是孤兒，就是心靈孤苦無告的人，他沒有遠大的理想抱負，只是一個庸人，一個「失敗者」，如他自己直陳：

「但我卻不能抗拒這個鐵的事實：我終歸是失敗者，而不是勝利者。別的人自殺是因為失戀或羞辱或痛苦或神經錯亂或被逼，而我的自殺僅僅只是因為平庸，因此我的自殺是最不值得憐憫和同情的。我恨這瞌睡，它沉甸甸地壓在腦子裡，滲透了每一個毛孔，隨時尋找機會表現自己，為什麼我不能不睡地生活？頭腦變得如此昏濁，宛如一片泥沼。沒有幻想，沒有激情，只有一身逐漸發胖的肉。哦，可惡的肉！正是靈魂空虛的寫照。……」

這個想自殺卻沒有死成的人，最大的願望不是有房、有車、有官位、有地位。他要的是小得不能再小的閒職，如圖書管理員，或嚮往自由的水手：

我後來發現，其實我還是有一些願望的，比如，我想當一個圖書管理員，不是那種坐在櫃檯前發借書牌子或那種在視窗負責登出還書卡片的圖書管理員，這種人每天都不得不和成百上千的人打交道，說成百上千句話，而且是大致不變的內容的話，我不想當這種圖書管理員。我也不想當那種負責按借書單到書庫取書的管理員，這太乏味，這種工作早該讓機器人頂替了。我想當一個無所事事、整天在一排排書櫥前走來走去或坐在一個幽暗的角落，在一盞昏黃的燈下翻看舊書的圖書管理員，當然不可能一點事也不做，但頂多做點諸如伸出手掌，擊打書脊，把沒擺齊的一排書排齊，扶起倒下的書等等。當這樣的圖書管理員，我免除了與人類打交道的痛苦，我擁有無窮無盡的時間，至少在我決定自殺之前是這樣，我想看什麼書就看什麼書，想不看什麼就可以不看什麼，坐在那個象死囚牢裡的一扇小鐵窗下，一手托著歪斜的腦袋，一手藏在溫暖的褲兜裡，仰臉看著窗外一秒一秒暗淡下來的天光和幾根丫杈的樹枝在風中晃動。想著什麼或者什麼也不想。巨大的書庫宛如一片寂靜無光的海洋，在默默無言中給人一種莫大的安慰。那一本本厚厚的書彷彿是火葬場骨灰存放室裡的骨灰甕，散發出一種古靜的、冥想的陳屍的幽香。一切偉大和渺小的人全在這兒分門別類地按架擺好，有的積滿厚厚的灰塵，象黑紗一樣罩在長方形書本朝上的方形一側。有的殘缺不全，重新包上粗糙骯髒的牛皮紙，那大都是教科書或有助於考試的輔導叢書之類。遠古、中古、近代、現代、當代的一切喧嘩與騷動全部在這兒沉澱安息，凝聚成用紙張合成的磚塊，砌成這如高牆一般的書架。我已經預感到，未來幾代幾十代幾百代乃至幾萬代的最後結果都將如此。人類是沒有希望的。

小時候，我也曾夢想過當水手，那時我想，能自己駕駛一艘大輪，到世界各國暢遊，那該有多好！好的還不止這。據說當水手可以見到各種膚色、操不同語言的女人，跟她們一起上館子，看電影、看戲、喝酒、跳舞、最後還上床睡覺，無拘無束、自由自在，今天在西班牙結識一個叫瑪德琳娜的少女，明天在法國邂逅弗朗索瓦，在義大利……數不盡的風流韻事，生活多麼浪漫！要知道我十一、二歲就開始跑馬了，我走到街頭，就喜歡東張西望，看那些穿著入時的婦人和姑娘，希望或夢想自己某一天也能同著一個美人兒在黑暗的角落中吻吻抱抱，後來我改變了這種看法，由於一個偶然的機會，我乘火車到校時認識了一位海員，他叫林奇。林奇告訴我，在這個世上幹什麼都可以，就是不要當海員；當什麼海員都可以，就是別當中國海員。他並沒有告訴我全部原因。他只說，他們上岸不能單獨行動，至少得三個人在一起。為什麼呢？為了互相監督。每一個人對另一個人來說，都是一個間諜。我牢記住這句話，在生活中細加體察，發現果然事實如此。沒有一個人不在暗中提防著別人，也在暗中隱藏著一樣殺手鐧，暗中窺視，暗中侍機，隨時隨地準備反擊，隨時隨地準備揭底。人心真是深不可測呀！

而他的寫作，充其量只是暫時延遲自殺的一種權宜之計：

速度現在慢下來了。一天頂多只能寫上一頁半左右，我，也就是吳自立，從小到大還沒寫過這麼多字，看著這一疊厚厚的稿紙，我覺得無話可說。然而我不完成我的寫作計畫，我就不自殺，我不自殺，我就得完成我的寫作計畫，把每天規定的空格填滿，這真是一樁消耗精力和體力的工作，現在我承認，我的一生實在太短，值得寫的東西少得可憐，而寫過的東西又完全不值得看第二遍。我該怎麼辦呢？坐等待斃嗎？今天是大年初一，我從淩晨三點爬起來，一直寫到現在，還滴水未沾，粒米未進，我得寫下去，寫到夜深，寫滿二十四小時，最後的二十四小時，其實，不瞞您說，我寫的完全是我這二十四小時內的感受，心理過程，前半部分因為有時寫不出來，就抄，抄襲，抄襲我自己過去的遺書，後半部分也就是下午晚上和深夜，我還心裡沒數，在下筆的這一瞬間，我幾乎沒有任何思緒，更別談有何感情了。我起先是長久地凝視著一張廢煙盒紙，觀賞著日光燈在玻璃紙折迭的地方發出一個宛如貓頭魚身的光斑，那只剪貼的貓支楞著兩個頂尖朝上的三角形耳朵，將它平板無目的的貓臉轉向那條尾隨它的魚身上，跟著我發現，那不是什麼貓，而是一串大寫字母，全文照抄下來就是HUNHEXING。我聽見我的嘴唇翕動著，發出微弱的拼音聲：昏喝醒，不對，混賀新，不對，渾河腥，不對，混合型。混合型？對，混合型，應該是混合型。這什麼意思？我的目光在一轉念間落到另一個破答錄機盒上的兩個大寫字母上，是JB。JB？中文拼音，還是英語縮略詞？如果是前者，那是什麼意思？金寶？進寶？佳寶？玖寶？酒缽？糾弊？結伴？急奔？交班？腳蹦？結冰？借表？見婊？幾本？堅冰？兼併？家霸？叫飽？窖伯？慳包？繼缽？太多了，鬧不清楚取哪個意思好。如果是後者，拆開來叫我想起的第一個字就是Jailbird：慣犯。叫我想起的第二個字是英國作家普利斯特利名字的前半部分J•B•Priestley。還可以合成好多其他的詞呢，如Jingle bell，Joyful boy，Just a baby，Jumble，Jumbo，Job，Jab，Jib，等等（您要明白，親愛的想像中的讀者，我寫這些純粹是為了混時間過，努力完成死亡交給我的填空作業，您如果覺得浪費時間，完全可以不看，就跟外國老師上課時宣佈的那樣：願走願留，悉聽尊便。）。（讀者，我還要請您明白一點，如今好的作家寫作，心目中是沒有讀者的，您不要生氣，事實如此，您知道，您們的人太多，成份太複雜，味口也太不一樣，您如果只打算寫給張三看，且不說張三會不會看，首先您就會得罪李四，您如果想討好張三、李四，王二麻子就會開罪於您。所以，乾脆，在心中把讀者殺掉，一死百了，省得考慮這效果，那影響。本來讀者平常受的外界影響好的壞的夠多的了，他何苦老跟我過不去呢。真傻！）

吳自立不只是一個「對失望寄予那麼大的希望」的人，說到底，他是一個「生活自己的不生活或不生活自己的生活」的人。從很多方面來講，他是那個時代被割了喉嚨，被打到死處的一種聲音。

至於當年那個「歐陽昱」在書中對真與假、美與醜，以及對詩人和詩歌的論斷，個人覺得，直到現在依然有其獨到之處。他與朋友聊天時，談到了他對美與醜的看法：

世界上沒有離開醜而能存在的美，美和醜是一個統一體，美的人很醜，醜的人很美，事物也是如此。我，對，我下午長跑時產生一個形象，一個小男孩對著太陽舉起一塊晶瑩透明的水晶，它發出燦爛奪目的光輝，他慢慢長大，這水晶體也慢慢混濁起來，不復透明了，成年人便是這樣一塊混濁的水晶體。你知道什麼是最完美的人？紀伯倫的一篇散文說得好，他用的全是形象，他說這樣的人就是慈祥的母親，謙和的父親，殺人的罪犯，淫蕩的妓女等等，實際上一句話管總，完美的人就是那種善惡並存而善永占統治地位的人。這同我的觀點十分吻合，因此我認為張海迪根本不是什麼高大完美的人，她只是一塊單晶體，一擊便碎。

吳自立真的孤獨嗎？他其實並不孤獨，他無時不刻地生活在人羣之中，無時不刻地產生「alone in the crowd」（置身眾人中的孤獨）之感，同時又無時不刻地觀察到，他所接觸的人，大多也都是跟他一樣寂寞無聊，就像那位住他對面，春節也不回去過年的研究生一樣，如他們下面這段對談所示：

也不知到了什麼時辰，記得好像響了一大陣劈哩啪啦的鞭炮，可能過了午夜吧，他忽然開口說話了，他的聲音聽起來缺乏力度，但卻具有某種深度，聽起來好像不是從嘴裡發出，而是從胸腔的深處滾出來的。他告訴我，他十六歲下放，下了八年，二十一歲考上大學，二十三歲因作案坐了兩年牢，二十七歲考上研究生，明年畢業。我越聽越糊塗，因為年代怎麼也理不清，不知他是在說夢話或說酒話還是故意說胡話。但看他的樣子並不是這三種，他一本正經，眉頭微微皺起，極力在大腦中搜尋合適的字眼來描繪過去所發生的事。看他不是那種淺薄之輩。我一邊聽他講，一邊猜測開了。我想，他說二十一歲考上大學，可能是指在二十一歲時他動過這個念頭，因為那時全國已經恢復高考制度，而在二十三歲坐牢，那是為一個人的事，他因政治問題坐的牢，但他同情那個人，心裡希望如果自己有膽量，也象他一樣去坐兩年牢，實際上比讀四年本科還值。我這麼東猜西猜，覺得挺有趣，好像在和時間捉迷藏似的，有時候在我們心中發生的事就象真的一樣，那年代、那日子，一樣樣全鑲刻在大腦的青石板上，難以磨滅，而實際發生的事情，過了若干年，則自然消失，沒有絲毫痕印。比如要我回憶前年考上大學請人吃飯花了多少錢，我是怎麼也不記得的。以致于人有時要懷疑，我過的是一種生活還是兩種生活還是多種生活？哪一種生活又最值得留戀？不過，這都是我心裡想的，並不對他講出一字，在這麼七想八想的時候，我漏掉了他說過的很多話，也許有些很重要，但我覺得無所謂。大大小小的細節都可以免去，一切都不重要，重要的只是這一刻感情和思想的交叉、合流。宛如閃電。宛如觸電。宛如光電。

對性的關注，也是這本書的一大特色。在普遍性飢餓，在大學學生證上第七條寫著「不許談戀愛」的八十年代，中國文學或許早已把性從書本上澈底清掃出去了，但這並不證明，性不存在，愛與性，都是文學恒久的主題，也是現實中的主要內容，是不可能通過政府行為而從歷史上一筆勾銷的。這在書中，有詩為證：

愛裸癖　　No. 721

我被刺瞎了雙眼
因為有一天我偷看了一群美女一絲不掛地
　　在藍色的溪流中沐浴
接著，雙手也被砍掉

因為我在夢的人群中大膽撫摸了
　一個身穿柔紗少女的芳乳

眼睛刺瞎，雙手被砍，我還能吻
　憑著最敏感的雙唇我狂吻了一個迎面而來的婦人
從此失去了舌頭

但我是如此愛裸，如此愛裸露的胸脯、乳、唇
　我克制不住啊——將火熱的陰莖深深插進
赤裸的黑夜中心

我依然熱愛裸體
哪怕已成閹人！

我那顆愛裸的心早已剜除
如今化作空氣

無所不在、無孔不入地撫愛著你：
裸體！

當然，這首詩是借那個叛逃後死在國外的詩人之手寫出，又通過吳自立的這句評論而進一步作了調侃：「平常根本看不出他是這樣一個人，可見人心難測呀！」

這本書也是一本唯美之書，對骯髒世界中的美，自有其著意的刻畫：

（門鈴響了，我看見他們了）我已完全進入無意識狀態，竟寫出括弧內的話。我是想說，有人打斷了他。其實並沒有誰，不過是一堆捂在面前的亂石，越過亂石堆，又是爛泥大道。道邊是石砌的高岸，高岸上有鐵絲網，把道路同網內蓊鬱的大樹和蔥綠的草坪一分為二。他岔開話題談起別的來，每次觸及這個問題，其實觸及得並不多，他總有些不安，有些激動，彷彿想起什麼極傷心的事，彷彿內心有什麼傷口又隱隱作痛了。他三言兩語把話結束，『我對她們沒興趣。』真沒興趣？他若從沒談過朋友，是不會說出這番話來的，除非他沒有人類的感情。他有人類的一切感情：他愛音樂，這說明了一切。沒有感情的人不愛音樂。他一定曾經愛上過某個女子，並一度熱烈追求過她，但最後由於負心女子的背信棄義，使他心靈蒙受了巨大的創傷，就象我的朋友Ｈ一樣。我同情他。他有時候確實顯得冷冰冰的。他這人善於把感情掩藏得好好的。不過冷冰冰是他的特點。這是家庭教育的結果，加上社會影響。路上泥濘不堪，人也太擁擠，我們從一個缺口爬上高岸，走到鐵絲網外：這是一個自由的國度，他對著網裡的人喊，『集中營！集中營！』我也有這種感覺，他們是一群低頭走向墳場的囚犯。等到我們重新走進網內，這種感覺立即消失了。『你知道這是什麼原因嗎？』『我不知道，你說呢。』這是Ｍ通過我的嘴說的話，儘管他不在場。『我也不知道。』也許這跟那句中國老話有關吧：當局者迷，旁觀者清。牢裡的人從不覺得，或至少不如牢外的人那樣覺得他們的處境異常悲慘。高大的梧桐頂著雲霄，排空形成一堵絕壁。枝葉繁密得不透半絲陽光。滿地冰棒紙。路邊是佩戴紅牌牌的執勤人員。操場就在那邊，一片驕陽照耀下的火海。人們躺在各自的黑傘下面，那兒更熱，黑色吸引陽光。黑壓壓一大片男的。坐在後面的是女人。不，是女生。她們嬌嫩，會議一開始，全跑了。坐在樹蔭下。誰說不準帶書？都帶了。Ａ屁股荷包半插著一本法語語法，Ｂ的褲袋鼓鼓囊囊的，裝著一本袖珍字典，Ｃ這麼熱還把襯衣長袖放下，他揚起手想跟同學講什麼，可手臂象上了石膏一樣，僵硬地抬起，又僵硬地放下，原來，裡面袖了一卷雜誌。我們坐到草地上。頭頂可以看到藍天和樹蔭。近處有兩三棵枇杷樹，上面滿墜著圓溜溜的金黃而熟透的枇杷。

縱觀全書，西方哲學和文學對吳自立有著深刻的影響，這從書中出現的一些人名和文學理論名稱就可見一斑，如黑格爾、孔德、康得、亞裡斯多德、叔本華、尼采、卡夫卡、吉興（「睡我對面上鋪的那個人」，其實暗指英國作家George Gissing），以及「反英雄反小說之類的理論」，等，儘管吊詭的是，全書對「現實主義」和「現代主義」竟無一詞提及，「西方」一詞也僅出現過一次。

從根本上來說，吳自立是一個「反英雄」，在這部「反小說」中，有著蘇東坡侍妾朝雲所說的那種東坡精神：即「一肚子不合時宜」。[6]

此書能在臺灣，以繁體字和豎排出版，等於是跨越了切斷語體的簡體漢語，重新

6 參見：https://tw.answers.yahoo.com/question/index?qid=20061105000011KK00888

與中國古代的文字傳統接壤，使人重又體會到了與古代漢文化和漢語之間血脈相通的那種舒暢之感。

感謝乜人為我作序，感謝羿珊為我編輯，感謝秀威再度為我出書。

二〇一五年十二月十七日於上海松江

目錄

序／乜人 3

《憤怒的吳自立》二〇一六年臺灣版序 9

憤怒的吳自立 47

我今年才二十一歲，這個世界對我來說已經失去了全部意義，我對它不惟感到失望、憤怒、而且憎恨。我現在唯有一個願望：自殺。我不能將整個世界毀滅，而世界卻能輕而易舉地將我扼殺：每人只要吐一口唾沫就能把我淹死。與其被大眾的臭屁熏死，濁尿灌死，不如趁早結束自己的生命，從而以自我的告終宣告世界的告終。

我沒有理由。這個世界本身就是沒有理由的。也許我一生下地心就是黑的，我的血管裡流動的是墨汁一般濃黑的黏稠的血液，宛如我家門口那條河，腐爛發臭，黑如木炭，每到夏季，河面在毒日的照耀下，發出令人窒息的光芒，黃昏給翻白的魚肚子上塗了一層鮮紅的血，大人小孩受不了惡臭的蒸騰，隨地嘔吐著。我說我的心是黑的，這話一點也不假，我看不慣男女之間的摟摟抱抱、扭怩作態，父母對孩子假裝出來的親暱，學生對老師、年輕人對長輩、下級對上級所表現的變形扭曲的笑臉。我從小就沒人愛過，常常受人欺負，挨人打罵，而第一個打罵我的人就是我的父母親，他們嫌我給他們帶來了無窮無盡的煩惱，沒完沒了的勞累和責任，要洗尿布、餵奶、餵飯、穿衣、倒屎倒尿、要抱、要照護，他們因為我而得不到婚後應有的正常的幸福，因此常常口角，甚至大吵大鬧，摔臉盆、茶缸、手錶，如果一個不在家而一個在，就拿我出氣，用鐵拳鋼掌狠揍我的屁股，直到現在，我在穿衣鏡裡瞥一眼我那青白發紫的屁股，胸中就會湧出一股如火如荼的仇恨，小時候我不明白他們為什麼對我如此狠心，那樣肯下毒手，現在我明白了，他們從來沒有打算生我，他們談情說愛，偷偷摸摸地亂搞，只是為了尋歡作樂，消磨無聊的時光，互相滿足彼此披上偽裝的獸慾，他們何曾想到會生出我這樣一個劣種！造化的報應！我出生到世，不是為了幸福，而是為了痛苦，不是為了給予幸福，而是為了破壞幸福。從一歲到三歲，充滿了各種各樣離奇的怪夢，夢中全是血紅血紅，大街上到處是死屍，天上下著血雨，每一顆都有花生米大，重甸甸地砸下來，濺得到處是一拉拉的血絲。我不記得是不是從那時就失去了愛，但我敢肯定，我這一生從來沒有愛過，也不會再愛。我所出生的這個時代不是愛情的時代，而是慾望的時代。

我踏上了社會。我的中學同學都有崇高的理想，有的要當工程師而且是高級工程師，有的要當教授，經理，大使，名演員，名醫生，軍官，總之，沒有一個人不想揚名四海，在自己的名字上冠以一個咄咄逼人的頭銜，我沒有。我啥也不想當，什麼他媽的愛因斯坦、居里夫人、愛迪生、海明威、甘迺迪，凡是他媽的時代英雄，老子一個也不崇拜。凡是大夥兒一窩蜂想幹的事，老子都不幹。你問我想幹啥？啥都不想幹，幹啥都可以，但啥都不想幹！老子只想坐在五十層最高一層的窗子旁邊往下看看，想一會兒。如此而已。可是我從來沒見過這麼高的樓房，而且像我這種微不足道的小螞蟻今生今世也別指望爬上去。我只有二十平方米的宿舍，小火柴盒子，裡邊住著八根火柴棍子，包括我這根一折就斷的火柴棍子在內，而且是一根壓著一根排列的。我跟所有的火柴棍子都合不來。深夜，我總是失眠，常常聽見他們說夢話，不是喊「我要殺人」就是喊「我要衝出去」再不就是歇斯底里地大哭或者說些語無倫次沒頭沒腦的話。白天每個人都換了一個樣子，洗臉、刷牙、穿衣（牛仔褲西裝格子襯衣皮鞋）、梳頭、照鏡、擦粉、堆起滿臉笑、吹口哨、哼流行歌曲、說俏皮話、看通俗小說、談女人（怎樣搞從前面還是後面上面還是下面）、爭論、旁敲側擊、談他娘的雞巴毛理想（當工程師、教授、名人、部長、主席）、恭維、笑。

我想好了，要死就死得他媽的無聲無息無人知曉。我才不像張工那麼傻不拉嘰的，大白天從三樓一個燕式跳，倒栽蔥砸在水泥地上，血濺了他娘的一街，水龍頭好個沖喲！看熱鬧的好不擁擠！屁事沒有，誰也沒提一句，你他媽自殺，誰在乎呢？你死你死你死好了，你他媽別做聲做氣躲在被窩裡吞安眠藥不就結了，幹嘛大張大揚，非要在臨街的大樓表演跳水呢！叫人看了多難受：你那張血肉模糊的臉，眼珠子像彈珠，滾出多老遠，何必呢！別人要活，你要死，咱們各幹各的不好嗎？活人才不喜歡死呢，他們只喜歡觀看死。一年級那小妞也他媽跳了，從六樓，在漆黑的深夜，才十七。真不值得！就為了分數考了六十五，就為了和人拌了兩句嘴，人家說她衣領穿髒了都不洗，就跳了！扯淡，這是自殺？這算正正經經的自殺？連自殺學的ＡＢＣ都沒學會呢。老子跟誰都不吵，對誰都不在乎，分數考六十正好，這正好證明我的能力高於及格。這正好與我的理論相一致：六十分萬歲，讓弱肉強食者去互相殘殺爭奪勝利！我不想參與。

我站在邊緣上。站在邊緣上看熱鬧真過癮，班上兩個男的在打架，都姓王，一拳打去，王一的眼睛被打青了，一拳打過來，王二的嘴巴被打出了血，王一把王二的領口揪住，猛一扯，「嘩」，從上到下，撕開一個大口，王二一彎腰，雙手摟住王一的大腿，一抱一提，王一仰面朝天倒進臭水溝裡，真過癮，打呀，打呀，往死裡打，最好兩人同歸於盡，為什麼沒有一顆手榴彈呢，導火索一拉，不就全部報銷了嗎？我不打。我從不進入核心，站在邊緣我就感到滿足了。

老人送我上學，說「和為貴」。狗屁！我沒見想和的人吃過好果子。你老實不做聲，人模狗樣的營業員要麼連看都不看你一眼，要麼朝你大吼；滿臉殺氣、橫眉立目的乘客踩了你的腳還要你跟他道歉；仗勢欺人的小文書眼睛一天到晚盯著你，看你是否在考場上作弊，而對狠人明目張膽地扔紙團和偷看卻睜一隻眼閉一隻眼。

我早就說過，我啥都不想幹，只想一天到晚睡覺。可命運捉弄我，偏讓我上了大學，這腐爛得流膿的地方。開頭一年，我心想，反正來了，就學學吧，咱也不一定比誰差，於是，三天兩頭考試、背書、做作業、學習政治、集體活動，大家都鼓足勁，你超我我超你超不過就使絆子，誰上去誰就是英雄，誰分數高誰就行，見鬼，誰分數高？除了女生還有誰？這些傢伙一個二個眼睛瞪得銅鈴般大只看分數，連他媽做學問也成了做家務做生意一分錢掰成兩半使一個分數一個分數地攢積，難怪女的比男的越來越盛了！在咱們這兒在咱們今天的世界肉體肯定是至高無上的女人是沒有靈魂的肉體所以自然而然讓她們領了先，讓她們陰盛了。看看她們那市儈的嘴臉！心裡淫蕩得要命表面上卻又要裝得比誰都正經一萬倍。我當然從來不當面罵她們，反正我這滿紙胡說八道在我生前決不會給人看，罵一罵也好解解心頭之恨，等老子死了，隨它的便吧，愛看不看，由你們。

　　我誰都不愛，連我自己在內。我倒是有個女朋友，她長得奇醜。我疼她，從內心深處疼她，她也是一個沒人愛的人，她說她父母親認為生她是給自己丟臉，是奇恥大辱，是霉運，好幾次想親手把她殺掉，她睡在床上，常常看見母親手裡拿著一束尼龍繩，父親則舉著一把明晃晃的刀，一個想把繩子套在她脖子上勒死她，一個想把尖刀刺進她的心窩殺死她。她嚇得跑了，十五歲。不知怎麼到這兒來掃廁所。誰也不注意她。可她掃的地真乾淨，連鼻涕痰跡都用破抹布一抹一抹地擦淨。廁所常堵，尿水被大便一泡，黃稀稀的，再倒入菜根、飯團、報紙、菸蒂、破瓶渣、畫片，散發出千種怪臭，她卻不在乎，用手扒開塞住的糞池口，一桶桶地拎水，把渣滓沖走，再一遍又一遍地用板刷將瓷磚上的積垢刷除。我不愛她，然而我疼她，我送電影票她看，我請她上館子，我們在一起聊天。她對人生頗有見地，她說，最美的即是最醜的，最乾淨的即是最骯髒的，最有學問的往往是白癡。生是渺小的，死才偉大。我想顯出我很懂，但其實我感到困惑，我礙於面子，不屑於深究。

還有他，是個孤兒。太好了，我真羨慕你。羨慕我是孤兒？對，要父母有什麼用，累贅、障礙、只能使人痛苦。你是哪兒人？哪兒都不是，什麼地方都不屬於。我也一樣，換了無數地方。明年我還要走。才來一年就走？對，一個地方一年夠長了，再長一點，蜘蛛網就在周圍結起來了，我就像一隻無能為力的蜻蜓網在網中，被毒蜘蛛的毒針毒昏，然後把我吞吃，我是說用它的長針把我體內的活力和精髓吸乾，只剩軀殼，我一來就發現這兒的網上黏著無數大大小小的蒼蠅、蚊蟲、蝨子、螞蟻、蜢子蟲、飛蛾、蜻蜓，全都乾癟了，全都黏在那兒，要死不活，動彈不得，幸好我站在週邊，站在邊上，所以沒有被捲進去，近來，我發現那隻又大又黑的毒蜘蛛在打我的主意，它長長的觸角時時向我伸來試探，我害怕極了，我必須逃離此處。別處也有網，而且還有牆。那我不在乎，只要永遠處在週邊，站在邊緣，隨時換地方，我就可以逃脫被毒死的厄運。

是的，直到此刻為止，我一直處於週邊。知道剝洋蔥的故事嗎？你把細嫩的、多汁的、淺紫紋的洋蔥一層層剝去，你希望在它的中心找到一個珍珠般的實體，你剝呀剝，剝呀剝，直到地上鋪滿了踩得稀爛地不耐煩的洋蔥皮，然而剝到中心卻什麼也沒有。什麼都沒有！不要信那個鬼詩人的話：只有生活下去才知道生活的意義。這等於說，只有把洋蔥剝下去，才知道剝的是什麼東西。現在到處是團體、學會、詩歌社、小說組等等，像林立的碉堡群，周圍扯上了密密麻麻的鐵絲網，只開一個輪船碼頭售票口大小如字典的窗戶。而你獨自一人（而且不是白天）在被他們瓜分後剩下的七零八落的荒草野徑中徘徊。你自得其樂，你說，真正的藝術家必須孤獨，必須與世隔絕，必須超脫，看戲一樣不關自己痛癢地注視慾望橫流氾濫洶湧澎湃的人生，那才叫帶勁，你有一句名言：以死人的眼光觀察活人的世界。

這當然不是我自己，但這位朋友的名字你們誰也別想知道，他從來也不想在這個世上留名。他奮鬥了一生，所有的時間全用來寫書，他寫了什麼，誰都不知道，連我也弄不清除。他說他投過一段時間的稿，後來不投了。因為一篇沒中？不完全是。因為……。你別問了，反正一句話，這個時代不屬於我，我不屬於這個時代，我的作品不是寫給他們看的。這個「他們」的意思很廣，可以說讀者、編輯、文人，也可以說商品、人、動物。你以為當代最偉大的作家是誰？當代沒有最偉大的作家，只有蹩腳的二流機器，作家的大腦是別人的，他們只有木偶的手和筆，正如人天天要大小便一樣，他們也天天寫作，天天產生一灘大便、小便似的東西，大小便不是沒有用，可以肥田吧，但最久也只能管幾個月，「文學刊物」全是需要他們大小便澆溉的貧瘠的土地，沒有個性，沒有生命。

我不大同意他的觀點，他是被打擊得太慘才說出了這番話的，他是絕對的失敗者，在他嘔心瀝血搞創作的那些年頭，沒一個人睬他，對他說一句溫暖的話，我還記得他滿頭蓬亂的長髮和滿臉拉渣的鬍子，他的零花錢除了吸菸，其餘一分一分攢著買郵票寄稿子，可他有百分之九十五的稿子石沉大海，多次去信催問也不見回音，最後他把所有的編輯部罵了個遍，不投了。他恨透了編輯這個名字，他說，世上只要還有編輯，就決不會有好的作家。編輯是殺人不見血的劊子手。

我試著投了兩篇小說，命運一樣。從此我不再抱此奢望，他的失敗不是明擺著的事實嗎？我何必重蹈覆轍。人生太多的苦難都源於重蹈覆轍。生活中充滿了危險，稍不小心，人就會跌進深淵或被車輪壓過，而書本中又絕少提及此類經驗，老是在人面前人為地豎立一堵一戳就破的理想的紙牆。我想，可惡的書籍，從此咱們再見吧。

我本來不想講這些，但生活從四面八方包抄過來，壓得我透不過氣，我每每從走廊裡穿過，就是白天，黑漆漆的走廊也沒有一絲亮光，偶爾某扇門開了一道細縫，斜斜地泄出一道白粉筆線，橫在過道，我便對自己說，這就是生活，在黑黝黝的走廊裡穿來穿去，上樓下樓，來而複去，唯一的意義就是那道門縫漏出的光線，而且是人造的光線：日光燈的光。多黑暗呀！然而，我最愛黑暗，當周圍的燈光消失得無影無蹤，月亮和星光也消失在黑雲之中，我的血液便像泡入潭中的溪水逐漸平靜下來，我把腦袋埋在雙手之中，可以一動不動坐上好幾個小時，沒有人來打擾，也沒有風，林中某個地方，一隻熟睡的夜鳥咕嘟叫了一聲，一根細小的樹枝發出清脆的斷裂聲，一切複歸蠻荒原始的沉寂。

我還喜歡赤裸，夏季，我獨自到遠離城市的江灘邊游泳，渾身上下脫得一絲不掛，泡在混濁的江水中，直到夕陽西下，工廠的汽笛驅散了罩在工人頭頂的濃雲。我常想，我不應該出生在這個時代，我應該回到遠古，和恐龍一起生活。我從山頂砍了幾棵翠竹，紮了竹排，撐著它沿江而下，一直到了海口，我這才知道，原來大海也是一片荒涼，而且比任何地方都荒涼。

那件事情是他教我的。他從水裡出來，就沖著沙灘手淫。我大惑不解。他笑我愚蠢，說他們都幹，課後，全班二十幾個男生，都躲到學校後面那片密匝匝的毛竹林裡，把東西掏出來，由他喊一二三，然後一齊開始，直到射出黏稠混濁的白漿質為止。他是罪有應得，前年自殺了，據說是性飢餓到神經錯亂的地步。我應該感謝他教會我避免犯罪的方法。

耶誕節晚會，閃閃發光的聖誕樹，滿牆的紙花、彩帶、汽水、瓜子、蛋糕、糖果、令人眼花繚亂的節目、舞蹈——我卻感到噁心、難過，看看這些裝模作樣的動作，嘩眾取寵的說笑，華而不實的裝飾，我「哇」的一聲吐了出來，我的五臟六腑都傾倒在一位明星似的人物身上，從此，她恨透了我。

我想過，要死就必須死得巧妙，死得有藝術，我有一個親戚，文革中突然失蹤了，直到現在音信杳然，好像被外星人劫走似的。好，我說，這就是我的榜樣，要是有一天他們突然發現我不來上課了，寢室裡沒有，飯堂沒有，澡堂沒有，操場沒有，露天電影院沒有，圖書館沒有，別的教室沒有，學校各個角落都沒有，打電話給我父母也沒有，從此以後一年、二年、三年過去了也沒有，那才叫過癮呢。停屍房停著一具無名屍體，光著身體，頭沒了，誰也無法辨認。可我連屍體都不想給他們弄到手。我得想一個萬全之策，我知道我想得出來的。

我的身後必然會留下一些東西，比如牙刷、杯子、臉盆、衣物、課本、作業簿之類，這些東西誰也不會要的，它們不值一文，我還有一個破信封裡裝著半袋零分子錢，一分、二分到五分都有，這是我唯一的財物，大約有兩元錢左右吧，箱子最下面壓著一張《六路彈腿圖》，好幾年不看了，但仍隨身帶著，幹嘛？這個人們就不必知道了。我還有一個日記本，對，日記本，這東西可不能留下，日記本是禍根，凡是把自己的心事記下來的人，有一天是會遭大殃的。我們鄰居文革時被人抄家抄出十幾本日記，全部抄成大字報貼在當街的牆上，揭出了他的許多隱私，比如他如何暗中愛上了自己的女祕書，陷入情網不能自拔，卻又因自己是丈夫兼父親而無法傾吐心曲，又比如他的性生活老過得不愉快，妻子冷若冰霜，他只能靠手淫維持，結果精神老是萎靡不振。奇怪的是，他並未因此而自殺。我不能把這本日記留下，我雖然沒有他那樣複雜的心理和感情，但我在日記中詳細地記敘了我全部的悲哀和歡樂（它僅占百分之一），我最灰暗、陰鬱的情緒，我的沮喪我的失望我的失敗和失意。我覺得我的生活太慘了，我連人生最最基本的願望也無法得到滿足，比如說到大飯店裡像像樣樣地吃一餐好飯（不管中餐西餐），有一間屬於自己一個人的火柴盒子，有一個完全屬於我自己而無需聆聽別人教誨的安靜的一天，穿一套大大方方的西裝，等等。這是那時寫進日記的想法，現在我覺得太滑稽了，就是把這一切給我，我都不想要呢。總之，日記絕不能給人看，必須立即燒掉，還有信，那幾箚信都是他從遠方給我寄來的，這可憐蟲，十七歲就當了兵，初中剛畢業，他說他無法忍受軍營枯燥無味的生活，幾次產生偷越國境的念頭，又幾次打消，因為跑過去的人最後都被對方送回來了，他說，人生是座大牢，天網恢恢，想跑是跑不脫的。哪怕是最善良最無罪的人，也得坐這無期徒刑。天呀，我得趕快把這些信也給燒掉，否則，一旦死後被人辨認出他的字跡和單位，他那小命是難以保全的。還有什麼呢？我想，再沒有什麼了，我以及我身外的一切都不要，我可以把它們隨便亂扔，扔到哪算哪，可是，誰要是動一下它們，我又會感到無比憤怒，比如有一天我把日記扔在桌上，同學好奇，想看一眼，我勸阻了他幾次，他嬉皮笑臉，一定要看。我心想，你既然這麼想看，那你就看吧，可他看了幾行就丟下了，把我氣得渾身汗炸！他無非是想知道我的日記裡有沒有那些涉及男女私情的東西罷了，這個婊子養的，我可以嚴正地告訴他，老子對男女私情不感興趣。

真的不感興趣嗎？感興趣又有什麼用！我愛上了我們班最標緻的那個，可她太水性揚花了，日日夜夜都有一大群色狼、蜜蜂圍著她轉，對她垂涎欲滴，誰不想親口嘗嘗她那飽滿的粽子雞蛋乳酪胸脯！我只能坐在週邊觀看她蓬鬆的捲髮和凹進去的股溝。美人太少，醜人卻到處都是，我這個醜人唯一的念頭就是跟她搞，可我今生今世也別指望真能實現，體育系的兩條大漢鐵桶似地保衛著她，誰想染指，不被打得鼻青臉腫才怪。不過，她全是我的，夜裡躺在床上，我在想像中把她剝光，騎在胯下，一次一次地打我的水槍，直到把她灌昏厥為止。我的夢中絕不缺少女人，一次我在小飯館吃麵條，兩個漂亮的女大學生就坐我對面，我忽然射起精來，忙用雙膝夾緊，胯下弄得濕乎乎、暖融融的，好不難過。

最叫我無法忍受的是她們的眼神和嗓音，她們仰著腦袋，眼睛望天，從你面前經過時，連看都不看你一眼，即便偶爾不經意地掃你一眼，也像是碰了瘟神一樣，極迅速地把目光收起，好像多停留一秒鐘就會傳染上疾病，還有那聲音，尖細尖細，彷彿從屁眼裡擠出來似的，好像運足了全身力氣，把嗓門逼窄逼細，從十分之一毫米的嗓子眼裡擠出來一點聽似文雅秀氣的東西，真是矯揉造作之至。要是找了這種女人，每天在你耳邊聒噪、尖叫，那才倒他媽八輩子楣呢。

算了，我覺得還是跟男人待在一起的好，我跟男人待在一起，而且最好是陌生的男人，感到自由自在、無拘無束，想說什麼說什麼，想幹什麼幹什麼，全無一點顧忌。而且我們好合好散，誰也不記誰的恨。第一個男人是他，我們合睡一條被子，睡了三天，談了三個通宵，他告訴我他談朋友的不幸，他追的女人沒一個喜歡他，他不追的女人倒有幾個窮找他玩，有個離了婚的大娘晚上總找他去閒扯，結果跟他幹了幾次，他覺得沒味，他說看見人家老婆一個個長得那麼活鮮鮮的，心裡就發灰，不知道何年何月才碰得上一個這樣的。我說別著急，要耐心，總會碰上的，一個蘿蔔一個坑，上帝分配絕對公平。我說你就是膽子不大，不敢主動出擊，比如說你愛上的這個姑娘，她每天上班要走一大段路，而且正好和你同路，你何必不主動提出讓她坐你車後載她一段或者乾脆像咱們那位老弟那樣，趁她從樓下經過，一杯茶葉水潑下去，潑她個滿頭滿臉滿身，然後拿條乾淨毛巾趕下去，連聲道歉，並請她上來喝杯麥乳精或咖啡什麼的，不就解決了嗎？我跟他出了無數好主意，有的可說是巧妙極了，可他就是不敢幹，怕這怕那，最後還反問一句：要是你自己，你敢嗎？

是的，我站在街心，有意等在那兒讓過往的車輛把我壓成肉泥，可是我運氣不佳，誰也不照直對我撞，總是吱吱嘎嘎剎車怪叫一聲，保險杠離我老遠便停下來，然後罵大街，娘的個屄，你他媽的不要命了！我為什麼他媽的這麼倒楣，沒碰上一個酒後開車的醉鬼或者一個調級沒有上去的瘋子司機，或者一個喜歡開飛車的後生小夥子呢，站在街心，特別是在深夜，冷風像一頭頭野狼從這個巷子穿進，那個弄堂鑽出，尖利地嚎叫著撕扯我的亂髮、我的單薄的衣衫、我流淚的眼睛，其實我老早不習慣哭了，無論父母親打我、同學打我、街上的小流氓侮辱我、當頭的狠訓我，我都不哭，從沒哭過。我想我這是怎麼了，沒有人類的感情了？是的，沒有，我吞進肚裡的淚水早就凝固結晶永遠地凍硬在心中，倒是我站在街上時，心裡常常翻江倒海，又像有密密麻麻的針頭在心尖上輕輕戳著、揉著、劃著、刮著，產生一種又甜又酸的感覺，加上那時遠處的路燈像鬼火一樣磷磷發光，馬路上連個魂都沒有，天上雖然晴朗，卻不見一顆星星，全被城市如塵如霧的燈光所吞沒，我就會想，是的，從來沒人愛過我，我就像這水泥路面，一天到晚一年四季被無盡數的車輪和腳輾來輾去，輾得越來越硬，越來越平直至凹陷，直至漏出下面的沙子、泥土、鵝卵石，一到雨天又混成泥漿，一到晴天便化作飛灰漫天揚著。到深夜全部空了，一切都歸於沉寂，只有這昏黃的燈光無精打采地照著。是的，我誰也不愛。

那就是上個月的事。等待了十年，車子才來，而車上早已水泄不通，而車站上早已一江一海的人頭，車門打開了，沒有人下，誰肯放棄用生命和鮮血奪來的位置，哪怕是腳下的立錐，於是人們往上湧，每一個人都擠扁擠平了，橫的豎的，彷彿一張張紙，又不知過了多久，大約三天三夜吧，車到了下一站，而這一站人更多，每過一站，車速就要降低一倍，到最後車子比步行還慢，平均一天挪動一分，人們仍舊不肯走，仍舊寧願坐車，車子始終走不動，始終走得慢，以至永遠，惡性循環。

你吐了，因為那個女人，她長得那麼醜，那樣噁心，更其噁心的是那所有的打扮，你問自己，難道我可能愛上這種女人嗎？難道我可以和她性交嗎？醜陋的女人永遠醜陋，醜，永遠無人喜愛。因此醜的人永遠仇恨，世界永遠不可能好起來，除非將所有的醜類斬盡殺絕，然而醜是力量，戰勝一切的力量。醜集合在一起，瞪著血紅的仇恨眼睛，牙咬得山響，他們與黑暗密謀策劃，準備謀殺光明，我說，好，我就是醜類，誰不愛我，我就將他殺死，這就是為什麼我把一個漂亮明星的畫片撕成二十四萬八千六百三十六的平方的平方才感到心頭解恨。每當我看到女明星的畫片被人用來揩屁股擤鼻涕或亂扔在角落蒙滿灰塵我就感到快意無比，我就叫好，對，就是要這樣搗毀世界的美！

我不能幸福，我也仇恨他人幸福，而且我要向他們指出，幸福是不可能的，你別他媽的做夢了吧，誰也無法改變大海的滋味，海水永遠是苦澀的，人生就是這苦澀的大海，那是多少淚水匯聚而成，潔白晶瑩的雪水一融化，就變成了混濁的泥漿，泥漿偉大，苦澀偉大，一切醜的都是偉大、永恆、長命百歲的。Richard Cory早就死了，大約是在三十年代，在美國死的，現在還有無數芸芸眾生在走他的路，Richard Cory之路，你想知道他是怎麼死的嗎？去讀Richard Cory的詩去吧。苦命的詩人短命的詩人醜惡的化身只有靈魂醜惡到極點的人才能成為詩人藝術家，其他的一切全是鬼話。文字垃圾。句號。要我評論一下當代文壇嗎？全是活屍。陽痿的文學。文學的陽痿。就是割了雞巴的文學。句號。

煤氣不行，那氣味難聞，而且我到哪兒去弄煤氣？那是上等人的死法，安眠藥如今也不大好弄，醫院才不給你開，年紀輕輕的，失什麼眠！加強鍛鍊吧。喝滴滴畏？太難喝了，瓶蓋一擰開，光那氣味兒就嗆死人，熏得兩隻眼睛直往下流水，更甭說往口裡灌了，用刀片，剃刀片割喉管，這倒不錯，不過不能立刻就死，不能立刻就死意味著要忍受與死亡搏鬥的痛苦，我不想與死亡搏鬥，死亡是戰無不勝的，生命才容易克服，因為對生命留戀，才產生痛苦，怎樣才能不痛苦地去死呢？也許是在睡眠中死去。不知不覺的。正在做一個夢。於是停止了，夢卻沒有停，繼續在發展延緩擴大直至永遠。死亡真是一個神祕的王國，不會死的人哪裡知道什麼生。

其實就是坐在安靜無比的圖書館裡，人的心也從沒有一刻安靜，它老是大聲嚷嚷著，詈罵，毒笑，說挖苦話，恨恨地評頭品足，它看見某人奮筆疾書，就冷冷地嗤之以鼻說，又有什麼了不起，抄書！或者，你算什麼，才讀二年級，只知道整天鑽書縫，沒出息！或者，長得真他媽醜，這種樣子還來讀書，難道大腦真的跟面貌成反比？或者，你們都不如我，哪怕一年三百六十五天泡在圖書館裡，到末了只會被書打敗。或者各種各樣的想法，一天就這樣過去，夠了，活膩了。一回到宿舍，便感到生活的無聊，擺在面上的書本已經蒙上一層薄薄的灰塵，壓在下面的書那時只翻了一頁，或三頁或十頁，從此便不再繼續。日光燈沒日沒夜開著，泄下冰涼的光，被子，睡了整整三年的被子，拆了洗，洗了拆，拆了又洗，一共三次，枕巾被頭髮輾黑油了，掉一個面，再掉一個面，臥單也翻來覆去，破鞋子東倒西歪，到處是洗臉盆、牙刷、毛巾、半乾的衣褲，誰都不理誰了，為啥？因為一句不著邊際的話。

他自殺了。我爸爸。我不願跟母親生活。她要改嫁。我出去流浪了，弟弟淹死。我在一家小飯館討飯吃。菜上停著密密麻麻的蒼蠅，我想數數有多少只，手一伸，蒼蠅轟地飛開，一片陽光下的黑翅。我沒做聲，看著兩個男人在那兒喝白酒，是竹葉青，咕佬肉和排骨，桌子下面一條狗在啃剩下的骨頭，我抬頭看見一半嵌在白灰剝落的牆上的柱子上刻著：序以勁到此一遊。我坐了整整一個下午，誰也不睬我，我從那時也許更早紮下了流浪的根性。因此，一上詩歌課，老師在前面大講明喻、暗喻、對比、排比、反襯、烘托主題結構流派思想背景，我就想你寫過詩嗎，狗娘養的教書先生，去挨幾天餓流幾天浪吧，詩人的心是一顆流浪的心，這個世界太小，容不得他，他生就不滿足一切固定的格式猶如他不滿足他自己的肉軀，他只憑一顆心靈在身外遊蕩翱翔，我才不寫詩呢，可我是個詩人，如今，真正的詩人不是寫詩的人而是沒有寫詩的人，夜晚，我躺在被窩裡，詩就會襲擊我，夜晚我在躺下時，一些毛孔尚未關閉，裡面殘留著混合的燈光，詩歌首先就從這些毛孔進入，宛如墨汁，滲透我的全體，直到把一切明亮的、半明半暗的東西擠出去，那時我想，要是有筆和紙就好了，可是只要打開燈一切就會逃得無影無蹤彷彿並非產生過一樣，那就讓我把被窩裡的空間弄大一些，將紙在肚皮上鋪開，擰掉鋼筆帽，在上面寫開去，想到哪兒寫到哪兒，可我的被子太窄，稍微弄開一點，我就睡在臥單上了，太冷，我想要是有台答錄機，在我嘴邊擺上個話筒也不錯，我想到什麼就對著話筒講出來第二天再根據錄音加以整理，然而我買不起，再說晚上人們都睡了我怎麼能把內心深處的隱祕講出來讓大家聽見呢。

真奇怪，我和他交了一場朋友直到現在四年了我還不知道他叫什麼，原來幹些什麼，我們只是在晚飯後一起外出散步談些無關緊要的事有時乾脆啥都不談，散完步後就回。他好像問過我一次，「你說，難道我們就永遠要這樣下去嗎？」

是的，這個時代太快，一切都不能持久，愛情、友誼、生命。教育已從五歲提前到胎裡。三十歲已經是老年了，五十歲便是垃圾。七十歲完全是屍體。我現在已經到了中年。什麼樣的感情我沒經歷過？八、九歲時我就看見血流成河的場面，而現在則換了一種方式，人們在內心深處詛咒他人和自己的命運，恨不得別人都死都倒楣都完蛋只有自己一個人上去，誰都比別人強。持久即意味著厭膩。只有不斷變幻。我的天，只有一件新鮮事誰也沒有試過，那就是死亡，能一而再、再而三地死去，那真是一種罕見的幸福。老海倒是幹得對，寫不出就死，何必呢，那麼多騷人墨客，寫了一兩篇東西就不寫了，他們何曾意識到自己已經死了，可他們還坐在空蕩蕩的塔尖上，向芸芸眾生要求他們的往昔，這些活屍。得請我做他們的客座教授，傳授自殺的藝術。可他們太硬了，僵硬無比，自私殘暴兇狠無情狹隘可表面上卻剛好是反面。猶如大便在陽光下發出的燦爛金光。我祝他們長命百歲！

大約一歲時我的陰莖就能勃起，而現在我不能了，女性使我厭惡至極，她們的肉體宛如一灘爛泥，把自己天堂的精華澆灌那種爛泥？我沒有這個權力。我確曾在爛泥中滾過一陣，那是十二、三歲。我想像她們是最美好的。我以為說普通話的都是最標準最美好的，結果她自殺了，老娘說她和別人發生關係。我嫉妒那個別人，為什麼不是我，後來他被人圍在屋裡，爬到窗外，兩手扒住窗臺，光光的身子懸空在三層樓的空中，冷風嗚嗚地吹過，他受不了，掉下去摔死了，人們可樂了，都來看他死後凍硬的雞巴。滿足他們未能滿足的邪念。你瞧，生與死，生欣賞著死，藉死亡發洩。

你想寫作？那可不是一件好事，不過，我倒想問問，你為什麼要寫作？說不清，好像並不為什麼。那你對什麼感興趣？對別人不感興趣的事感興趣。比如？死。死？對。為什麼？因為這是人類唯一沒有體驗過的東西，或者說沒有一個人能夠起死回生活著講他死過的故事。不是有很多人描寫過死亡的感受嗎？那只是活人對死亡的推斷臆想幻覺感受，正如人沒有到太陽是無法描繪出在太陽上生活的感覺的。怎樣才能死了又活而講述死亡的經過呢？這個問題我目前正在考慮，比如說清朝時有位女郎因為失戀鬱鬱而死，她的情人找到她的屍體，與她性交，結果以他具有高度還陽功能的精液使她恢復了生命，遺憾的是，她並不是才女，只是個丫環，終身只好供人玩樂而已。假如死的是男人，女人能不能使他恢復生命呢？這個史書好像並無記載，不過我想是不可能的，女人只是月亮，明白我的意思嗎？罎子，裝水，盛物，傾倒，這都是最先的功能和最末的功能，如此而已。要想寫作，首先要有一條，打破一切戒律，一切戒律，所謂的金科玉律是絕對不存在的，打破一條，作者就前進一步，打破多少條，就前進多少步，這是絕對規律，不可抗拒。

我才不信那個作家的屁話，他當我是小孩，什麼都不懂，其實，早已沒有什麼戒律了，自從俄狄浦斯殺父以來，或許更早，自從后羿射日以來，就沒有戒律了，拿我自己來說，儘管我知書識禮，見了同輩人便說「你好」，見了上輩人便叫「叔叔阿姨老張老李伯伯嬸嬸爺爺老師師傅」，在公眾場合穿戴整齊彬彬有禮談吐高雅不失分寸，可要說我的心思，那卻是一場糊塗，我什麼念頭沒有產生過？前兩年邊境打起仗來，報紙上煽動性的新聞一看，廣播裡吶喊式的歌曲一聽，加上周圍人們的磨拳擦掌、咬牙切齒、罵聲不絕於耳，我也來勁了，不免躍躍欲試，也想挎上衝鋒槍，揣著手榴彈到前線殺他幾個人再說，聽說殺人越多功勞越大殺人最多的可以當上將軍，這還不容易！重機槍端起來一陣亂掃，子彈有的是，真像他媽的割麥子，一掃一大片。後來聽說踴躍報名的人太多了，把招兵站擠得水泄不通，我的心就冷了，既然人人都想當將軍，哪還有我的份！比我精明的人多著吶，我可不想去給某個連長排長的賣命：他娘的，衝啊，不衝老子斃了你！

老子不想把自己的命交在人家手裡，聽人家擺佈，讓我活就活，讓我死就死。我想自殺，就是這個意思。自殺的原因可說是很多（這裡就不用贅述，以後可能還會談到），可我自殺根本沒有原因，這才過癮。有原因就不好辦，老讓活著的人內疚，覺得生前有什麼地方對不住人家。所以我們隔壁那家人的老婆精，早就洞悉了這個淺顯而深刻的道理，動不動就威脅她丈夫，「我要自殺！」她丈夫也奈她不何，怕她一旦真的自殺，這輩子脫不了頭，人家不扣你個「虐待妻子至死」的臭帽子才怪！因此一威脅，他就說，好，好，我怕你，你想要我幹嘛？洗衣服？做飯？掃地？抹桌子？洗碗？鋪床？疊被子？買菜？倒洗臉洗腳水？倒痰盂？買煤球？把工資一分一厘全交給你？行，都行，都行，幹啥都可以。真他娘的活得窩囊。後來他靈機一動，也來了一個以牙還牙、「我要自殺」的威脅，沒想到妻子一甩手走掉，說，「別忘了剃鬍子刀片在梳粧檯抽屜左角，菜刀在砧板上，筆在我的上衣口袋裡，請你事先在紙上寫好：我自殺與她沒有關係。我好再找一個婆家。」

那盞燈好亮，張著幾根啃淨了肉的魚刺，煞白煞白，一個勁往眼裡刺，刺得眼球生疼生疼，我低著腦袋往前走去，我在黑地裡還有好大一段路要走呢，那盞燈倒是好意，我知道，它想在前面引領，扎眼倒是扎眼，不過，看樣子隔得不遠了，過不多久我就會站在它下面，歇一口氣，看看錶上的時間，可是怪了，我走了好幾個小時，它還是老地方，我不僅不能接近它，反而離它更遠，腳下也不知踩著什麼，一會兒溜滑溜滑，好像打了肥皂，一會兒高低不平，好像是森森白骨，後來，芒刺突然耀出強光，一下子刺中了我的雙眼，鮮血立刻濺了出來，我心中大喜，好，終於到了，不料腳下一空，噗嗵掉進一個坑中，第二天醒來躺在床上，我問怎麼回事，大家都不做聲，只是笑嘻嘻的，我把手伸到眼前一看，倒還乾淨，可指甲殼裡全是黑乎乎的，湊到鼻子底下一聞，一股糞臭，原來如此，我沮喪地倒在枕上。

我當然忍受不了那些插隊的傢伙。我雖然心裡比誰都饞、急，好在我懂文明，肯老老實實地排隊，可我們那兒根本無隊可排，就那麼巴掌大的一個窗戶，十幾個人頭一窩蜂地擠在一起，裡面還有捲髮和辮子，現在她們越來越野、越來越饞、越來越毫無顧忌了，你好容易擠到窗邊，捏好票子的手正往裡送呢，一隻柔嫩的小手伸過來，橫蠻不講理地把你的手推開，像推開一塊幹木頭，然後買了東西揚長而去，你好幾次火冒三丈，恨不得一拳把那張奶油麵粉臉蛋捶扁，可你他媽沒這個勇氣，只有忍氣吞聲，心裡恨恨地罵上幾句，有一次一個男的插隊，你說了兩句，「請別插隊，講究文明」，那人充耳不聞，你一時興起，提住那人的後領便把他拖出了隊伍，他轉身就抓住你的領口要和你打架，你心想，反正老子也不想活了，要打就打個死，剛想到這兒，鐵碗就迎面扣了上去，好在周圍學生多，被不知誰的手從中一揚，把碗擋飛了，結果你在來來去去的人腳下找碗找了半天。文明和野蠻，就這麼交織在一起。

你實在無法忍受他們在電視上的表演了。你不能容忍任何傷感的情調，像女人的男人，像男人的女人，任何矯揉造作的舉動，比空洞還叫人厭惡的另一種豪言壯語，一味表白自己感覺膚淺的憂傷，在表演中都保持著分寸的接吻，你想，這些人都上了電視，文明還有指望嗎？

格式。固定。互換。你看了半天也想不起這是什麼意思。這是一年前你開始學文學時在筆記本背面隨手寫下的幾個字。你極力回想寫下這幾個字的時間和地點，記憶妨礙著你，只要你努力記憶，記憶便會消失，你想，還是等它們自己出現吧，忽然你被框在裡面了，猶如電影的定格，無論怎麼想動也動不了一步，出現了飯堂灰白的背景，小道互相交叉，通向一排排烏眉皂眼的宿舍，消失在遠方的教室大門之中。你就在樹葉下面穿來穿去，結果完全一樣，他們對你述說了相同的經歷：他每天早上六點半起床，到自由市場買菜，回來漱口刷牙吃早點，騎自行車上班，下午去幼稚園接孩子，愛人在家做開了晚飯，然後一邊吃飯一邊看七點鐘的新聞，九點半鐘全家準時上床，有時晚一些。他每天跑月票，上班、下班，回到家裡，偶爾上一趟街，平均一月兩次。他一星期十二節課，備課、授課、批改作業、家務事，囊括了他生活的全部。一個在大學，一個在研究所，一個在合資企業，你們彼此都羨慕對方，各人抱怨自己固定的方式不死，誰都不能成為別人，因此無法成為自己，為什麼不能互換？

這與我無關，人類的一切都與我無關，誰生病了，誰家東西被人偷了，誰失戀了，誰離婚了，誰被撤了職，誰被汽車壓死，誰坐了牢，被槍斃，誰落了榜，誰評掉了級，這一切都與我毫無關係，那是他們自己的事，是他們自己的錯誤造成的，讓他們把經驗傳給下一代吧，我不需要瞭解這一切，對於人類的慾望，我因為太熟悉反而淡漠。

的確有人說過，希望是生活的支柱，好像說這話的不只一人。放他娘的狗屁，我這輩子沒有過希望，如果我能生活下去，那是因為我絕望，而且我越來越強烈地意識到，不絕望我就無法生存，不徹底絕望，就不能徹底生存，正如你知道明天中午十三點正整個地球要爆炸時所感到的那種忙什麼反正不過一死的感覺一樣。其實已經無所謂了，絕望感也已消失殆盡。因為我要自殺。

人類生存了幾千年，好事壞事做絕了，唯獨一件事做得不徹底，那就是自殺，聽說過集體自殺的事，但還沒聽說過全國或全世界集體自殺的事，硬要被動地消極地等待大自然的處理。我想，最好是在搭乘飛機時從一萬米的高空跳機摔得粉身碎骨，但我沒這福氣，也不知道飛機的窗口是不是像公共汽車的窗子用手搖柄一搖就可以搖下去。或者在本地某座建築物失火時縱身跳進火海裡燒成一團灰燼，就是怕還沒完全燒死火就撲滅了最後反倒被人滑稽地封為救火英雄。如何突然消失得無影無蹤，這可真是一個令人大傷腦筋的問題。

叫我回去幹嘛？我把一封封催促的來信點燃，看著火舌把信封蠶食著，使之膨脹，騰起一小串一小串輕煙，旋即蓬起明焰，接著騰起長長的紅火苗，最後化成一堆鏤空的發出金屬響聲的黑骷髏架子。春節我是不回去了。你們終於感到了寂寞，自私的人，希望我回去給你們解悶，度過一年最難熬的時光，休想！我不屬於你們，我將在這兒冰冷的床上靜靜地躺著度過除夕看著窗外飄舞的雪花或可能的雨夾雪聽著人們在關起門來吃年飯之前放鞭炮驅邪的聲音：明年還會有人死的，人們似乎忘記了這一點，只有我能意識到。我不準備去哪兒，只想呆在這間宿舍裡，聽我自己呼吸的聲音和心跳的聲音，長久地凝視著黃漆的桌面或一支鋼筆或一本書的封面或牆角落的蛛網，忘記一切，忘記自己是在忘記，成為諸多物體中的一件物體。

一到過年過節，我便感到無聊至極，人們的歡聲笑語使我對自己產生厭惡和憎恨，我只想逃走，逃得越遠越好，逃到深山老林逃到大漠荒野，在那兒等著節日的結束。我無法在幸福的人中感到幸福。可是我無論躲到哪兒，哪兒都洋溢著節日的氣氛，彷彿廁所的臭氣，燈光又窮追不捨、無孔不入，我面壁而立，雙目緊閉、指頭緊緊塞住耳門，這樣我能整整站立一個晚上。

我想在死前把我的東西徹底清理一番，在八個人一間的火柴盒中，一切都是亂糟糟的，一切都暴露無遺，唯獨只有一把上鎖的小抽屜，能稍微掩藏一下心靈的祕密，不錯，我的確是寫過一些文學的東西，我只有它們值得看一下了，然後玉石俱焚，我把裝在的確涼襯衣——我一生唯一的一件豪華的蘋果綠——塑膠袋中的那包骯髒不堪的稿紙取了出來，一頁頁地翻看，同時信手摘抄下來，我奇怪，幾年前——僅僅不過一年前——所寫的事情和人物和感受竟然完全不像是我的，管它是誰的呢，反正除我一人之外，永遠也不會有第二個人再知道這件事了，於是

「『我一看見漂亮的女人、偉人的名字、寫得好的文章、成功者的事蹟，我就感到心灰意冷，』他的聲音從垮了半邊的破帳洞中傳過來。『我想，我這一生是沒有什麼指望了，還是過一天算一天吧。』

「我縮在被子裡面。被子太小，只能直著身子，稍一躬身，後面被子便掀開，脊樑露在外面，怎麼也紮不緊。」

「我極度空虛，這空虛感無法形容，因此我盡可能推遲記下它的時間。中午我就對自己說要把它寫下來，我有許多天沒有往日記裡寫一個字了。吃過飯，我想起《懺悔錄》還有十幾頁尚未看完，看完了再寫吧，」我對自己說。我把被子抱到枕頭上，將那堆棉襖、毯子墊在腳頭，便舒舒服服地躺下，把書豎起來，擱在肚皮上，下巴貼

著胸脯看著，一會兒，睡意襲來，書開始左右搖晃，意識朦朦朧朧，一個聲音說，『看完吧，』另一個說，『睡一下再看，再說，也不好看，』我透過沉得睜不開的眼皮縫，看著那一行行模糊不清的黑線，什麼東西『啪』的一響，我睜開眼，看見書落在身邊，疲倦的手把書拿起，努力在肚皮上豎起來，豎了半天也沒成功，看看實在睏得不行，索性啪的一合，往旁一扔，便睡著了，醒來時，已是一個小時之後。洗過臉我坐在桌邊。幹什麼呢？我明知道還有個問題懸而未決，卻故意問道。我的心在不想幹它已決定要幹的事時，總是要這麼裝模作樣，明知故犯。

「『其實，我父親和我母親關係並不好，』他說，『他們是介紹認識的，有什麼辦法呢？還不是這樣生活了二十多年嗎？聽父親說年輕時有個姑娘曾經愛過他。父親長得挺帥，一頭濃密的捲髮，和我的一樣，母親看相片也不錯，母親對父親沒話說。這我不知道。也許有過，但父親哪肯跟我講呢？不過，等我到了父親的年齡，我也不會把現在發生的事跟我兒子講的。』

「怕開燈怕開燈會眩花眼睛怕開燈會消滅思想怕開燈會回到現實之中在黑暗中聽蛐蛐叫聲匯成一片看大樓在青幽幽的光線中呲牙咧嘴窗棱是黑乎乎的十字架是紅燒青蛙腿油煎得通紅透亮是胸脯隆起的胸脯裸露的雪白的含在口中黑暗的深邃的潤滑的插進去插進去進去進去石頭尖利岩石嶙峋起來幹什麼幹什麼睡下吧睡過這一夜早早地早

早地永遠也不要醒睡在人世這張搖晃的床上吱吱嘎嘎咿咿啞啞臨死前咳痰墳墓十字架裹屍布這人世一張虛偽的嬌臉生殖器相接精液亂射流氓流氓純潔的愛情不要性交要精神行好痛苦算什麼只要有貞潔的名聲犧牲天性破爛的牆壁刷上一層白粉珍珠霜起皺的臉上美麗的話說在性交之前引起性慾虛偽虛偽虛偽公雞騎在母雞背上馴良和諧肉體和精神和諧睡覺愛情不精神肉體統一靈魂不喪失啊肉體何必有你死去吧留下精神死去吧肉體去吧去吧精神永存精神不能性交何必要活下去這難熬的苦痛這假裝出來的愛情這矯飾的愛情這自私的佔有的打扮自己損毀別人的愛死吧死去再莫復活復活幹什麼忍受這可怕的虛偽獨清不成無數張床燈熄了帳子裡是什麼聲音嬰兒性交嬰兒繁殖盤古方舟伊甸園夏娃亞當生殖器惡惡惡地獄深深的隧道通向不是天堂何必要愛竟如此受苦又沒有幸福沒有絲毫樂趣絲毫享受

「沙灘上如波濤起伏般的綠柳沉浸在夕照中，晚風在河面吹起漣漪，空中蝙蝠飛舞，有一隻飛得那麼高，翅兒幾乎擦著掛在西天的蒼白的殘月。我們在草地上小憩片刻，又沿堤走去，一直走到遊人最稀少的地方。右邊是一片墨綠色的田野，溶入了淺淺的夜色，縱橫地鋪展著豇豆架；左邊是被最後一抹晚霞燃紅的樹林。有幾個漁人在河邊搬罾打魚，網上水珠成串滾落進河中，發出音樂般的聲音。他們的背影襯著閃亮的河光，顯得異常黝黑，彷彿燒焦的炭。我不自覺地說『美，真美呀！大自然真是一個使人忘掉自己的地方。』『對於一些人是這樣，對於另一些人並不是這樣。』我聽到這聲音，扭過頭，才發現他在我身邊。我說，』這是指你自己吧？你認為，即便在大自然中，你也得不到解脫，也不能忘我？』『不能！』『那太痛苦了！』我感歎道，『當然，絕對忘我是做不到的，只有短暫的忘我，如我剛才便感受到一秒種的忘我，只有這一秒鐘才是最幸福的辰光。』『是呀，其實這種感覺我也有。我就是找不到那種永恆的忘我的。很難理解雷鋒的忘我精神，甚至懷疑象他這種絕對利他主意者是否存在。』他一面說，一面盯著堤下村道上行走的一個姑娘的身影，那姑娘身穿水紅的襯衣，才洗過澡，黑亮濡濕的頭髮散披在肩上，他一直盯著她，直到她消失在村莊的院落裡。我走在他的左邊，他是越過我的面前看過去的。我不便抬頭看他，免得讓他知道了我在注意而難為情，最後，我抬頭朝村莊看了一眼，紅衣姑娘早已不知去向，只有加濃的暮色攪墨汁一樣把村莊、田野、樹木、山巒調和在混沌一團之中。他打破沉默說，『現在我的注意力很容易集中在一些小事情上，比如一隻螞蟻、一個人、一片木頭等等，眼睛停在上面老半天拿不開，其實，這時要說想也想了很多，要說沒想，什麼也沒想。』我知道這話一半是自我解嘲，一半也是真話。自打失戀後，他在外面散步，眼睛常不自覺地盯在某個過路姑娘的身上，有時走過了還不時回頭看看。也許他看的還是他那失去的姑娘，因為我沒見過她的面，不知道她長什麼模樣，但即便是她，總不會那麼經常。我們開始討論惰性思維和活動性思維的問題。他講了一個趣聞。一個工程師在家裡苦苦思索問題，妻子洗衣服，要他搭個幫手，喊他他不應，妻子用棒槌敲打木盆，叫他出來，他還是不應聲，於是妻子開始往他身上澆洗衣服水，他還是不動，妻子以為他瘋了，不再理他，管自洗完晾好，上床睡了。第二天起床，見他剛上床，便問，『你昨夜坐了多久？』『好像只有個把小時吧，』丈夫說。『有什麼感覺？』妻子問。『好像打了會子雷，下了陣子雨吧。』丈夫說。

「不是有那麼一段時間我瘋狂地愛著每一個給我報以青睞的姣好的姑娘嗎？我不是甚至對路過的姑娘也感興趣嗎？一個由緊身褲勾勒出的豐滿的臀部不是足以使我回味多少天嗎？我的被子上不是塗滿了遺精的痕跡，我的床不也目睹過我多次的手淫嗎？（怎麼，我這是在寫一部《懺悔錄》嗎？只有盧梭那樣的人寫的《懺悔錄》才是偉大崇高的，他的直面自己罪惡的勇氣才是值得欽佩嘆服的。像我這樣一個默默無聞的書生袒露心靈，恐怕不但不會引起人們的欽服，反而會使他們極度厭惡，反感。有的說，『他本來就是個靈魂醜惡的人，當然不怕說出自己的醜惡，』有的說，『這傢伙自己靈魂醜惡不說，還要公諸於世，影響別人，真可惡！』可是，我有什麼辦法呢，心靈彷彿是一個裝滿了垃圾的垃圾箱，有時也想求得短暫的安寧和輕鬆，靠這種往外傾倒的辦法。）

「又是一陣悲痛的轟擊！沒有一個朋友，在那深山溝裡。兩個星期孤孤寂寂。如今，它在記憶中淡薄了。那等於說，我死了。本來，我為什麼要活？為什麼？我不能給人帶來歡樂，我自己也不可能感受到歡樂。我天生不具備這種能力，彷彿生來就是受苦受難的。如今，我不會享樂，我不懂得生活，可是，無數作品中的主人公都高唱『生活多美好！』難道我的內心世界同富格羅神父一樣陰暗嗎？不，我決不承認。我渴求愛，也渴求被愛。我並不希望把人世毀滅，我說自己活也讓人活，我希望人們相親相愛，和平地生活在一起。我憎恨戰爭，不平等，不自由，我憎恨階級。我並不希望這麼早就死。我只活了二十年，全是依賴別人，沒有絲毫自己的創造，我必須自己創造點什麼，作為我生活在世的回報。那時，我將無憾地結束自己。

「可他一上午、一下午都沒來。我本想使自己相信，他沒時間，他也有書看，但是昨天中午他看一本舊雜誌和今天還來這兩本書的例子足以證明我的推測不對。他並不想到這兒來。這就是殘酷的現實。好吧，如果他願意，那就讓我們把這個朋友關係結束了吧。我並不感到惋惜，也不感到悲傷。要過去的都要過去的。新的友誼若不是在舊的友誼死亡的基礎上，就不能生根發芽。去吧，讓我對你微笑一下，結束整個舊的時代吧！難道我們之間心的隔閡還小嗎？難道我們互相猜疑的程度還低嗎？難道他不嫉妒我、甚至痛恨我嗎？何必要假裝呢？過去那種睡在一個被窩裡談知心話的日子已經一去不復返了！他雖然對自己的這次挫折絕口不提，但我能揣測出他內心深處的活動，能體會到他難言的苦衷。他對過去的種種放浪行為已顯出改悔之意，他知道大部分錯在自己身上，但這種錯誤他當我的面說得出口嗎？正如我有些事情難於向他啟齒一樣。我並不強求。如果心靈的大門關上了，靠拳頭擂得開的麼？有時靠兩顆心的相互摩擦可能效果更好，然而在我們倆之間，這已成為過去。是的，我不再等待，因為那個時代已經結束，而一個嶄新的、燦爛的、光明的正在到來！

「他用左手捏著那張紙，大拇指扣在詩行上把詩看完了。我注意地看那個大拇指是否抬了起來，我終於滿意地看到它抬起來，讓眼睛從側面看了看被捏住的字。他把詩遞還給我，仍舊一言不發。又走了幾步。這時他突然說，『恐怕今後我和你兩人的分歧就在這兒。』『什麼分歧？』我感到十分驚訝，同時也有幾分不快。『你的詩太不現實，詩中唯美主義的傾向太濃，現實並不如你的詩所描繪的那樣，充滿了美。現實是醜惡的。我們的文學作品就是要真實地反映現實生活，揭示生活的真諦，而不是像現在的文藝作品那樣極盡美化之能事，永不能讓人有真實之感。』『可是，既然現實是醜惡的，難道你願意永遠生活在這種醜惡之中？難道你不願尋求片刻的解脫？我每天唯一的一小時散步能使我靈魂超升，能使我精神得到寄託，能叫我暫時忘卻人世的煩擾，我又何樂而不為呢？再說我的觀點與你的並無二致，我也主張寫真人真事，也主張反映生活的黑暗面，揭示人的內心世界，這與你的現實觀點又有什麼相悖的呢？難道這種生活你還沒過夠？難道你就願意成天這樣作徒勞無益的沉思默想，這樣無休無止的懺悔，這樣沉溺在對往事的回憶中嗎？如果你認為過去有錯，那就下決心跟它一刀兩斷，開始你的新生活吧，也許，你並不認為你有任何錯？

「『錯？』他似乎愕然地看著我，『其實我倒並不認為我有什麼錯，我的確是在沉思默想，在短短的一瞬中我似乎想得很多，可是在一天的末尾仔細回想一下又什麼都回想不起來，彷彿並沒有思想過似的。痛苦也並不痛苦，過去我要求太多，而現實生活的壓力卻太大，我的那些願望實際上是達不到的。

「他隨口『嗯』了兩聲，沉默片刻，說，『我並不是不喜歡大自然，只是覺得在大自然中也還是難以得到解脫。我記得你說過，生活中的強者是幸福的。什麼是強者呢？我看，能損人利己達到自己的目的，過上優裕生活的算不上強者，你說他成功全憑個人的努力，因此他是真正的強者。我問你，他損害了別人的利益沒有？名額有限，他成功了，這就意味著別人的失敗。他一個人的幸福必然意味著另一些人的痛苦。除非他不活在人世，否則他或多或少總在損害別人的利益。也許可能有你說的那三種，一種以專門損人為目的，一種以損人達到自己的目的，一種客觀上造成了損人的效果。最後一種相比較而言要好些，但性質都是一樣。按存在主義的觀點，他人即地獄。人既生存，就難免不對一些人有利，對另一些人不利。什麼強者，什麼理想，都是一場空。我記得你說過，暫時的成功又有什麼意思呢？在人類整個歷史長河中，那只不過是流星的一閃而已。咱們找個位置坐下吧，可這些情人！他們被夜色掩蓋得多麼好呀！咱們還是別去驚動他們吧。為什麼他們都喜歡到大自然裡來呢？難道他們也是來追求性靈的解放？我看不一定。他們只不過是利用大自然遮羞罷了。

「『最可悲的是大自然，』我說，『漁人在河裡打魚，樵夫在山中砍柴，獵人獵取飛禽走獸，農人墾殖開荒，情人利用天衣無縫的黑夜作庇護，文學家在其中尋求解脫，受到摧殘、毀壞的全是它，它不是太可悲了嗎？

「『情人用大自然掩蓋他們的肉體，文人用大自然掩蓋他們的靈魂。

「『真可怕！我們竟得出了這樣一個結論，連人在大自然中尋求解脫也是一種罪惡，一種純功利的動機。』那麼人究竟應該幹什麼呢？既然作生活的強者脫離不了金錢、地位和名譽，既然熱愛大自然也是出於一種追逐利益的動機，那麼，最好的生存方式是百事不做，上山當和尚，或者一死了事。

「『說起和尚，我倒想起了那個大肚和尚兩邊的對聯：肚大能容世上難容之事無非七情六慾，佛面常笑世上可笑之人在劫難逃。這付對聯道盡了人間一切真理。比幾十卷百科全書都強。實際上你看，人類哪一種思想，哪一種理論，哪一種信仰不是束縛人的思想的？人類苦苦求索，到頭來得到什麼呢？人的慾望是無止境的。人類一旦大徹大悟，它和自己起源時相差無幾，那也就是人類的末日。

「這時聽見一個姑娘的聲音，『我粗魯是出於我的本份！』循聲望去，隱約可見四個黑影。走到跟前，兩個黑影顯出姑娘的身段。正轉身，坐在一邊水泥電線杆上的兩個小夥子罵罵咧咧。顯然，他們調戲未成。

「他回去後想了又想，他問自己，『我真的沒有愛情了？』得到的回答是否定的。他有熾熱的純真的愛情。他說人身兼具動物性的性慾和人性的情慾，有時人和他妻子之外的女人性交僅僅只是一種生理上的需要和滿足，並不證明他對自己妻子不愛或不忠。他就是不同意愛情只有一次的看法。『真正的愛情還可能有二次、三次，甚至更多！』他幾乎喊著說。茶花女的愛情難道不真？法布利斯對克萊莉亞的難道不純？決不能因為一個人放蕩就否定了他人性中好的那一面。他說他現在習慣於看任何事情像稱天平一樣，黑白各半。

「我沿小路往右拐，走到十教學樓的側面，不遠處工地的燈光從側面射來，把我的影子投在牆上。路對面天橋下走來一個人。我瞧了一眼自己的影子：亂糟糟的頭髮，衣服穿得臃腫而稍稍隆起的脊背，忽然起了一種感覺，彷彿我是個年老力衰、落魄江湖的流浪漢。那人走近，背個書包，個子很矮，黑暗中看不清他的臉和衣服，只覺得他有點古怪。我趕忙掉回頭看了一眼，走出好幾步，感到好像他起了懷疑，回轉身來追我，再回頭時，身後空蕩蕩一條碎石小徑，搖曳著燈光投下的樹影。

「他迎面走來，在光線略淡的走廊裡，他那本來就穿著黑衣的身體顯得更加陰森。他的手舉起來，大概是抓頸窩的癢，肘部形成一個銳角，大約占半個身子的寬度。他一定也看見了我。如果我不稍稍偏開一點，也許就要挨他一下拐子。但我哪怕只讓一公分，那也就是向他示弱了。這萬萬不行。他至少應該懂得禮貌，把拐子往上抬一抬吧。這是我和他接近時幾秒鐘內的思想。讓他擦身而過，我的心猛地跳動起來，感到一陣熱狂搖撼全身。他的肘尖幾乎感覺不出地刮了刮我的袖口。我不由心頭火起，恨不得立刻返身回去狠狠揍他一頓。他那雙兇惡、陰毒、冷峻的蛇眼陡地出現在我的眼前，我毫不示弱地對盯著。我心中有一股接近恐懼的感覺，全身微微起著顫慄。不能放鬆，我對自己說。我知道自己的眼神決不會帶上任何能使人嚇破膽的威懾力量，無論我怎樣下死勁蠻勁瞪眼。驀地，我記起小時候在電影院和一個年紀相仿的小孩打架，我怒目逼視，想把他嚇壞，他卻冷冰冰地說，『你瞪什麼眼？誰怕你！』而眼前這個傢伙的眼中確實有一種令人不寒而慄的凶光，當它們盯著人時，它們就像死魚眼睛一樣灰白，也像死魚眼睛一樣凝固。我敢說，誰都不敢和他對抗一分鐘而不感到他的可怕。他的臉陰沉得象一片泥沼，一片乾涸的泥沼，從他的牙縫裡——他只從牙縫裡往外擠話，使他的話聽起來好像擠出鬧縫的稀泥，又有勁，又含糊不清——會吐出最冷酷刻薄的話語，那是他那顆冰窖的心所凍結的晶體。但我寸步不讓地盯著它們，我終於平靜下來，嘴角露出一個微笑，在我，那是內心沉著的表示；在他，也許是莫大的嘲弄。我這時盯他的樣子就象在讀一本書。冷風從樓梯口的破窗洞直往裡灌，我打了個寒噤，縮縮脖子，瞥了一眼窗外。天空濃雲密佈，北風在大樹中喧響，一片昏慘慘的陰暗景象。寒潮來了，我想。走下樓，出大門，上坡，到操場。

「我把他叫到一處僻靜的地方。『他從不鍛鍊身體。』A告訴過我，我想起來了。他是個鄉巴佬。頂多會用點蠻勁。我不怕他。要打，就非打贏不可，如果他竟敢先動手，老子就把人殺死。我周身血液沸騰，頭腦轟地脹大，路上的人、樹、地面，一切都在我眼中消失，只剩他一雙可惡又可恨的細縫眼。雙鋒貫耳，我記得這個拳擊術語。不，老子今天要來個雙鋒搗眼。『轟』地一下，我以迅雷不及掩耳之勢出拳，只見拳頭像鐵鑽，『噗哧』鑽進眼窩，鑽穿了半個腦袋。他應聲倒地。夠了，我說，只要嘗這一下就夠了。這個狗雜種，我朝他臉上吐了一口唾沫，便大步跨過他痙攣扭曲的身子，逕自走了。傳來許多腳步奔跑的聲音，混雜著一片喧嚷，我知道這是追我的，但我仍然走我的路。忽然，他又站在面前，全身無一傷處，嚷著要和我決鬥，說他要先打我一拳，如果我受得了，就可以和他打架。我挺胸讓他打了一拳。身子一震，晃了一晃，站住了，感到胸口悶悶地作痛。這回輪到我打他了。我運足力氣，舉起雙拳，流星一般直擊他的——我走進飯堂，他消失了。

「但是，愛情就是欺騙，我一個要好的朋友說的話，的確道出了一個真理，情人在開始相愛時是不能容忍對方的缺陷和錯誤的。

「更多的時候，我感到失望、壓抑、苦悶和寂寞。我的心常常受著冰雹一般的襲擊，打著哆嗦，在刺骨的寒風中顫慄。有時，眼淚會突然洶湧地要奪眶而出，好在我有極強的克制力，身體保持不動，目光仍盯在書上，嚥下淚水。沒有一個人注意到這。他嘆氣我卻控制不住，因為它常不知不覺衝出鼻孔，『嗨』的聲音響過，我才意識到，可是已經遲了。

「『我要瘋的，要成神經病的，』她在我背後的床上說，聲音好像是從嘴巴和枕頭之間發出來的。

「『請你不要這樣。』我看著面前打開的《刀鋒》，冷冷地說，『一個正常人決不會這樣。理智一點。』天光正一分分消失，書上的字跡開始模糊起來。天空灰濛濛的，罩著厚厚的雲。室內靜極。大樓下面傳來小孩子的啼哭聲。

「『我要瘋的，我非要瘋不可了。』她的聲音變成尖利刺耳的嗚咽，但仍然壓抑著。傳來深更半夜老鼠伸爪抓報紙的聲音，聲音越來越大，變成了扯棉花，接著又像擂鼓，在一片低低的痛不欲生的抽泣中，傳來踢腳聲。

「我一轉臉。她像瘋子一樣在空中亂晃著手臂，雙腿漫無目標地瞎踢蹬，宛似孩子。我撲上前去，不覺倒抽一口冷氣，床上已被她弄成狗窩一般。乾淨的臥單揉皺得像一塊抹布，壓在她肚子下面，這裡那裡，墊絮的棉花大團大團地扯了出來，她那平時挺好看的長捲髮亂得像稻草，眼睛緊閉，臉色死白，我想把她抱住，像抱住一堆稀泥，她渾身直往下垮，剛剛抱起，又垮下去，癱在地上，滾得滿頭滿臉滿身的灰塵，嘴裡一勁小聲呻吟，『我要瘋了，我要瘋了。』

「『無論如何，你不能這樣，起來，我們好好談談，起來呀，』我以最溫和的聲調說話。

「『完了，一切都完了，還有什麼意思呢？還有什麼用呢？她反反復復地說著。

「一種無法言喻的痛苦揪住了我的心。我恨不得用拳頭猛捶自己的腦袋，我恨不得用腦袋去撞擊桌角，但我什麼也沒有作，我呻吟著把臉埋在手裡。痛苦至極。

「『那咱倆一起死好吧。』她用極細微的聲音說。

「這句話竟像一把鑰匙，把我感情的閘門開啟了，我撲向她，把她緊緊摟在心頭，淚水一下子模糊了眼睛，泣不成聲地說，『我求……你、求……你，別，別再這樣，聽話，啊。』

「『我真孤獨呀，』我躺在她身邊，『有時候孤獨得直想自殺，別人都肯對我講心裡話，可我，我能跟誰講心裡話？甚至跟你都不能，比如剛才，我多想理解人，也多想被人理解喲！事實往往是，我能理解別人，別人卻不能理解我。我不該生下來，我也不該活下去。我的存在令人厭惡，我的存在對人毫無益處。我知道這一點。我內心總想對人好點，說真的，我從沒起過壞心，想害誰，沒有過。我覺得我內心是善良的，我所做的錯事有的是出於無知，有的則是出於過於強烈的愛，有時候，我恨不能像野獸一樣宣洩我的滿腔愛情，但我從來沒有起過任何想害人的念頭，沒有，沒有，沒有。我真孤獨啊。』」

抄得實在太累了。這抄稿的工作，真該請個什麼人來幫幫忙才好，我四顧茫然，天下所有的人都能幹這個工作，天下沒有一個人能幹得了。

我總對他們說，我是個孤兒。要是有人問我，你父母在哪兒工作，我就說，我沒有父母。他們早死了。後來有人偷看了履歷表，回來說我的父母還在，我便一口咬定，他說錯了，那是我的伯父、伯母。我是在他們家寄養大的。春節過後，他們都陸續返校，一個個紅光滿面、精神煥發，帶來各自家鄉的土特產，什麼花生、蠶豆、瓜子、酥糖、京果、蜜餞、怪味豆、麻條、大白兔、苕果、年糕、糍粑、小紅棗，開聯歡會，擺了滿滿兩大桌，我藉口肚子不好，拉稀，啥也沒吃，盡坐在那兒喝濃茶，茶有股子霉味，我還是硬著頭皮喝下去，他們並不知道我沒回去，因為我也買了一點，買了一點加應子湊數，因為我對他們說，我是第一個到的，我到的時候整棟宿舍沒有一個人，我怕他們問我為什麼到得這麼早，奇怪，沒人問這話，其實，我早已準備好了回答，我說我是提前到這兒來走親戚的，我有一個遠房的表舅在這兒一個什麼公司工作，以前我一到星期天出門，他們問我上哪兒去，我就說上表舅家，其實，我哪有什麼表舅，我是一個人到山上樹林裡去了。

「我下了二十四路車，徑直越過大馬路，朝編輯部所在的一座三層樓走去。天空陰雲緊蹙，路上行人稀少。刮著冷風。一位打扮入時的少女袖著手，縮著脖子。從街對面走過來。我瞥了她一眼。一星期前到這兒來時，天空也是陰沉沉的，也有一個類似的、燙髮、高跟鞋的時髦女郎從身邊走過，也吸引過我的目光。那時，自己懷著何等期待的心情啊！就要見到一位大雜誌的主編了！——當然，會面的結果和我預想的種種前景相去太遠，不能不令人失望。但今天，第二次會面，是他答應要進行『面談』的時候，畢竟跟上次的匆匆相見不能相比。上次留在他那兒的東西他想必看過，不知他看法如何。他欣賞那些無題的愛情詩嗎？『美麗的眼睛我見過許多／她們也見過我／每一瞥宛如小小的火柴／點燃我心中的火』。這樣樸素的句子，不朦朧，又琅琅上口，他不會不欣賞吧。『地軸業已折斷／群星各自旋轉／猶如宇宙的星群／雖密毫不相干。』他有豐富的經驗和高深的學識，肯定會一眼看破其中的意思，覺得我並非是沒有政治頭腦的人。其中一些寫景詩，摻雜進少量寫作時的現實，現實和想像難解難分，他該不會不覺得新鮮吧？我想來想去，即將到來的『面談』對我具有一種神祕和激動人心的意義。忽然，閃過一個念頭，也許他對我的東西絕口不提而問我愛好什麼，象一個學識淵博的長者考問小學生一樣。他會問我讀過哪些書？那些書的意義是什麼？想到這兒，我的心劇烈地跳動起來。回答什麼？說我讀過《紅與黑》？那，那麼，它的意義何在？是作為──是一部──是描寫──我讀過《無名的裘德》，《查拉圖斯特拉如是說》，它們的意義是──『我，哎呀，這些問題還沒仔細考慮過呢。』如果他真的問起，我就準備這樣對他說，也許，反倒顯得更謙虛一些。

「懷著這種顧慮，惴惴的，我爬上那座扇形大樓，穿過幽暗的廊道，看見大部分門都上著鎖，沒一個人走動。我停在標有《萬方》編輯部的門口，猶豫片刻。我的眼前出現上次的情景。那時，我很害怕門一推開，屋中所有的人都把目光轉過來集中在我身上的情景。站在門前遲疑了很久，才推門進去。他熱情地迎上來。但說明來意後，他顯得大失所望，眼睛望著地下，不感興趣地聽著我結結巴巴的自我介紹，對我請教的話，冷冰冰的回了一個『哪裡哪裡』的客套，裡面的意思卻很分明：『囉嗦什麼，誰還不知道你的真正意思！』其實我的確沒有那個意思。我排除了那個意思。

「我伸出手，指尖剛觸到門邊又收了回來。我該怎麼稱呼他呢？叫××老師，可老師這個職業並非人人所喜，誰知他愛不愛聽。叫××叔叔？好像相差太遠，扯不上。叫××編輯？這好像不是個尊稱，聽起來怎麼也不順耳，連說起來都不順口。叫××同志？這太正規，好像是來作外調的。叫××師傅？這又好像是到工廠車間找人似的。直呼其名？這使不得，機會只此一次，得罪了就完了。最後我決定，還是什麼也不叫，見到他裝出認識的樣子，一笑了事。四根指頭壓在門上，稍稍用力，向裡一按，門張開一道縫，露出室內一群圍坐的人一邊談話，一邊抽菸，滿屋煙霧騰騰。手連忙退回。我走到過道那一頭。進去還是不進去？看樣子，他們在開會，這樣進去，我得在眾目睽睽之下問『××編輯同志在嗎』的話，那太難堪了。正當我一籌莫展、束手無策之際，廁所幫了我一個忙。我打了一個響屁。記得從早上到現在還沒大便，便踩在一塊塊浸在水中的磚頭上，跨過廁所的沼地，打開小門，蹲下來。到處扔著菸蒂，被水一泡，像腫脹化膿的斷指頭，一灘灘濃痰和濃鼻涕這裡那裡閃著綠光，小便池上方歪歪扭扭寫著幾個字『請不要把煙頭、手紙丟入池內，以免便池堵塞。』大便池所在的小房內，角落裡有一個篾簍，裝著半簍揩過屁股的大便紙。我注意進進出出的人。沒准他這時正好進來小便。但我又不希望在這兒碰上他。你怎麼好在廁所蹲著跟他打招呼，稱他『××編輯同志呢？』被髒水浸泡得發黑的爛磚頭上，出現一雙張著口、沾滿泥灰的破球鞋，走攏來，鞋主人穿著洗得發白的藍學生裝，背後染著斑斑點點的白石灰。可能是民工。後來又進來幾個人，都是這種打扮。

「等下就硬著頭皮推門進去。反正又不是找他們，是找老賈的。可是說『老賈』不行，他可能很講究這個叫法的。

「晚見平、東、京。東問『我瘦了嗎？』『瘦了』，我說。他春節和女友一道去了深圳。『時髦』，這是他對那兒的評價。『整天玩，沒時間看書』，平對自己春節的總結。『三十夜分外寂寞』，京說，『年飯吃過便上床睡覺』。

「一個多月沒往這兒寫一個字了，遺憾嗎？談不上，如今對一切既不感到初時的興奮，也不感到未竟的遺憾，更不感到結束的得意。一場連續的失敗，談何得意？可是，你要寫些什麼呢？（像你這樣平庸的人！）既然你對生活如此倦怠，你又想寫什麼？這裡，你沉默了，好像在課堂上被老師提出了一個問題，面對教室突然出現的沉寂，你聽著心兒的激烈跳動，臉不由騰地飛紅，張口結舌，這兒，你的心雖沒跳，但你的大腦卻像上鏽的機器，按了幾下開關，空轉了幾圈，發出刺耳的嘎嘎聲，便嘎然而止。也許，你又會用那些老話來證明思想是空洞的，生活不過跟大氣一樣虛無縹緲，無論怎樣，你還是不知道今天該說些什麼。

「眼前景色再美，也動不了我的心。我坐在晚霞中的岸邊，面對玻璃般的湖水。

夕陽緩緩的，朝一片黑暗的松林下墜，樹林黑得好像一座山，倒映在水中，中間是一抹淡淡的湖岸線，看去宛如兩片緊閉的唇。水鳥飛過空中，鏡面上掠過它們短暫的影子。我呆呆地瞧著水面。什麼也沒看見。我覺得剎那間我變得很蠢。我失去了審美的能力。我不懂得發生的事情。小轎車時而嗤地從身後的路上駛過。我掏出小剪刀，把鬍子剪掉。留了一個多月的鬍子。『太長了』，她說。『與時不合不一定要在穿著打扮上顯露。思想』。那人說。他很討厭。但他說的是真理。門房老人大約第一眼見我便起了反感，說，『開會的人都出去了，不在』。他明明在撒謊。路上那一位呢？大約也是。一定是梅苓這個詞激怒了他。它象徵著權力、榮譽、豪富、奢侈、享樂，應有盡有。

「『這房子像牢獄一樣』，繞過那座堅石壘成的奶黃色別墅時，我說。

「『瞎說』，爸爸說。

「我們在他宿舍裡小坐了一會。彈簧沙發床。攝氏十一度。地毯。隔音壁。柔和的燈光。然後由他領著看了他住過的梅嶺一號，一座陰森森的雕堡，窗簾全扯起，看不見裡面，窗玻璃發出冷冷的綠光，特製防彈玻璃。『車可以直接從那扇小門開進去』。爸說。我一邊聽他講，一邊打量窗外一株楓樹，楓葉在秋陽照耀下，通紅透亮，煞是好看。

「我靠在一個大石墩上，屁股下面墊著小板凳，縮著脖子，手籠在荷包裡。一個老師走過面前，駝背、弓腰、鬢髮斑白、額上皺紋密佈。他跟另一個打招呼。我看見我在跟那人打招呼，那人回我的話，眼中露出驚訝之色。一定是我樣子太醜太老使他覺得奇怪吧。我下意識地用手摸了摸額頭，想把那些皺紋撫平。「噗嗵」一聲，我一回頭，凳子掉在地上，打了個趔趄，差點跌倒。又來了幾個女生。圍成一堆，大談考研究生的事。我瞅了她們一眼，覺得太無聊，便取出一本書來看。

「過一會兒，人群到齊。大家便來到會場。已是黑壓壓的一片。主席臺一側坐著幾個老者，都是有身分的人；戴著藍呢帽、黑呢帽，一式中山裝。誰是誰？我一點也不清楚。也不想知道。主席臺上方一禎橫幅，大書『表彰先進大會』。我低頭看書。這時大高音喇叭傳來一聲命令，『大會開始，全體起立！』『轟』，像炮彈激起的水柱，一下子直挺挺地都站了起來，轉眼向臺上看時，沒有了臉，全是黑藍色的脊背和被帽子壓平了的頭髮，對著藍色的天幕。《國歌》在耳邊轟鳴。但心裡很平靜。一旦成為儀式，就無所謂偉大了。

「『轟』，隨著另一聲『坐下』的命令，劈哩叭啦、一片屁股接觸板凳的聲音。

「『下面是八一班黃以稀發言』。我兩腿收攏，膝頭屈起，把頭放在雙膝間，竟甜甜地睡去。醒來已到發獎的時候。四點鐘了。還昏昏欲睡。四下裡看看，單調的色斑，色塊，頭、頭、還是頭。偶爾有一兩塊亮斑，但相隔太遠，看不清。

「人群不好看。那麼看臺上。那些老者忙起來了。一摞摞三好證書分班列好，人手一摞，臉上一堆笑，另一隻手則準備迎接領獎人的手。領獎者魚貫而行、排隊上臺，用手接住通紅的證書，轉身（向內轉身）走進臺裡。班上一位夥計也在那裡，揮手往這邊打了一個招呼。咦，他不怕被人看作太不謙虛？在大庭廣眾面前竟然藏不住喜悅？身邊的兩個人笑嘻嘻地和他打招呼。滿有興致地談著誰得了誰沒得，等等，我低頭看書。海德先生被人發現死在屋裡。這段描寫確實精彩。不過，我事先已料到這一點，因此興味要少好多。音樂還不錯，這為領獎儀式反復播放的音樂。怎麼還不結束呢？屁股開始隱隱作痛了。兩胯間夾的時間太長，有些汗浸浸的，難受得很。想用手去緩和緊張局勢，可又不敢。暗地裡有多少雙眼睛在注意你喲！

「『散會！』終於聽到這一聲。又是『轟』地一下，我還來不及站起，就發現自己包圍在一眼狹窄的石井中。好不容易站起來，在人群的推擠下，浮出了門。拍了拍別人凳腳糊在身上的泥，便往家走。」

我知道我這個人一生只可能失敗不可能成功因此我做每一件事都把它看成一個必然的失敗這樣我絲毫也不感到有什麼後悔和不安。比如我做作文或考試我就故意把字寫得歪歪扭扭，反正我知道我再怎麼練筆也好不到哪兒去，不如不練該怎樣就怎樣的好。老師和同學都說怎麼搞的，小吳的字越寫越差了。我說是啊，沒有辦法學不好，總歸是學不好。因此我很羨慕計算機、電子打字機，甚至傳聲打字機只要對著話筒講話就行，用不著動手。既然這一切都可以由機器代替，何必還讓人在上面花費那麼巨大的精力和時間呢？今後我們什麼都不必做，讓機器追蹤我們思想的軌跡，將它的電磁波譯成文字。這是我少有的一次幻想。你知道我有時根本不動腦筋。

一切都是偶然。進大學之前，我在選擇欄中按重點院校、一般院校各報五個的要求填寫了，結果誰也沒料到會到這個學校來，也許招辦的某個人看這個學校還差一個名額，便從一堆檔案中撿起一份，往主任桌上一扔，說，你看這個行嗎？恰巧那就是我的表格，主任一看分數還可以，不上不下，就將表格扔回來，說聲，我看可以，你該怎麼辦就辦吧，於是，我便到這兒來了，這個灰濛濛的工業城市。我的出生純屬偶然，在感情達到高潮的那個夜晚，父母親尋歡作樂，誰也不曾想到成千上萬顆精子中的一顆竟會在那個時刻與成千上萬個卵子中的一個結合，而且無限地裂變增長擴大像滾雪球一樣，最後生下了我，甚至還起了這樣一個名字，起名字的行為當然不能說是偶然，那是經過一番周密思考、互相商量後決定的，因為既不能拗口，不能與不好聽的事物諧音，不能沒有好的、吉利的意思，又不能不具備維持這個家族延續其姓氏的證明。但名字本身實在是太偶然了，還有數不清的好的搭配和組合，為什麼偏偏叫這個字：自立呢？我想不出還有什麼意思比這個更壞，它背後隱藏的用心何其毒也。

還有我跟他的認識。二十年中我們天各一方，誰也不知道世界上有這麼樣的一個人，就因為那天在火車過道上聽見他說了那麼一句話，我們就認識了，從此竟然成了好朋友，而且我連他父母親的生辰八字都可以背得滾瓜爛熟。當然，他永遠也不可能知道我的一切，他只知道我是個孤兒，所以，他常常對我顯出關心，每到星期天，就請我上他家去玩，我每回總推說有事，或者是作業沒做完，或者是身體不大舒服，或者是其他由頭。我害怕上人家，我壓根兒不知道在一個生人家裡應該如何表現，有些什麼講究，坐在沙發裡能不能翹腳，拿茶杯是連託盤一起還是只拿茶杯，吃飯嘴弄出聲響來怎麼辦，我害怕至極。所以他只要一提，我連忙擺手。家庭不適合我，我會把人家茶杯摔碎、把茶水潑灑一地、弄髒地毯、搞得人人皺眉頭、拉長臉的。我只希望一個人到林間小道中散步，在荷葉塘邊的石頭上長久地坐著，一直到晚霞退盡，夜涼透進我的毛孔為止。我不知道為什麼人們都那麼喜歡建立家庭。好像這是人生中唯一的一件大事，既然是絕無僅有的一件大事，那又幹嘛把家庭拆散呢？這一點我無論如何也沒法理解，難道他們把當初的誓言都忘得一乾二淨了？難道過去花在這上面的精力和金錢全都付之東流，還有感情，等等，他們就絲毫也不惋惜？我想好了，我這一生決不結婚，建立家庭，也決不要小孩，如果真有女人愛我，我也愛她，就讓我們保持若即若離的關係，以避孕藥物來安全地維持我們之間的性生活，根據我的觀察，好像到目前為止，還沒有一個這樣的女人。不過，我願意等下去。如果四十歲相當於過去的六十歲，而我註定只能活六十歲的話，不自殺的話，那我還有二十年好活，說得準確一些，十九年零四個月。

我已經整整三個星期沒摸一本書了。我覺得書對我來說完全是個累贅。我不得不為讀書花去大量時間，碰到好句子的時候，不得不時時停下，摘抄在小筆記本上，摘滿一本，就往抽屜裡扔一本，到後來那兒堆了十幾本，亂成一堆，我怎麼也找不著我想引用的句子，後來我想，隨它的便去好了，我幹嘛非用那些句子不可呢，我自己不是也可以學著寫一些類似的好句子嗎？那天我就寫了一個句子，我說：人生是一個偶然，雖然不可避免，但是一個不可避免的偶然。我挺得意的，我覺得這一句也不差似哪本書的東西。我不想看書還有個原因，我覺得沒有一本書對我的勁，你比如說建國以來所寫的作品吧，小說也好，詩歌也好，都他娘的沒勁透了，全他娘的唱高調，不著邊際。給人一種感覺，好像作家都是烈士，在刑場就義之前喊「××××萬歲！×××萬歲！」似的。或者像一個老態龍鍾的祖父在教小孫子做人，要這樣，別那樣，聽話啊，小乖乖。再不就是沒完沒了地編造一些聳人聽聞或者美好動聽的故事，難怪班上那夥善男信女那麼愛看。他們都是淺薄的一群！解放前嘛，倒有一兩個像樣的作家，可還可以，可他娘的提得太多，評得太苦，再讀時就跟嚼別人咀嚼過的甘蔗渣一樣沒味。再往前走，到什麼雞巴唐宋元明清之類，給呀呀學語的頑童每天背誦一首倒是不錯，像我們這個年紀的人再去讀，就不免有吃鹹菜的味道了。我真不明白，為什麼咱們喜歡看的東西，作家偏不寫，咱們不喜歡看的東西，作家一個勁地窮寫，還他媽的那麼叫響，這個世界是不是顛倒了？難道作家都成了叛徒，背叛自己的叛徒？我實在瞧他們不起。能發表一兩篇或十篇八篇或百兒八十篇作品又算什麼？歷史遲早會把它們歸於垃圾一類的，等著瞧好了。我相信我的判斷力，只要看看題目或者開頭兩三句，我就可以斷定，這篇東西只能活幾個月或者幾年，到目前為止，我還沒有發現一篇東西能活得比我久，而且才怪呢，越是評論界捧得高的、獲獎的東西，他娘的它就越是短壽，一評了獎就好像蓋了棺材蓋子，然後連個屁響都沒有，就銷聲匿跡了。還有個原因。我不懂為什麼看書總有一種上課聽講的感覺。本來一週二十節課已經上得老子頭昏眼花，只打瞌睡，心想換換味兒，可書的封面還沒打開，老子又像被一隻伸出來的紅手抓住，只往課堂裡頭拽。我實在怕極了，連忙嚷道：我不要上課，不要上課，我得神經病了，我要瘋了。老子總在問，你他娘的搖筆桿子把我當成什麼人了？你以為我相信你的狗屁打胡說嗎？你有能耐一本本地出你的書，我老子就是一本也不看，看你把我怎麼辦。

我叫他把音樂關掉，他說他就愛聽這，因為這是《命運交響曲》。見他媽的鬼！我一定要關掉，他一定不肯，我們差點打了起來，這時第三個人插進來作調解，把聲音放得不大不小。我坐了一會，氣才消。心想，他懂什麼音樂，還聽《命運》，這全是因為《命運交響曲》和貝多芬這幾個字那種浪漫的色彩的緣故。其實我親眼看見他在聽音樂時做作業，真他媽的功利主義！他竟然還跟人大談他聽《命運》後的感想，說什麼感情沸騰，想衝出去大幹一番事業。真他媽活見鬼。想聽聽我的見解嗎？他不想聽。我從沒認真去聽過音樂，人家假充內行，想告訴我命運在什麼時候敲門時，我趕忙用手塞住耳朵，跑得遠遠的，我壓根兒不想知道第一樂章在哪兒結束，第三樂章在哪兒開始，什麼樂器表現什麼情緒，我覺得這些沒有絲毫意義，無益於我對音樂的欣賞。我為什麼不想聽《命運》？因為它太慘了，慘不忍聽！我受不了貝多芬那個老瘋子的感情折磨，他簡直是個虐待狂，用他的鋼琴打擊樂和絃樂肆無忌憚地掃蕩著我的心靈，本來我早就把人類所有的一切慾望感覺感情全都埋藏在心底，打算從今以後再也不拿出來，誰知他那鬼音樂像一隻瘦骨嶙峋的大手，從我喉嚨管裡伸進去，把它們的哩嘟嚕一串一串都拎了出來，我說不清是快樂、是悲哀、是難過、是憤怒、是嫉妒、是憂鬱，我說不清，我只是感到我那守衛得嚴嚴實實的大門此時已經薄得如一張紙片，經不住幾下衝擊就會被沖決的，所以，我才要他趕快關掉，免得我失態。

他們還正兒八經地開過一次欣賞討論會，大讀貝多芬的憤世嫉俗、超群才華等等，我心想，狗屁，知道他為什麼寫出這麼好的曲子嗎？簡單得很，因為他是個聾子。我奇怪為什麼世上無人懂得這個最淺顯的道理。要是讓我當音樂家，我覺得還是先失去聽覺的好。當畫家，就先失去視覺。當一個精神健全的人，就讓我失去一條腿或雙腿或一條胳膊或兩條等等等等，不是嗎，誰能比一個殘廢人對生活更執著、對理想更追求、對人世更熱愛呢？精神不健全的人往往就是一般都是我這類四肢健全沒有微疾的人。

我又要開始抄去年積下的那堆文字垃圾了，我現在所做的跟一個骯髒的老漢在工廠院牆角落垃圾堆裡尋找廢鐵爛銅沒有兩樣，不同的是，他找到的東西還可以賣錢糊口，維持生計，我找到的只是純粹是充滿這一個個像我生命一樣的空格子。

「我手裡端著洗過的飯碗，推開房門。剛剛還在家的人現在一個也不見。日光燈照著。我彷彿走進一個白森森的世界。一個與人世毫不相干的世界。門在身後關上，『砰』然一聲。日光燈顯得刺眼，它的白光照在臉上，彷彿塗了一層石灰。緊繃繃的。我在桌旁坐下。看著面前兩排靠得緊緊的書堆。一排從下至上是《Oxford Dictionary》，德語畫報作封皮的辭海、課本、練習簿、漢語辭典；另一排微微傾斜，從上至下依次是藍封皮的漢英成語辭典、字印在封皮上的《Random House

Dictionary》、課本、翻譯教程、書背包皮扯掉的《Advanced English Dictionary》、練習簿、化身博士的英文版、課本、《Use the Right Word》。我的目光越過書堆看過去，兩張雙人床，一張帳子掛起，一張帳子放下，帳子的主人常常很早就上了床，把自己隔在他人視線之外，偷偷看情書。我雖坐在他對面，知道他在幹什麼，但從不抬頭看一眼，我的耳朵自會告訴我每天上床和睡前他枕邊發出的悉索聲的意思。他上面的床空著，一張光鋪，放著箱子、帶蓋的花碗、食盒、奶粉盒。兩張床杜相接的地方纏著一段電線，懸著一個插座，是預防突然停電時接走廊線的。我想從書堆中抽一本書來看。但手沒動。他們都出去了。也許此刻正在對門或隔壁一面吃電熱杯煮的熱氣騰騰的菜，一面有說有笑地聊天吧。我忽然對書起了一股恐懼感。我環視四周。眼睛儘量睜大。想儘量思索一下房內景物的意義。日光燈彷彿有一種穿透能力，把白森森的寒光滲透我大腦中的每一個角落，那兒竟然空空蕩蕩，一覽無餘。中午大喇叭廣播電影消息。賣票的老太婆——那個滿面皺紋、門牙缺了一個、頭髮稀稀朗朗的女人——像往常一樣，坐在食堂門口，椅子上擺著一疊窄窄的電影票和一塊寫著電影預告的紙牌，免得花力氣回答過往學生的詢問。今天她一個勁地嚷冷。外面的確冷。等會他來邀看電影，這倒是個不去的理由。他怎麼還不來，我奇怪著。往日他很早就來，有時正碰上我在看書，不願去得太早，便讓他等一會或先走。我摸出鑰匙，打開書箱，取出一大疊白紙，準備寫點什麼。寫什麼呢，我暗自納悶。日光燈逼得眼睛發黑。好像置身在陰天夜晚的樹林中。眼睛被白紙的反光一照，恍恍惚惚。他還沒來。也許他和女朋友一道看電影去了。也好，可以安心在紙上寫兩個字了。電影是國產貨，名字聽起來不吸引人。（你瞧，正在寫作的我忽然覺得昏昏沉沉、眼皮滯重、神志飄忽起來，那時發生的一切都是混亂一片，睡眠快要占統治地位了。）寫什麼？讓我想想。也寫一個星期六的晚上。不，那是步人後塵。名字取得一樣，（我的頭得再也抬不起來了，便在平放的拳頭上擱了一小會兒，迷糊中聽見呻吟，以為他們都睡了，猛地抬起頭，發現都還在）內容還是可以不同呀。我在慢慢斟酌，這時門打開了。『看不看電影？』他一手把住門，推開一半，並不進屋，站在門外說。我說我不大想去，話語裡透出不堅定的成分。坐在這兒寫又有什麼意思呢？我問自己。再說，好久沒看一場電影了。於是我說『去吧』。

「無法逃避了，你這既不信上帝又不信卡爾的人。婚姻、家庭、子女、死，都安排好了。深遠無邊的夜。深遠無邊的夜。床頭，傳來他人甜蜜的鼾聲。你想著她，這並不愛你的心上人。你也不愛她？不，你知道得很清楚，即使你愛她到死，她也不愛你。多少人懷著如火如荼的熾熱情感，踏上了尋覓你的長征。幻想著有一天見到你的芳容，你微笑的臉，同時給自己戴上桂冠。你沒有。多少人死了。多少人還在跋涉。

你沒有。像他們那樣，你不能。只有那一條路了。拼盡全力掙扎一番，就可夠到邊緣了。然而，她，不可能。也許真有上帝？也許是他的意志，不讓卡夫卡默默無聞？也不讓你？啊，不，即便你死，你也不可能。一切都是命定，但你不服從，不服從！人，只好告別了，然而，你不會追隨跳樓者的幽靈。（不一定？）不會。也不會去吸海洛因。連最高的統治者都吸，肉慾的海洛因。啊，小民，賤民，只有賤民最乾淨。他自己說的話應用到他自己身上去了。不能相信，連最高的權力也不能相信。也曾鑽進過你的心中，上流社會、宴會、賓朋、大彩電、不要錢、紅旗進出、留洋、一切、嬪妃如雲、心奔馳著，開足馬力，帶著鋌而走險的幹勁，衝！不要渴望，不要等待，決沒有人來。決沒有！知道那是個無望的深淵，跳下去吧，也許一萬年的努力會達到底。會的，會到底的。走吧，堅定的走吧，不要屈服內心自戕的力量，不要寬恕那個惡魔。原諒一切人，好人，壞人。哦，這無法排遣的寂寞感！女人，我需要你！所有女人！

「他無聊至極，看書也不能驅除這無聊幾分，於是，他想到手淫。他用冰涼的手指將萎縮的陰莖慢慢玩得勃起。於是，閉上眼睛，在黑暗的記憶中搜尋美麗的身影。許多模糊不清的身影從眼前飄過，像黑夜中飄浮過的雲。猛地，他的心動了一下，他看見一片藍光，閃閃爍爍，迷人地氾濫開來。緊接著藍光消失，露出一個被藍緞旗袍緊緊裹住的身體，旗袍兩邊叉口開得很高，一直到腰際，臀部頗寬，在旗袍的緊裹下，又圓又肥，與之相比，腰部顯得異常窄細，腰的上方，豐滿地凸露出兩個高聳的乳房，像兩朵尚未綻放的蓮花。頭被一團輕霧籠罩，看不清眉目，腳上一雙鋥亮的全高跟鞋，一走動便格登格登地發出悅耳的聲音，那麼纖細的跟兒，像一朵花的莖杆，每每顫巍巍的，引得全身也隨之顫動，而每一次顫動，旗袍叉口便要閃開，電似地顯現從腰際到腳踵的雪白的全部。他看見腰帶自行解開，鬆鬆地垂下來，袍子散開，像花瓣怒放。他用一隻手掀開袍子一角，呆住了，一切都消失，眼前惟剩下交迭在一起的肥白的大腿，和小腹形成的清晰的三角線，蒙在一層尼龍薄紗中。這個形象一次次加深，又一次次減弱，只到他把自己弄得精疲力盡為止。即便在最瘋狂的時候，他也沒有失去理智，他對自己說，『這是反常、變態。不能做。絕對不能。』但他罪惡的手指一刻也沒有停住。

「當晚，他自殺了。他用刀割切了全部生殖器。

「『前幾天廠裡一位小青年發牢騷說了幾句攻擊領導的話，不知誰打了小報告，讓上面知道了，廠長接連召開了兩個晚上的大會，點名批評那個發牢騷者，他那樣子叫人想起來都可怕。完全是以勢壓人。你知道現在殺人的案子多得不計其數。我講幾件給你聽聽。前不久，就在本地，一個丈夫因為愛上了一位姑娘，把自己的妻子活活殺死了。炸北京火車站的一位據說是一個省的工人，長期以來想調動工作都調不動，飽受行政人員愚弄。炸死了四個人，傷了大約四、五十人。還有一個女司機開計程車在市內橫衝直撞，軋死了好多人，報紙只說她是個人慾望沒有得到滿足。本市有個工人被開除，到書記那兒申訴，說比他差的人多的是，他可以舉出很多例子，只不過人家比他更滑頭、更隱晦罷了。書記仍舊堅持他的決定。那晚，他裝了滿滿一書包炸藥，潛入書記房中，來了個同歸於盡。依我看，這種現象是無法改變的，而且只會有增無減，神經失常、精神分裂的人越來越多了，咱們好死不如賴活著，過一天算一天，還是潔身自好，不與世人同流合污為妙。最痛苦的就是去做違背本心的事情，又常常後悔不該。要麼乾脆縮進自己的小天地中，一心搞自己想幹的事，管他世上死人翻船。』

「忽然我覺得腳上隱隱作痛，原來，雙手正用勁把襪子往腳上扯，小了，小了，隨著歲月的增長，舊時的衣物顯得小了，不合適了，但舊時的情感也是這樣嗎？也是這樣。畢竟情感不是衣裳，似乎複雜得多。『我死了你倒省心，可以找比我更好的。』『少說這些廢話！我已經聽膩了。』是我的回答。為什麼我不能說『我愛你，永遠永遠地愛你，你如果死，那我活著還有什麼意思？』我不能說。因為，因為這一切顯得太虛偽。那麼，難道赤裸裸的無情比虛偽的有情好多少嗎？誰說我赤裸裸的無情？她痛苦、她不斷線地流淚、她扭曲、她痙攣、她避開我的臉、她厭惡我的吻、她卻用雙腳牢牢勾住我的腳，不許我走。我看著這一切，無動於衷。但有誰知道，每一顆大滴的淚珠無聲地滲出她的眼角，我的心便痛楚地悸動一下，有誰知道，聽見她那肝腸寸斷的哭聲，我的心也碎了呢？我以為我會哭。我把頭埋在她蓬亂的捲髮中，聞到淡淡的髮香。我的右眼稍稍有些濕潤。我想哭，我卻哭不出來。『你可別再傷我的心了，求求你』。她用含淚的聲音柔弱地說，我卻像遭雷擊一樣，感到頭腦昏沉沉的，彷彿犯了大罪，被人押往刑場就地正法。我的天！我，我又在不知不覺中傷了她的心！我做了什麼不該做的事，使她如此傷心？是想起了傷心的往事？不是。是沒有陪她睡覺？不是。是上午打排球時說了幾句話？不是。不是。不是。眼淚泉湧般流出來。我作了些什麼喲。我倆去打排球。『我當時多快活呀，本指望好好玩玩，可你——』她又想哭了。『你打啥球？根本不會打。』我拍著球，自個兒玩起來。她氣壞了，要走。我攔住她，求她再玩一會。她不想。我給她一個球，她不動。球落在她肩上，掉下來。我又給她一個球，正打在頭上，球彈起來，蹦得老遠。她的嘴唇翕動著，像在罵人。她走了，我把球從她後面拋過去。也走了。唉，為什麼當時的我竟那麼冷酷，而現在的我心中卻如此纏綿悱惻，恨不得回到那個上午，再和她玩一番，彌補損失。我看見她那顆柔美的心在我的鐵蹄下蹂躪得粉碎了。『我受不了，真受不了。再這樣下去。』我也受不了啦。我狠狠跺一跺腳，站起身，正要走，感到袖口被拽住了，回頭一看，是她那張哭腫了的臉，被痛苦折磨得不成樣子的臉。我忍不住俯身去吻她一下。她卻又推開我，固執地把頭扭到另一邊。『我一個人，一個人在這裡。』她哽咽著。這句話像一把利刀捅進我的心窩。我比任何人都知道這句話的含義。同宿舍的其他幾個女伴在隔壁房間有說有笑。她們出出進進，旁若無人。她們黃昏時相伴著出外散步。而她，一個人，在一個角落，坐在小凳上，看詩或小說。『我不需要朋友，不，我不需要，因為你，——你是我唯一的知心朋友。』她說。難道她真的不需要朋友？不啊，不，她性格太倔強、孤傲，她不同流合污，她不願把光陰花在聊大天上，唉，她真是一枝出污泥而不染的荷花。當我不在時，那些孤獨的日子，那些寂寞淒清的夜晚，她是怎麼度過的？怎麼度過的。尤其上個星期，啊，可怕的上一個星期！『我不管了。我睡得格外早。我起得格外晚。我不管了。詩我看了，可是我沒心思，不知看了些什麼。我去了幾家醫院，我開了黃體酮，可我不敢用，怕它——據說，是保胎的，我沒別的辦法。真可怕呀。不能讓任何人知道。別小看這個學校人不多，可人人耳朵都尖，到處捕風捉影，人的舌頭快得像剃刀，真可怕。要是當真出事，我也不能回家。父母如果知道這事，我的天！我簡直不敢想像。可是，可是，我，我自有辦法。』她的話音裡有某種聽了叫人不寒而慄的東西。我不敢看她的眼睛，它們呆呆定定、固定地盯視著某個地方，黑眼珠黑的像深不見底的萬丈懸崖。我發抖了。『不，不，你不能！』『我知道該怎麼辦！我知道的。死！』我的臉『刷』地白了。我沖上去摟抱她，緊緊地、緊緊地，彷彿一鬆手，她便要像籠中的金絲鳥，展翅飛走。『你，你無論如何也不能這麼做，連想都不要想！』我心中不知是何滋味。我想到許多事情。我被開除了。沒有工作。她遭人白眼。我為生活四處奔波，做小工，扛碼頭。她的聲譽一落千丈。我們的孩子受人欺侮。——哦，我們寧願死也不受這種罪！社會，啊，社會，這是一座監獄，個人的敵人。為什麼相愛的人不能自由結合？不能自由收穫愛情的果實呢？哦，金黃的秋天，黃金的收穫，農人的幸福，情人的災蘗。我們有什麼錯？竟逼得走投無路。我越想越灰，越想越覺得人生毫無意義，便臉不洗，口不洗，腳不洗，澡也不洗，上了床，憂愁縈繞於心，無法排遣，提筆便寫起來：生活、生活、可怕的生活，漫長的白天，更漫長的黑夜，白天勞作，猶如掘墓，黑夜入眠，似入棺槨，從古至今，世代的生活，為錢操心，為食奔波，／生活、生活、灰色的生活，思想的兩極，永是冰雪、月兒美妙、迷離虛幻、鏡兒能照、脆弱易破、從古至今、世代的生活、灰雲邊上、鑲著金箔；／生活、生活、互憎的生活，玫瑰的下面，隱藏著兵戈，美好希望，任人宰割、人類之間、殘殺爭奪、從古至今、世代的生活、一柄利劍、一灘鮮血；／生活、生活、可悲的生活、心溶著淚水、臉擠出歡樂、社會的鐵鉗、命運在握、人生如草、比草更拙、從古至今、世代的生活，無數骷髏，黃土一抔。寫完我睏得不行，快半夜一點了。不睡幹嘛呢？

「早晨，晴空萬里。冬陽帶來了溫暖，染紅了寒窗。她的喜訊也燃紅了我的臉龐。來了，來了。她說，終於來了。『昨夜看咱倆嚇的，』她笑說，『嚇成那個樣子。』危險一過，危險中的態度實在令人發笑。」

我真不想在上面加這些引號，需要指出的是（對誰指出？）它們屬於任意引號，有時為了好玩，我將沒有引號的加上引號，即時創作的加上引號，而將真正引文的引號去掉，這真過癮，生活不也就是這樣嗎？引號的作用真大，把現在加上引號，它便成了過去，成了某種不確定的東西，某種屬於別人或更屬於自己的東西。而將過去寫的感受或思想的引號去掉，它便成了固定的、彷彿屬於現在的東西。

那是兩年前的事了。注意，引號已去掉，應為引文。他對我說，大難臨頭，要遭滅頂之災了，晚上盡做惡夢。白天在街上走，把男男女女都看成了魔鬼，向他討錢。學校的廣播喇叭整天只重複一條消息：中文系八年級三班八舍四六七室的成是同學中獎中頭獎約一萬元或二居室一套。他說，他憑直覺預感到，他必死無疑。他絕不敢去領那筆款子，也不敢把那張條子撕掉或燒毀。一走到街上，他便嚇得渾身打顫，不停搖晃，以為來來去去的車輛都朝他開過來想把他撞死。他躲在宿舍帳中，可只要有人敲門，他便連忙鑽進被窩，用被蓋捂住腦袋，把那張票子夾在兩胯之間，死之前的最後幾天，他竟然連飯也吃不下了，乾脆整天躲在龜縮在被窩裡，別人向他祝賀，他嚇得一張臉死白，冷汗直冒，完了，完了，嘴裡喃喃道，大運到來之時，便是大楣降臨之日。當然，誰也沒殺他，是他自己從窗戶倒栽蔥跳下去的。

精神分裂症的人越來越多了。

我那時就想，為什麼不把我生在月球上呢？或者把我變成一株樹什麼的。做一株樹或野草什麼的多好，啥事也用不著做，沒人管你，你整天整夜整月整年就立在那兒或者睡眠或者搖擺著舞蹈的身子或者環視四周環形的大地和天宇或者想心思最多的時候還是想心思無窮無盡地想下去這該有多好。

我開始記事大概不會很早，他們幾個都說三歲的事記得異常清楚。我說好像並非如此。過去的一切我都記不清了，甚至連今天上午我幹了啥，我也無法講得清楚。只有我握筆寫字的這一剎那似乎真實，我才存在。為了不使存在消失，唯一的證明就是將這一個個空格填滿，這才證明我尚有生命。但這一個過程除我而外誰也不可能見到了，因為讀者（如果真有讀者的話）決不會看到沒有填滿的空格也決不會看到空格如何被我填滿。這才真是寫作的樂趣，不為任何人，只為自己，只為了使自己的生命去填補這一格一格的空虛。這太有勁了。

我現在的計畫是，把所有的空格填滿後再去自殺，我初步預算了一下，我可能還要填滿十萬到十五萬個空格，如果每天填滿一萬，我離自殺之日還差十到十五天，行，我想，這個計畫再簡單不過，吃過早飯，我便消消停停坐在桌邊，眼睛呆呆地望著窗外凋零得一塌糊塗的法國梧桐。想到什麼就寫什麼，或者盯著面前桌上的一把起子，綠色起波紋柄的起子。這樣一直坐到中午，繼續下去，直到夜裡十點半，上床，第二天亦復如此。應該加引號了吧，我想，加一次引號，就表明過了一天，對，這個方法不錯，我已經不耐煩寫星期幾，星期幾、幾月、幾號、幾月、幾號之類的東西了。

「無聊！無聊！真無聊呀！喂，聽音樂驅趕無聊！聽什麼呢？加拿大歌曲！音符一跑出答錄機，我更感到無聊。關掉！再換一個，鄧麗君！不行，更無聊。中國二胡曲。現在感覺怎麼樣？我搖搖頭，臉上露出無聊至極的表情。完了，完了，什麼偏方都用過了，你已經不可救藥了！中、西藥都已服過。沒有辦法。我拼命捶桌子。我把褲管捲到膝頭，雙腳翹在桌上，下面墊兩本大字典，拼命抽菸，一支接一支。我用手背使勁擦腋窩，然後放到鼻下，聞它強烈的狐臭。我喊叫，我大聲打呵欠，從最高音一直到最低音，中間至少相隔兩個八度。我在心中醞釀著仇恨，將惡毒的目光投向每一個路人，尤其是女性。我要將這心靈深處滿盈的毒汁噴射到她們身上，使她們受傷，永世難忘。我看見那個個子高大、圓臉大眼、面色紅潤的姑娘，真恨不得照她臉上啐一口臭痰。我想像著班上一位最美的姑娘找我辦事，我對她怒斥，『滾開！找別人去，別找老子！老子跟你沒關係！』對面床上的他呻吟一聲，『啪』地一聲將書扔在桌上，說，『哎哎，只好睡覺了。』鄧的歌聲太動聽了！她使我回憶起那個黃昏，籠罩在柔軟暮色中的少女的臉龐，那火熱撩人的歌聲，我的心跳，不自覺地停下，卻又惶惑不安。這時什麼也無法趕走我胸中的鬱悶和無聊，還是鄧的歌聲。他倆也在如饑似渴地聽著。他睡不著，爬起來披件衣服邊寫日記邊聽音樂。而他陶醉在旋律之中，正沉沉睡去，尋找他的好夢。我的心哭著，想起廠裡那間冷冰冰空蕩蕩的房。他給我講他的夢。『我在夢中見到最美的景色，有時是大片大片盛開的鮮花，白天鵝成群成群在明鏡的湖上游翔。有時我獨自一人在金碧輝煌的大廳徜徉。』唉，那可憐蟲！他永遠在做夢。帳子從來不洗，發霉發黑，黑得像塊油抹布，破了幾個大洞。一床被子一蓋就是兩年。為什麼我一生接觸的盡是這樣一些人呢？孤兒，失去母親的人，失去父親的人，離婚的人，愛情上永遠得不到滿足的人。為什麼，啊，為什麼？我的心顫抖著、痙攣著、我想大哭（其實，這是用的傷感性語言，為了加強感染力，但往往適得其反），我的眼睛睜得大大，等著泉水般上湧的淚水，我要把它們像自來水，不，像瀑布一樣傾瀉出去，洗淨他的被子、帳子和心靈，洗去這人世間的污穢。

他說，他要聽悲傷的音樂。快，快取最悲傷的曲子，我這冷漠石頭的心需要悲傷的大錘猛擊，把它擊得粉碎，讓它中心的鮮血再一次迸濺，像年輕時，青春旺盛時那樣。我需要愁苦的大刀狠狠砍我，直到我遍體鱗傷。我想出去，到那翠綠的山谷之中，在啼音像鋼珠一樣亮脆的鳥叫聲和繽紛得像夕照中的天空一樣的湖岸旁，脫得一絲不掛跳進清澈見底的湖水裡，宛如魚兒一樣痛痛快快游起來。我憎惡世界的一切，這窒息得讓人透不過氣來的人世，這純潔得像蒸餾水一樣的人間地獄。可惡，虛偽，正人君子的大笑！法律殘酷的刑具！我憎惡，我憎惡。把我捆起來，關進黑牢，照我沒頭沒腦地用棍棒亂打吧。我不怕，打死我吧！這人世是一個殘酷的屠宰場，可惡至極，可怕至極！

「他得了黃疸性肝炎，已經到了後期，醫生下了病危通知書，去看他的人一下子多了起來，連跟他吵過架的人，連背後詛咒過他的人，連並不喜歡他的女同學，連並不管他的父母親，連我——他病床前的小床頭櫃已擺不下罐頭（蘋果罐頭、梨子罐頭、楊梅罐頭、荸薺罐頭、鳳梨罐頭、紅燒肉罐頭、鳳尾魚罐頭），新鮮水果（蘋果、梨、桃子、楊桃、奇異果、西瓜、番茄、草莓、葡萄、杏子），全是營養豐富的食品（奶粉、麥乳精、高級奶糖、葡萄糖、蜂乳、蜂蜜、人參），全是他根本無法吃的東西代表著人的懺悔之心的禮物，我最後一個去，什麼也沒帶——他已經嘗遍了這些，他的黃皮寡瘦的臉龐不需要這些營養的刺激，他凹陷下去的兩個深洞的眼睛呆定定地不看人只看著天花板上那盞黃幽幽的燈泡，他只需要一樣，只有我一個人知道。於是，在他臨終前的那個晚上，我給他帶去了，是一本費了九牛二虎之力弄來的《花花公子》。他疲倦的病容上露出了一個淺笑，讓我從頭到尾慢慢翻給他看了，又從頭到尾翻了一遍，又從頭到尾翻了一遍，才說出這樣一句話：知我者莫過於你！然後幸福地閉上了雙眼，終於認為第一次嘗到了人生的樂趣。人生的一半樂趣。人們把他冰涼的肉體從床上抬起來時，我看見他那穿著病號褲的褲襠處有一灘未乾的痕印。

「桌子，喲，手痛？錶。書。蟋蟀。蟲人方舟午女人裙子笑以為我要上鉤誰夜燈筆在陰影下移動夢瞎夢他哼不是個好東西為自己辯護罷了她一個逝去的夢或凋謝了的花發痲水大貨吧青蛙叫蟋蟀苔絲法布利斯獵人日記筆名真怪思想沒有死死就總會有一天的他可好她有她不他談朋友了瞞不了我說話教導反黨分子是的嘛蛙又兩張紙發洩如果發洩就手淫好了對象誰人類可以吧在目前拿破崙破拿巴多麼偉大的人回來再講給你們聽快讓我睡覺上帝夢見過對的誰創造了這個已故英國人還有美國人寫布穀四月份

「呸，我才不願意做一個走在時間前面的人。時間就是時間，無所謂走在前面或掉在後面。時間一律公平。時間面前人人平等。這全是人無聊的想法。呀，想起來了，昨天是引號，雖然在它的末尾我並沒動筆，但我在三十號結束的文章，是在三十

一號開始寫的。引號和頓號之間相隔竟然如此之久，恍如隔世。青春常駐不可能了。盡情享受青春的每一秒鐘，還是辦得到的。要想完全領略人生樂趣，恐怕要正確對待人生各個階段，理所當然、聽其自然地接受它並享受它。不因舊的失去而痛苦，也不因新的到來而惆悵。比如童年過去，到達青春年華之時，就應忘掉童年，讓我們這把青春的火焰熾熱燃燒，愛自己所愛，幹自己所想幹，追求自己所想追求，幻想自己所幻想，而當這個時期過去，進入成家立業時期，就不該追悔懷念童年的無憂無慮，青年的熱血沸騰，失去就失去了，總是得不到的，只該為沒有浪費一分鐘而慶倖，不該為它們再不回來而難過，依此類推，後悔無益，展望也無益。自然規律已經給人安排好了他的歷程和歸宿。

「夕陽業已西沉。西天上懸著大塊大塊的雲彩。雲彩和雲彩之間是明淨如洗的金紅色天空，使一片片雲彩看上去宛似浮在湖面上的島嶼。有塊頂大頂長的雲彩，樣子像隻鴕鳥，伸長了脖子，從湖面上滑過；稍頃，它張開長喙，兩條長腿筆直向後伸去，爪子向上抓握起來，一條鱖魚一樣的浮雲，向它兩片張開的長喙中飄來，但卻並沒被鴕鳥吞沒，而是漸漸遠去，變瘦變小，而鴕鳥的嘴不知什麼時候也磨鈍了，腿縮短了，活像一隻拔了羽毛的公鴨子。河水在晚風的輕拂下，泛起細細的漣漪，這是一條紫色的河流！漁人的背影映襯在河面格外清晰格外分明。他側過臉時，不僅可以看見他鼻子的鉤鉤，兩片抿緊的嘴唇的線條，甚至連搭在額角的頭髮和眼睫毛也可以一根根分辨出來。

「你好像僅僅是為了寫作而寫作，你好像僅僅是在練筆。

「真可恨，這電視機裡傳來的槍炮聲。這些象徵著人類互相殘殺的血腥的聲音什麼時候才能消失淨盡呢？連在和平時期也不讓人得到片刻寧靜。心裡頭煩悶死了。遠處工廠煙囪噴出強大的氣流，聲音隨風而至，跟密集的機槍聲差不了多少。你為什麼這樣仇恨戰爭？你為什麼這樣仇恨工業？你為什麼這樣仇恨城市？你為什麼這樣仇恨現代生活？一個道貌岸然的聲音冷冰冰地問。我仇恨任何形式的戰爭，因為它是毀滅性的、災難性的，交戰對於雙方都是一樣。我仇恨工業，因為它破壞污染了美麗的大自然，也破壞污染了人類的心靈。我仇恨城市，因為它使人的私慾無限制地集中、飽和、膨脹，使人更加自私自利、殘酷無情。我仇恨現代生活，因為它使人窒息、受束縛、受壓抑、扼殺個性、扼殺真正的友誼和愛情，它把人類四分五裂。

「一天中，黃昏是最難熬的時刻。它使我想起前年那些寂寞難耐的黃昏。同學們相約結伴外出散步，宿舍裡靜悄悄的沒有一個人。我獨個兒守在窗前，面前攤開一本日記，讓黃昏把字跡模糊、讓夜色一秒秒染黑我的全身。那時候，我的情思總把她縈繞，孤獨的意味與現在不同。現在，每當黃昏悄然而至，晚餐撤去，室內出現一種奇怪的平靜，我總感到內心煩躁，坐臥不安。我彷彿有些期待，眼睛盯在書上，耳朵卻在門上。我明明知道等待純屬枉然，不會有人來找我，可每逢這個時候，我就會不知不覺陷入這種狀態。我的憂鬱症和孤獨症大約就是因為黃昏而加深的吧。常常在高音喇叭報了十九點整的時候，我便感到一陣短促的輕鬆，彷彿宣佈了對我監禁的解除。我獨自一人，拿了一本書，在河邊散步，且走且讀，或低頭沉思，或抬頭觀景。沐浴在晚霞的金光中，我幾乎忘掉了一切。可是，回房打開電燈的一剎那給我一種陰森、冰涼，毛骨聳然的感覺。雖然天天經歷這種場面，可每天感受又都不同於昨天。昏黃的燈光鬼火般一躍，整間房便沉浸在一種不可言說的淒涼中。四堵粉刷的白牆，緊緊包圍著一桌淩亂的書籍，在我眼中，它們不能帶來任何回憶或憧憬，有的只是痛苦。我在桌邊木然地坐下，隨手翻翻這本書，隨手翻翻那本書，起來走到客廳，倒一杯茶，在沙發上躺一下，重新走進房中，被一個偶然的念頭支配，寫幾個字，短暫地沉浸在字詞句的忘我之中。我走出門，走進門，徘徊，停步，拿起筆，望著窗外，走到外面，找到一支菸，又走進來，找到一盒火柴，把菸點燃，想起牙縫裡有幾根肉絲夾得不舒服，該剔一剔了，東翻西找一會，找到一根大頭針——我儘量找這類小事做，免得自己感到寂寞。可它仍在那兒，在心裡。

「但我卻不能抗拒這個鐵的事實：我終歸是失敗者，而不是勝利者。別的人自殺是因為失戀或羞辱或痛苦或神經錯亂或被逼，而我的自殺僅僅只是因為平庸，因此我的自殺是最不值得憐憫和同情的。我恨這瞌睡，它沉甸甸地壓在腦子裡，滲透了每一個毛孔，隨時尋找機會表現自己，為什麼我不能不睡地生活？頭腦變得如此昏濁，宛如一片泥沼。沒有幻想，沒有激情，只有一身逐漸發胖的肉。哦，可惡的肉！正是靈魂空虛的寫照。我沒有找到他，便獨自往那兒慢慢走去。暮色正在加濃，路上行人的臉模糊不清，彷彿一團團移動的霧。樹影和雲彩溶在一起，倒映在平靜的深藍色湖水上。游泳池裡有人在跳水。池子看起來竟如此之小！該有女人在裡面浴身吧。可是，人的肉色和水色已經渾然一體，分辨不清，哪裡還看得出誰男誰女呢？一道強光從背後射過來（注意，這一段是兩段的合成），切開了前邊道路的黑暗。同時聽到鳴笛聲。我側身一讓，一輛摩托緊貼我衣袖風馳電掣過去，我眼睛被車燈眩花，看不清車上坐著什麼人。車走後，一切複歸寧靜。密密的樹木排在道兩邊，形成兩股道，一條在地，一條在天。蟋蟀的叫聲好像是從葉尖上滴落又撞在路邊草葉上的迴響，迎面走來三個男人。看他們一眼。算了，不看。三個白影。走攏來了。帶著一股風卷過去了。並無惡意。如果有惡意呢？我腕上戴著手錶，兜裡統著錢。那好吧。就對他們說，別這麼凶，手錶送給你們，不過有言在先，是送。因為咱們都是弟兄，你們要，就送你們。不過，請留下地址姓名，日後拜訪。可以想見他們聽到這話的狼狽樣子了。也不一定。也許那個兇神惡煞的會說，『別他媽的跟老子稱兄道弟，再來這一套老子把你殺了。』『殺了？殺了我，你難道將來就不會被別人殺？』『老子不怕，以後是以後，現在是現在，先宰了你再說。』『不過，先別動手，等我給你們講一個故事。』『故事？好吧！』可是講什麼呢？

「這樣胡思亂想著，不知不覺走了好大一段路，這時聽見黑黝黝的林中傳來喁喁的談話聲，四顧一周，發現路邊石凳上坐著一男一女，旁邊停著一輛摩托。真會享福！最現代化的工具，可是用來幹什麼呢？最原始的事情。

「我呆呆地坐在桌邊，手裡玩著一塊橡皮擦。我把它豎起來，曲起手指，猛地一彈。皮擦骨碌碌地蹦到前面大字典面上，被反彈回來。我又把它豎起。這樣毫無意義地像練足球似地玩了半天。對面房門大敞，牌又打起來了。姑娘說話的聲音。今天有兩個姑娘參加了打牌。『要不是我的牌出得好，你們肯定摳底！』是一個男同學的粗聲。我感到百無聊賴，便搬兩個方凳到門口，躺在上面呼哧呼哧地練起啞鈴，直練得兩塊胸肌凸起，圓鼓鼓的臂肌上，暴出兩根電線般的青筋。其實，我有很多事要作，很多話要說。昨天開始寫的長篇小說今天得花幾個小時繼續下去；今晚國王的長談如有可能也要以某種形式在長篇小說中曲折地反映出來。然而，一股無可奈何的感覺象濃煙彌漫了我的心房，我四肢綿軟無力，大腦麻木不仁，我問自己：你相信基督嗎？

「失敗者，我對自己說，我是個失敗者。吃過晚飯，在十三號房間，大家一起排練節目。唯有她，顯得特別高傲，坐在窗前，手拿一本歌集哼歌，根本不看進來的我。我不知怎麼生氣了，隨手抓過一份報紙，看起來。你冷淡，我更冷淡，再說，你與我有什麼關係呢？我扮演的角色是酒店自斟自飲的酒徒，沒有臺詞，沒有道白，甚至連自言自語都沒有。我開始進入角色，坐在想像的桌邊，拿著想像的酒瓶，喝著想像的酒，他們來來去去，背誦著或念叨著臺詞，我一句也沒聽清，只想著她的高傲，這時抬頭，裝著漫不經心地朝窗邊溜了一眼，碰上她的目光。我覺得她的眸子又大又黑。這很特別，因為她從前給我的印象是眼睛不大不黑。現在，臉色略顯蒼白，這平添了嫵媚，也使燙了的捲髮更黑，這捲髮只在額際泛起波浪，卻在後腦勺上結成兩條長辮，每條又打一個折，形成一個橢圓的圓環；辮子又細又長，編得密密實實，宛似精工製作的彩帶，烏漆墨黑。我覺得心裡舒坦多了，但我發覺自己在看報，我意識到自己的每一個動作，我的眼睛在看報上的字，在看手，在看燈光，在把報紙翻來翻去，並沒什麼可看的，好像已看完了，但重新展開，看起來，我覺得她的目光不時向我投來。我又抬頭看她一眼，她低著腦袋，好像也在看什麼，但神情極不自然，那樣子，彷彿在意識到我在注視她。我覺得她比這間房內所有的女同學都好，細高挑（最近豐滿了，有了婦人的曲線，不知為什麼，我有個感覺，她身上姑娘的氣息已和少婦的韻味揉和在一起了。），胸脯高高挺起，舉止活潑灑脫，逗人喜愛，而其他幾個雖然穿戴時髦漂亮，〈實在太遺憾，原文到此中斷，該頁數為六七四，另有一頁六七四，敘述卻與此毫不相干，而且前後相接，奇怪！〉

「難道這是自由？他幾乎透不過氣來，覺得胸口彷彿塞滿破布。他想到自殺，不，我決不自殺。那個年輕人印著血跡的蠟黃面孔，出現在他眼前。他的死證明了什麼呢？起到何種效果了呢？正像某人開玩笑說的，不過證明了他的存在而已，使千萬個不知道他的學生現在知道有他這個人了。真可憐！這樣的死毫無價值，他想，同一個聽憑命運或權勢擺佈的活人一樣。還不如反抗、坐牢。『你坐牢，我就，我就去，去探監。』她說，『不，你本來是想說就，就離婚的。』他說。她笑起來，目光變得更溫和了。『不，我要去看你，帶著孩子。』我把她摟得更緊一些。克萊多克夫人說，她如果愛上了誰，不管那人是乞丐，罪犯或囚徒，她都會愛到底。『有什麼用呢？要死就要值得。寫血書。控訴不自由。將針管接到動脈上，接縫處不露出血，用針頭書寫，一直寫到差不多精疲力盡，然後氣喘吁吁，拼全力爬到十幾層高樓頂把傳單向街上人群拋去，然後把汽油澆遍全身，點燃，向樓下跳。火人！警笛，封鎖新聞。啊，可怕，然而，仇恨的種子已經種下了，人們渴望自由。他瞧著眼前來來往往的行人。他們吃、喝、睡、開會、生兒育女、一代一代，在前輩平庸的枯骨上構築虛幻的天堂！生活多麼無聊！等車的人像淋了雨水的雞，一隻隻收斂了翅膀，棲在汽車站天棚下的鐵欄杆上。那一張張為生活折磨得灰白、佈滿皺紋的臉，低著頭沉思，這思緒決非為了拯救人類於水深火熱之中，而是縈繞在自己的小家，這個月的獎金發多少，小孩成績不好，今天一定要打一頓，逼他多看幾頁。這種生活簡直令人無法忍受。只要能夠自由自在地思想，哪怕吃糠咽菜，他也在所不惜。他不能容忍在思想上受人支配，被人牽著鼻子走，他願意在同等地位上對一切思想進行選擇取捨，按照自己的理解和興趣。然而，在這個地方，人無法自由地思想。

「事情過後（約花三到五分鐘），她從他懷裡爬起來（是他要她起來的），把門打開，繫好褲帶，將紙頭扔進廁所，洗好手，回來，靠在他懷裡。依偎著，默默無語。

「我要走了。」他說。

「晚上不在這兒睡了？」

「不了，太麻煩。」

「我可以給你找個地方。」

「算了。」

「明天我值班，有時間多——」

「那你抓緊時間把那本小說看完。」

「也好。」

停停她說。「你真自私。」

「怎麼了？」

她不響，用洞察幽微的目光凝視他。

「你才自私。」這是他的武器，即以其人之道還治其人之身。

「事情過了，就想走。」

「即便沒有，還不是要走嗎？」

「你就是為這。」

「可來之前我就不打算過夜的。」

他想起剛剛見面時她的情景。她情意綿綿。

「你想不想我？」他問。

「想，可想呢！」

他把她拉進懷裡，她溫馴得像頭小羔羊。

「不，」她馬上清醒過來，掙扎道，「瞧那邊平臺，有人在瞧！」

「你呢，想我嗎？」她把一個洗得乾乾淨淨的大紅番茄遞到他手裡。

「你吃大的，我吃小的。」他推回去。
「你吃大的。」
「你吃。」
「你吃。」
「好吧。」
「想我嗎？」
「你瞧，我已經在你身邊了，而你昨天說了要我明天去的，這還看不出來？小傻瓜！」

全是因為引號不好打的緣故。
如果實在寫不出來，那就只好抄。這是最好的辦法。
於是：
「從未像現在這樣感到心情煩亂不堪。留下來吧，厭惡。走吧，沒有盼頭。就是這種無可奈何的尷尬。
「最可怕的莫過於這沉默。
「無法擺脫的惡夢。面對自己日益消瘦的身影，還能說什麼呢？大家都很幸福，唯獨我。……生活啊，都是為了生活。

「昨夜，一夜失眠。

「今天，又過了一天而已。

「……有夢比無夢好，然而，無夢比有夢更好。

「不想說話，字是唯一的表達。這兒，沒有我存身的地方。到了滅亡的時候，卻又失去了勇氣。死並不會報答你。

「什麼也不想說了。

「提前死亡與推遲死亡又有何差別呢？

「維繫希望氣球的線斷了。氣球飄向遠方。飄泊著，沒有目的，沒有固定的方向。

「人是這樣疲倦，連一腳盆水都端不動，整日除了睡覺，什麼也不想做。睡，還睡得著。但無論睡多久，都驅除不了疲倦。

「失去了愛，甚至連恨也恨不起來，恨誰？愛誰？整天沉溺於無窮無盡的思索中，回頭仔細檢視，竟完全記不得曾經思索過什麼。

「愛也變成了沉默，恨也變成了沉默，一切的言語僅僅是聲音。

「總之，我渴望過另一種生活。不能這樣迷迷糊糊地睡去。

「哪怕死在異鄉，哪怕死於戰場，哪怕死於非命，哪怕死無葬身之地。

「又是深夜二點了。我幹了什麼呢？什麼都幹了，什麼又都沒幹。我對失望寄予那麼大的希望。我仍不知疲倦地努力。實際卻是徒勞無益的。誰也幫不了我的忙，連我自己也不能。

「過去的我已經死了。我真想走！但哪兒也去不成。

「人生真的只是一個幻覺或至多只是一個真實的夢境嗎？如果不是，那麼，誰又能證明我迄今為止所做、所說、所想的一切呢？恐怕這就像企圖證明某座森林上空曾升起過一團輕煙一樣徒勞無益。

「孩子永遠見不到青春洋溢的父母，正好父母也絕少能活著親見自己的孩子白髮蒼蒼一樣。

「不要讓自己被語言的海洋淹死。

「當一切都成為過去，關於希望，你還能說些什麼呢？

「……它們沒有一篇閃爍著真理的光輝，沒有一篇展露出機智的才華，它們是不成熟的、雜亂無章的，充滿了毫無意義、空洞無物的喊叫，是一個慾望沒有得到滿足的人歇斯底里的哀鳴。〈這是對現代文學的評語嗎？已經無案可查〉

「自己是自己的牢。不是生活。

我覺得這個引號還是去掉為好，抄寫工作實在太累人了，我得跟我自己找個女祕書，請她每天給我抄寫五千到一萬字，免受其苦。我在人生中有兩大計畫，第一是生活自己的不生活或不生活自己的生活，也許這需要加以解釋？舉例說明？當你在同一個窗口排隊買飯買菜一千多天，當你在同一個廁所拉了一千多堆屎，你只有一樣感覺：你已經成了兩者之中任一物的一個部分。你必須離開，超越自己，即首先離開此地。到一個全新的地方。第二個計畫是自殺。你其實已經試過幾次。那倒不一定是要菜刀見紅。或者高屋建瓴。或者大街橫陳。一個較為簡單的辦法是：將你到目前為止記錄在紙上筆記本上日記本上日曆上或一切可記錄的東西之上有關你的思想言行與別人的關係及每日發生的事件以及各種等等等等全部付之一炬或者用來揩屁股每日兩張小的每日三到四張然後注意一定沖水將紙沖到洞裡不致留下任何痕跡或被人利用的把柄。實際的生活是虛幻的，只有記錄在紙上的黑字才是真實，記錄多少生活就有多少生活，當然還有個限度，過了這個限度，記錄越多，生活越少，不過，那是另一回事，準備在畢業論文中論述，現在敘述為時尚早。因此，只要銷毀這白紙黑字的生活，我就不存在了，我那一段的生活就不存在了。當然我還有記憶，但那決不可能跟過去的相比，它決不可能再恢復那些繁密的細節，它已經隨著它們被燒成了灰燼，充其量不過是一個空空的瓶子，等著裝進新的生活。

有一個計畫我沒跟任何人談到，本來我是準備在寫到二百頁的時候再告訴讀者的，然而我實在按捺不住，你知道，每個人的心中都有一個或幾個或數十個祕密，而且人都不願意將其公開，頂多告訴自己最親近的人或者親愛的人，但現在好像這一點已經完全不可能了，一個人的祕密往往是他致命的地方，就好像阿基裡斯的腳踵，一旦被人發現，一箭箭都往那兒射去，他就沒命了。這是性命攸關的事，無怪乎我的一個朋友對我說，你的最親密的朋友就是你最危險的敵人，當時一聽之下，我簡直佩服他到極點，這真是至理名言，我怎麼就從來沒在書上報上雜誌上課本上看到這樣的話呢？我怎麼就從來沒從老師教授父母兄弟同學同鄉老人那兒聽到這樣的話呢？現在想來也並不奇怪，因為這句話本身就是一個祕密，如果誰將這個祕密透露出去，還不朋友離異，夫妻離婚，父子仇殺，同學相煎，等等等等嗎？再者，我之所以聽後並未對我行動起任何影響，是因為我一來沒有一個朋友，不必害怕身邊藏著這樣一枚危險至極的定時炸彈，二來由於他的提醒，我已暗中警覺起來，處處留心注意他的舉止，隨時作好準備，以防萬一，以防天有不測風雲，三來——我想原因是多方面的，也許說十來遍也不一定講得清楚，還是回到前面的話題，如何吐露祕密，向誰吐露吧。

一般說來，也就是對我來說，宣洩祕密——這是一種特殊的生理需要，好像要抽菸喝酒或性交什麼的，因為，祕密這東西是個劇毒的細胞，若積累過多，會繁殖增大，變成惡性腫瘤，彷彿癌症，最終導致人病入膏肓——的最好途徑是採用虛構的方式，該用第一人稱的地方採用第三人稱，換上別人的名字，而且是無論哪一本檔案中都查不到的名字，該屬於自己的一切都歸別人所有，那麼對象最好是一個你完全陌生的人，如在公共汽車上挨你站著的一位看樣子還願意聽你講話的人或者火車或輪船上或者最好是隨便撥一個電話號碼對第一個接電話的人開門見山地說：「告訴你，我想自殺，我沒有做，請你耐心聽下去，是這麼回事，我小時候、前幾天、頭天夜裡。」不過，如今的人事情太多，忙不過來，而且日常生活中這類事情又屢見不鮮，誰也懶得瞭解其中的原因，因此常常遇到的情況是，你還沒講三句，對方就把電話掛了，或者一頓臭罵：你他媽的吃飽了飯沒事幹吧！瘋子！神經病！二百五！還有一個辦法，就是跟大人物寫信，比如某某作家或某個主編，然而，這類事情百分之九十九點九是碰壁，他們是決不會回信的，也許你的經歷和祕密觸到了他們內心隱祕之處，他們不願以通信的方式以給一個無名小人回信的方式再次轉述那段難堪與痛苦，或者他們不喜歡陌生人闖入他們如火如荼前途遠大的發跡圈子，或者他們太忙，太不自私，反正，即使有一個人願意給你回信，基本上也是此類詞句：望繼續努力！最毒的辦法也就是最有效的辦法就是把你自己完全陌生化即把你自己本人完全看作一個陌生人，當你在街上漫步，你就用另一個人的嘴（都長在同一張臉上）對你自己（那個被陌生化的對象）說，今天沒事，閒得無聊，因此出來轉悠轉悠，其實並不想買什麼東西，只是隨便看看。這個被陌生化的對象是個沉默寡言的人，他從來是只帶著兩隻耳朵聽，從來不興問一句話，只是偶然不置可否地點點頭或者搖搖腦袋。你無論跟他講任何祕密，他都不感到有絲毫驚奇，哪怕是最可怕的祕密，他對一切處之淡然，覺得均在意料之中，均可理解，均是人之常情。這是很令人惱火的，因為你講祕密時，希望看到睜大的眼睛，扇動的鼻翕，屏住的呼吸，聽到『啊』的呼叫。既然沒有別的辦法，你也只好聽之任之。

「這些雕蟲小技，這些文字遊戲，不是作了謀生的手段，就是拿去騙傻姑娘的心。有什麼意思呢？像你這種人（隔壁八一級集體唱歌的噪聲簡直令人無法忍受。教歌的人不懂樂理，唱走了調，其他的鴨子也不分青紅皂白地跟著一起哇哩哇啦地大叫，大嚷，我真恨不得把這些狗娘養的東西一條條都宰了！哪兒還有什麼個性！這就是這個民族的特點。人人不分你我地混雜在一起，像一架機器，唱同一支歌。）還能獲得誰的青睞呢？你摸摸這顆心，冷得比冰還冷，硬得比鋼還硬，簡直再沒有什麼可以點燃它、融化它了。我歎口大氣，現在，這種大氣常常不知不覺地發自我肺腑，它的含義太豐富，仔細品味品味，真還一言難盡呢。不管怎樣，它至少起到了一個作用，消解釋放了積壓在心頭的一種莫名的感覺，我不說悲哀、憂愁、苦悶、壓抑，而說感覺，是因為任何一種詞彙或形象都難以曲盡這個感覺的意思。我覺得大腦昏昏沉沉，沉沉甸甸，但分明又很敏銳地感到樹叢中一陣陣吹來的輕風，聞到黃昏溢出的芬芳。我想幹什麼，卻又不知要幹什麼，剛剛開了一個頭，立刻便失去了興趣。我企圖在腦中創造一個美好的形象，但這形象支離破碎，無論如何不肯黏到一塊，我想拼命忘我地工作，但真正開始幹了又感到想痛痛快快到什麼地方去玩耍一番，我想睡，想一睡不醒，可睡不多久便突然驚醒，旋即被一種不可知的力量推動，又循規蹈矩地重複每日的公式（那些鴨子們現在正大拍其掌，發出空洞的喝彩，這純粹是無聊的發洩，是為了驅除精神上極度的空虛和不可擺脫的無聊而發出的喊叫，我想，然而卻不能。）我打開箱子時，有意不先碰這疊紙，而將那一疊紙拿起來看，那裡記載著我中學畢業前的經歷（我偶爾抬頭，看見王一閃而過的身影，他好像想跟我講什麼，但又不好意思說，隨他的便吧，他現在開始和我離異了，不管談什麼總吞吞吐吐，欲講不講，人一旦成熟，互相間就難以進行心靈的交流了，而他已經成熟，雖然還不滿二十。他直到現在還未來信，隨他便吧。我註定要在人世過絕對孤獨的生活，我為何要繼續活下去呢？啊，這些鴨子多麼喧鬧呀！我看見自己衝上前去，一言不發地把一隻鴨子打翻在地，發瘋一樣與其他沖上來的蠢鴨扭打成一團，我恨透了這場毫無意義的喧鬧。）

「中午，我聽見吉它聲，在彈奏《愛之浪漫》，樂曲哀婉動人，一個念頭掠過我的腦際：我要學習吉它。我聽見自己在想像中問丁，學吉它難嗎？要學多久才能學會？看見自己在別人不解的目光盯視下專心致志地彈著。我想起昨天去圖書館的情景。我懷著希望和憧憬，滿心以為我生活中的一個新時代就要到來，我將從感情階段進入思想階段，我將同理想中的一切美妙幻影告別，不再讓她們攪得我神魂顛倒、五心不定，我將在故紙堆中去結識黑格爾、孔德、康得、亞裡斯多德、叔本華、尼采等，我將艱難地攀登思想的高峰，既然我生而為孤立無援的人，註定不可能和任何男女結為親朋好友，那還是讓我在故紙堆中與古人和死人打交道吧。但我是何等的失望！卡片盒中那一張張慘白如墓碑的卡片上全是有關社會主義共產主義理論的字樣，令我噁心不已，不知怎麼，我對這些書籍厭惡至極，也許是大考複習政治給我留下的壞印象太深了的緣故，現在只要見了唯物主義辯證法一類字樣的書，我就頭暈腦脹、渾身發軟，彷彿立刻要昏暈過去，我想起那個炎熱的酷暑，懷揣兩個乾巴巴的油餅，從早到晚貓在一座密匝匝的樹林子裡，受著毒花蚊子的叮咬，拼命往腦中充塞那些——什麼我都記不得了！真可怕，我一個人倒還沒什麼，全國所有大學幾百萬學生都這樣曠日持久地複習，把最美好的光陰浪費在死記硬背這些過目即忘的教條上，這是對人力對青春的極大浪費和犯罪！我並沒洩氣，繼續尋找著，但始終找不到我心目中所要尋求的幾個哲學家的著作。我並不感到遺憾，反而大大鬆了一口氣，讓我永遠地忘掉這滅絕人性的哲學吧！面孔板得鐵青的哲學家使我望而生畏。我想完全靠自己的腦力思索出真理，能使絕大多數人幸福。

「聽聽她說的，『我只貢獻，不索取。』媽的屄，吹牛！不索取就只好等死！當今的社會，誰不在貢獻？誰得到的不比貢獻少？誰貢獻的不比沒得到的多？凡事都得講個公平合理。沒有公正，不如死。

「我冒雨上了汽車。身邊一對青年男女摟得緊緊。車停了，上來一個年輕人，車子晃晃蕩蕩，只見他一隻腳向後伸，站成八字形，穩穩當當，我覺得這人挺行，他的後影和剛才伸腿的動作給人一種腳踏實地的感覺。也不知過了多久，忽聽他喊，『喂，幹嘛不停車？』

「『這站不停。』售票員說。

「『那你幹嘛不早說？』

「『不停就不停嘛。』

「『那你應該事先報站呀！真他媽的可惡！』聽他口氣，車子早已過了他應該下車的地方，而現在雨下得正大。

「『請你說話別帶渣子好不好？』

「『不帶渣子？！』那人說著一個箭步衝上前去，朝女售票員胸口猛揍了兩拳。售票員殺豬般尖叫起來。

「『哎喲！別停車！別停車！』她對司機大喊。『哎喲，你們看哪，他打人呀！』

「正喊著，一個瘦高個子、年約五十幾歲的解放軍挺身而出，上前攔住那人，並厲聲制止他。

「『你幹嘛打人？』他問。

「『她幹嘛不報站？』

「『那你為什麼打人？不報站也不能打人呀？』女的說。

「『老子不光打人，老子還要殺人呢！反正老子今天喝醉了，管不了那麼多！』

「『你是喝醉了，滿口酒氣。你敢！』

「『放開！老子就是把你殺了你又怎樣？』

「『哎呀，這個女的也真是，幹嘛和一個酒鬼糾纏不休呢，不理不就結了。』一個女乘客在後面說。

「那男的要和女的到總站講理，這時，我到站了，便下車，又看見那對青年男女，互相緊摟著在一杆小花傘的遮蓋下沿著水淋淋的馬路走去。

「下午又去看父親，談了許久。才知道那個戴黃軍帽的人家在農村，愛人是個啞巴，他是運土磚時被車撞壞了下身，當時只出得起四十元錢，又趕緊七拼八湊，弄了六十元，才算住進醫院，根本無人看護。『可憐，』父親說，『哪有人管？聽一個醫生說，要她上午離開這個醫院，她保險毫無怨言地就走。』

「我厭倦了目前的生活。但我無法改變，也無法逃避。也沒有能力和勇氣建設新的生活。我的青春正在消逝，時光正在悄悄告訴我。我時時用手指撫摸額上的皺紋，它們是這樣深，甚至在底片上都看得出來。

「我們經過電影場前的碎石堆，碎石在腳下沙沙作響。梧桐垂下巨大的濃蔭，落日隱在鱗次櫛比的平房背後。他遞給我一支菸，劃著火柴，我吸著，他也吸著。柏油路夾在長滿松林的山坡和露天電影場的圍牆之間，我將香煙從唇邊摘下，噴出一股濃煙，聞到青草的氣息，這氣息似乎有點黃黃的發臭。『你聞，草木的芬芳又和廁所的穢氣攪和在一起了。』我對他說。

「小路在前面分岔，一邊通電影場入口，一邊下臺階經過一個空場和一株長成三股的大榕樹，通向大道。我們走了後一條。臺階下讀書的女學生回頭看了他一眼，又轉回頭去。她穿著淡綠色的半透明襯衫，臀部勾勒得分明的緊身褲，透過襯衫，隱約可見裡面奶罩的兩根細吊帶。『真苗條！』我聽見他的低語。

「前面分散地站著幾個學生，也在藉著夕陽看書或朗讀，右邊空場臺階上，坐著兩個黃捲髮的外國人，正在交談什麼。看書的女子吸引了我的目光。她全身上下著一套奶油色西裝，十分合體，腳上一雙全高跟新式涼皮鞋，微微捲曲的黑髮，呈波浪形，背對我們，顯得很迷人。我在和她擦肩而過的時候，瞟了她一眼。她低頭專注地看書，看不見她的眼睛鼻子和嘴巴，只聽見低低的讀書聲，好像是在讀法語。他彷彿全然沒有注意到這個姑娘。我們在前邊拐彎，彎過那排參天梧桐，朝綠茵茵的草坪走去。這時，他倏地回頭，朝剛才那姑娘的方向看了一眼。不知他看清楚了沒有。這片草地平展如毯，一片碧綠，使人產生想在上面滾來滾去的感覺。『鐵絲網！』他說。我這才看見四周圈了齊腰高的帶刺鐵絲網。我們傍著鐵絲行走。草坪上有一棵嫩樟樹，樟樹下坐著兩個姑娘，一紅一灰，我看了紅的一眼，她腦袋低著。

「我們來到刊載畫報照片的櫥窗跟前。『走吧，』他說，『我對陶器沒有興趣。』我們離開幾幅色彩鮮豔的陶器製品，在中文系學生演講比賽照片欄前停下。『×××獲一等獎，看，他口若懸河，滔滔不絕，是文體活動的積極分子。』『×××獲二等獎，看，他多麼沉著冷靜，從容不迫啊！』我看見兩手成八字撐在桌上的演講人、身後寫滿字的黑板，上寫《論唐傳奇的藝術特色》。我心中騰起一股非常難以描述的感情。我覺得——『你覺得怎樣？』我問他。『一般。』『真的，直說好了，真的覺得怎麼樣？』『我——我有點不好意思說出口。』『這有什麼關係呢？』『我覺得有點兒羨慕他們。』『這有什麼不好意思說出口呢？』『我也說不出心裡是股什麼滋味。』『我只是覺得，』我打斷他，顯然，我很想把心裡的話一股腦兒全說出來，可話一出口就全變了。『我覺得我和他們彷彿不是一個世界的人，我覺得，我不合出生在今生今世。』他沒做聲。

「Y字路口從前有一塊高達五、六米的語錄牌，去年拆了。修了一座橢圓形花壇，前不久這兒還盛開著色彩繽紛的太陽花，花壇中心的茶樹也結著白白的朵兒，如今花兒差不多全謝了，看上去稀稀朗朗，只零星地掛著幾個殘朵兒。

「『我發現我討厭教條，』他說，『比如你給我看的《愛默生選集》，我實在看不進去，太教條了。』

「『你不能因為看不進去或者乾脆，看不懂就指責它教條，要知道他那裡面有很多精闢的思想呢。』

「『不管他思想有多高深，反正我覺得難以忍受，我覺得人一理智就變得庸俗，他的詩也太說教，我不喜歡看。』

「『不，這並不是教條。他並沒強迫你接受他的觀點，也並不要你亦步亦趨地遵守這些規則，你完全有採取或摒棄的自由，但這是知識，多獲得一些知識總有好處，沒有壞處，像你現在這個年齡，我也在內，正需要引路人，你這種做法不是有些拒人於千里之外嗎？假若你真想憑自己的力量單槍匹馬殺一條血路，那還情有可原，然而，你並不是這樣，卻以雪萊、拜倫為師，你既然能接受後者，為何不能容忍前者呢？』

「『不管怎麼說，我覺得雪萊的理論完全是通過形象表達的，容易為人接受。他的詩作裡裡外外浸透了感情，我只承認感情。理論是庸俗的，而感情是偉大的。我寫詩純粹憑感情，沒有感情，就沒有我的詩。我想我的感情決不會隨年齡增長而消失，不會的。』

「『人和野獸的區別在哪？』

「『人有感情，野獸則沒有。』

「『恐怕不見得。沒看過屠格涅夫那篇關於麻雀的散文嗎？麻雀為了保護它的幼雛，竟敢與狗搏鬥，以死相拼。然而，再有感情的動物也沒有思想，你不能把理性這個將人和獸區別開來的唯一特徵簡單斥為庸俗，依我看，理性是偉大的，不過，詩是一回事，跟詩人沒法講什麼理不理性，詩人同時是人又是獸，他在物質生活上可以荒淫無恥、違法亂紀、過著花天酒地、腐朽墮落的生活，儘管發展自己如獸的天性，同時在精神上卻不斷地追求自己的理想王國，用詩來表達自己情感的思想。』

「『對，情感的思想，這句號話說得好，也就是說詩人的思想必須是籠罩在情感之下的，而不是赤裸裸地表現出來的。』

「我抬頭看見薄暮的空中掛著一輪微月，蒙著淡淡的紅霧。

「我們來到櫻花樹下。呈銳角的尖葉重重迭迭、厚厚地覆在頭頂，遮綠了天空。

「『櫻花就這麼過去了，什麼印象也沒留下。』我歎道。『哎，對了，你說這是什麼緣故，美不是難忘的嗎？為什麼這麼美麗的櫻花一經開過，便什麼也沒留下呢？』停停我又自己答道，『也許是因為我們對它太熟悉的緣故，假如我們是遠道而來的客人，第一次見到這樣美麗的櫻花，我們今生今世也許再也不會忘掉這印象了。美好的東西只有一次，也只有那一次見到的美永不消失，是嗎？』

「『還有一點，即便不是第一次，但若在櫻樹下見到一個如花似玉的美人或看到一件有意義的事，對，一定要有意義的事，兩者聯繫在一起，我們也會留下深刻的印象。』

「『我正要談到這一點。我想的是在這兒發生了一件極為恐怖的事，在深夜的櫻花下，一個少女被人輪奸了，啊，對，或者許許多多櫻花瓣被踩成雨中的爛泥，泛著紅光，瞧，美與醜的奇妙結合！』

「『我知道你又在談你的那個美醜結合、密不可分的觀念了。這一點我不能贊同。我認為美就是美，容不得半點雜質，純潔無比，我所要追求創造的就是這種美。』

「『實際上不可能。世界上沒有離開醜而能存在的美，美和醜是一個統一體，美的人很醜，醜的人很美，事物也是如此。我，對，我下午長跑時產生一個形象，一個小男孩對著太陽舉起一塊晶瑩透明的水晶，它發出燦爛奪目的光輝，他慢慢長大，這水晶體也慢慢混濁起來，不復透明了，成年人便是這樣一塊混濁的水晶體。你知道什麼是最完美的人？紀伯倫的一篇散文說得好，他用的全是形象，他說這樣的人就是慈祥的母親，謙和的父親，殺人的罪犯，淫蕩的妓女等等，實際上一句話管總，完美的人就是那種善惡並存而善永占統治地位的人。這同我的觀點十分吻合，因此我認為張海迪根本不是什麼高大完美的人，她只是一塊單晶體，一擊便碎。』

「『她本來身體就不健全嘛。』

「『依我看，回頭浪子才是真正的人。』

「『這我不敢苟同。』」

這些東西讀起來真令人掃興，我沒想到一兩年前我竟是這樣一個固執己見、貧乏無味的人。我們因為無聊，竟把時間花在這樣一些毫無意義的爭辯上。美也好、醜也好，與我有什麼關係呢？不過是兩個代表著無人說得清意義的符號罷了。看來，那幾年完全是虛度過來的，生命的真實意義是在夢幻中，現實的一切都無聊至極，痛苦不堪，不過使人發出一聲聲空洞的歎息罷了。

昨天晚上我做了一個夢。上床之前，我便有意識地告訴自己，今晚得做一個夢，這個夢是關於我和她的相遇及一切可能發生的事。我太想她了，其實，她和我不過幾座宿舍之遙，我要找她，隨時都可以，只要下樓，經過操場，在窗下叫一聲就行，然而，生活或命運決定了我這一生決不可能到窗下叫她或在路上相遇時和她打招呼。她可望而不可及，可近而不可觸摸。唯有在夢中，一切不可實現的都可以實現，一切不可滿足的都可以得到滿足。我伸手撫摸她如馬鬃一樣披垂的秀髮，她的秀髮閃爍著金棕色的光芒，有一種冰涼空泛的手感。我低頭吻她扭開的臉，她的身體在我的懷抱中顯得輕飄飄的，彷彿一團空氣，我發現，她是另外一個女人，一個我雖然十分熟悉但從未往心裡去過的女人。我們走到一家肉店門口，一個人跑來告訴我說，肉店老闆昨夜被人殺了。板壁活動起來，彷彿拉鏡頭似的，一個大特寫：塗滿鮮血的手掌在板壁上印下的痕跡，一個，兩個，三個，一共八個，手印呈梅花形，宛似豬的腳爪從血泊中走過，留在地板上的。那座肉店彷彿一個空紙箱子，開著一扇窗。手指凍得生疼，空氣中散發出一股血腥味。天空如一張蒼白失血的臉，俯在窗口，模糊不清地念叨著咒語，使人毛骨悚然。她的眼睛呈三角形呆瞪著我。我除下體感到余溫之外，全體凍僵。我發現原來因為在桌邊寫作過久，寒氣已經麻木了我。

「我正要提筆，只聽對面的L說，『我在外面走了半天的路，才發現褲襠扣子全敞著，迎面還碰上了許多姑娘呢，不過，我想她們都沒看見吧。走到樓下大門口時才發現，當然，我立刻就扣上了，前面只有一個同班的姑娘，可能也沒看見吧。』

「『看見了又怎麼樣呢？』我說，『也不是你的過錯。她自己應該問問自己，為什麼眼睛看到那兒去了呢？』

「『照這麼推下去，我還可以說，假若我什麼也不穿，她看見了，也是她的事，而不是我的事了嘍？』

「『行了，話到此為止，再說下去就危險了。』

「我要寫什麼呢？要寫的太多了。我只想說，照直說，我心中無比氣憤。半小時以前，這兒空氣喧噪著兩三個房間的收音機聲，播放著同一電臺的音樂。我寫不下去了。

「室內黑洞洞的。沒有動靜。對面、隔壁的兩間房，沒有聲音沒有光亮。人呢？哪兒去了？手惶恐不安地去拉開關，開關線驚訝地悶叫了一聲，展現在眼前的竟是如此可怕的圖景：桌上一個緊挨一個，擠滿了紙箱，各種書籍塞得滿滿當當，我的那堆書被粗暴地掃在一邊，在騰出的空地上難看地擺放了一對笨重的啞鈴。它們有話說不出來，只用兩隻突暴的瞎眼瞪著我。悲哀和失望猛烈地襲來，我幾乎站不住了。剛剛在回來的路上，我想像著可能有熟人來過，給我留下一張令人鼓舞的便條，或者某個同學追上前來，喜氣洋洋，向我報告一個前途光明的消息。我的心歡跳著。雖然潛意識中，我知道這一切也許全是假的，一廂情願，然而那個膚淺的、表面的我，是願意自欺欺人的，從中可以獲得短暫而巨大的快樂。

我和那個長得奇醜的姑娘的確是發生過性關係。強烈的時候，甚至會扯掉月經帶，血紅血紅的來。我對自己說過，我不喜歡美麗的女郎。我若有那樣的機會碰上一個，我暗暗發誓，一定要把她蹂躪到爛碎為止。可惜的很，我這輩子只能遠觀，不能近玩。當然也可以近玩，盡情的把玩，但那是美人圖（日曆、賀年片、畫片、雜誌封面、劇照、插圖），供我睡前消遣消遣，過後常常被揉搓得稀爛扔進大便坑裡。我曾一度愛過幾個漂亮的女性，在夢中狂呼她們的名字，我替她們杜撰的名字，夢想能跟她們在咖啡廳裡飲咖啡、跳舞，在花園的陰影中幽會，在床上睡覺，我發現這幾個女性雖然美麗無比，但都冷若冰霜，軟如奶糕，似乎一碰就碎，一曬就化，好像全都屬於性冷淡型，而且一般都是徒有其表，繡花枕頭。不過一堆美麗的形體，美麗的肉體，美麗的肉塊。而醜的東西卻那麼實在，那麼具體，那麼牢不可破，那樣動人心弦，正如她現在仰臥在我身子下面的裸體一樣，我發現和她性交有一種特殊的韻味，她的下體隨著我的往復運動逐漸溫暖發紅，彷彿通電後發熱的電子管，接著就會融化、奔流、爆發，猶如雪崩，我從雪崩中穿過，腳下的一副雪橇宛如淩空翱翔的羽翅，雪粉紛紛飛散，在陽光下發出刺眼的晶瑩。她聽任我擺佈，那是開始，漸漸過渡到我聽任她擺佈，醜有一種力量，它百折不撓，最後必將戰勝你。我是說必將戰勝我。在性生活中聽人擺佈真是人生一大奇特的享受，你把自己象一件供品奉送出去，隨同清醒的意識，完完全全沉溺在無意識的想像之中，擺佈你的人不是在擺佈你，而是在擺佈別人，你整個人超越了自我，進入一種全部赤裸的境界，那兒的一切都除卻了偽裝或裝飾，樹剝光了皮，露出光滑細嫩的肌膚，任由輕風的撫摸和輕吻。男男女女一絲不掛在大街上徜徉，或坐在海濱沙灘曬太陽，或相摟著跳一種極簡單而緩慢的舞蹈。感覺越來越強烈，陽光照得人睜不開眼，眼皮上浮著一團一團的紅霧，眼球感到紅霧的壓力，肉體在最後一刻的興奮中猛烈跳動起來，像壓抑已久的岩漿終於衝開薄薄的地殼，洶湧澎湃地奔湧而出。然後是風暴過後死一般沉寂的大海。這還不算，如果在聽任她擺佈之時，能在想像中召喚來世間能想像得出的一切美人，站在面前叉開雙腿等著我進入，那種強烈的感覺就會達到無以復加的地步。我徹底地消失了罪感，幹嘛一天到晚灰溜溜的，好像偷了人家鑰匙被人發現一樣呢？我幾時想和她就幾時和她，我們從來不感到羞愧。她顯然沒有我這麼多想法，只要我要，她就滿足，因為這滿足是雙方的，因為她再沒有其他要求，比如生兒育女什麼的，她不要後代，她認為如果生出一個醜八怪，還不如不生的好。我也想，既然人們都厭惡醜，就讓醜斷子絕孫吧，但有一點，我愛醜的本能（正如我愛吃臭魚、臭豆腐、愛聞自己身上的臭氣如口臭、腋臭等等）是誰也無法毀滅的，它一直要延續到死。

關於什麼時候自殺，她和我有不同看法。我本來的意思是到徹底絕望的時候自殺，但有一件事足以說明我尚未到徹底絕望的地步，我每天都要到系裡掛在牆上的那個按各辦公室縫成小信袋的大布袋裡取我的信，儘管一年多來我除了家中每月寄來的二十元錢匯款單和一封平信外，一封信都沒有收到過。每天拿信之前我就要在心裡掙扎一番，我說你不會有信的，我又說說不定會有信的，我說根本不可能，這不，跑了半年了，從沒收到一封信，我又說這誰說得准呢，前年不是有一次絕望，發誓不去拿信，結果恰恰就在我不去的那個星期裡，接連來了六封信，平均一天一封，而且還都不是家信。也許乾脆絕望，希望倒會產生，就像那一次樣。我試著絕望了幾回，但從那以後，一次也沒奏效，反而心情更糟了，因為我懷疑是不是有人偷取了我的信，我懷疑對象是睡我對面上鋪的那個人，他叫吉興。這人特別好管閒事，喜歡打聽人家的隱私，上一次我們發生齟齬就是因為他執意要看我的日記引起。有一次我在房裡做作業，他在對面坐著，無所事事，不知道該拿一整個下午怎麼辦，對他來說，閒置時間太多了。當時，房裡只有我倆，其他六個人都出去了，那是一個星期日，有的是本地人，回家加餐去了，有的談了朋友，逛街逛公園去了，有的找老鄉扯閒話去了，只剩他和我兩個人。他開始翻起抽屜來，起先我沒注意，後來他翻動的聲音太大，我忍不住抬頭想橫他一眼，暗示他不要弄出太大的噪音，只見他走到另一張桌邊，把另一個靠窗邊的同學的抽屜打開，抽出一迭信封，從中取出信囊，竟然津津有味地看了起來，他看見我在注意他，便不以為然地說，「我隨便看看。」過了一會，見我不理他，低下頭看書，又加了一句，說，「你不要跟人講。」我心想，關我屁事！但嘴上卻含含糊糊地應了一聲。我懷疑我的信肯定是被這傢伙偷去了，一邊蹲在毛廁解大便，一邊看信的內容，看完大便也拉完，然後連信紙帶信封揩屁股，一古腦兒扔掉。想到這兒，我惱火至極，他怎麼能這樣無恥呢！我一定要找他算帳。可是我抓不住他的把柄。後來我想到一個辦法，趁他不在，偷他的信。但我覺得這辦法太卑鄙了，我做不出來，下不了手，我只有對他產生憎恨，無能為力的憎恨，不過，到寫這篇東西的這一刻為止，我的抽屜裡至少有他十封信，都未拆封，我根本不想看那些信中的內容，我連猜都猜得出來。只消看看信封上的歪歪扭扭的筆跡和落款的寒酸地址就行。我解了氣，也就把這件事忘在腦後了。我還有更重要的事情要做。她不同意，她說，人決不會有徹底悲觀失望乃至絕望的時候，希望和生命的力量太強大了，只要人還活著，這兩樣東西就在無形中起著支配作用，即便最絕望的時候，希望也在潛意識中暗伏著，蠢蠢欲動，我說不是蠢蠢欲動，而是閃閃發光，她說管它呢，反正你得正視這個現實，人不會有徹底絕望的時候，即令有，那也是極其短暫的，一秒鐘或幾分鐘，最長不過半天，而且要假定這半天中你哪兒都不去，因為你只要走出校門到大街上轉悠一圈，你的全部印象就會改變：鞋匠在起勁地給一個漂亮姑娘釘高跟鞋的鞋掌，那姑娘單腿立著，一隻脫了鞋，露出繡花白尼龍襪的腳踩在小板凳上；賣油條的老頭子正樂呵呵地用火鉗從煎開的油鍋中夾出炸得鼓起來的金黃油條，遞到買油條的人手中，濁黃的油順著油條身子直往下滴；賣水果的個體戶大聲叫賣：爛梨子、爛蘋果，賤賣了，一角錢一斤！這些人地位不知比你低到哪兒去了，卻對生活充滿了希望，孜孜不倦地工作著，你那種沒來由的絕望感還能維持得住嗎？所以——我打斷她的話，那我就要趁那一秒鐘或幾分鐘或半天的絕望，迅速找到合適的工具，將自己結果。可是，她問，你不是要死得無聲無息、無人知曉嗎？在那麼短的時間內，你如何能做到這一點呢？這我倒沒想過，我愣住了，怔怔地看著她。她接著說，其實，你何必操之過急呢，反正總有一天是要自殺的，記住這一點就行了，這使我們跟別人不同，也是我們的最大優點，因為我們終於取得了對自我的完全主動，徹底主宰。我倒想，等到我倆之間再沒有情熱，性生活無法平衡，沒有性的慾望時，再自殺還不遲，而且這時候自殺時機最佳。比說那些空泛的絕望之類的話要實際得多。我沒想到這個醜女人，這個醜八怪，竟然還有這樣一番說來頗令人信服的道理。難怪在少有的幾次性交不順利中我曾動過不想活的念頭。如果真的我硬不起來她軟不下來，到那個時候，活著還有什麼樂趣呢？不過，根據我自己的體驗，我最悲觀的時候還不是那個時候，而是當我想到人類的一切純屬枉然，我們我的生存純屬偶然，我的存在在人類整個歷史長河中只不過小如一粒粉沙，甚至連一粒粉沙都不如，我無論作何努力都是枉費心機，只是在這時，我才感到悲觀絕望，然而奇怪的是，每當我感到悲觀，我的心情反而平靜下來，反而不如平時那樣躁動不安，反而覺得痛苦、憂傷、屈辱、失敗等等感覺蕩然無存，進入了一種「烏有」的狀態。

前面引文中的文字都不是我的日記，但都像是日記，這就對了，是，又不是；像，又不像；這才是至境。有個剃頭師傅對我說，頭剃得好不好並不在式樣如何如何，而表現在頭剃過，卻像沒剃過似的。一切頂頂高級的東西都是這樣，說高級，卻又不顯得高級。到了絕頂的東西才糟透。雪一樣白有什麼好？哪怕沾一滴雨水就全髒了。蒸餾水有什麼好？既沒營養，又沒味道，而且特怕髒，要常喝這種水，還不把人喝得黃皮寡瘦。不是說，不乾不淨，吃了不生病嗎？人是得雜。雜了才好，雜了才有生命力。但那都是同時又不是日記。日記或非日記都是不得公之於眾的，打算拿來公開發表的就不是日記了，而是衣服。懂嗎？衣服！日記是肉體，是心頭肉，血淋淋地一塊塊生疼生疼割下來的。我才不公佈我的日記呢。那是我的隨感錄，今天寫一點，明天寫一點，現在摘抄出來，完全憑興趣，覺得過癮，也是為了在死前有個交代。跟誰？管它誰呢。那幾批信件我可不想公開，絕大部分是家信，少數是同學來信，中學同學的來信，大致分三類。第一類：立兒：此寄生活費二十元。……望好自為之。第二類：自立：你好！……相信你會前程遠大，還望今後多多提攜，云云。第三類：自立：我這兒還是老樣子，一切沒變，馬馬虎虎，望過年回家在一起聚會。云云。信中永遠只有文字，而沒有情感。只有套話，而沒有出格。我之所以不願意寫信也就是因為這個緣故，現在你們該明白我為什麼沒有信來的道理了吧。不過奇怪得很，我仍舊平均每天往外寄一封信左右，我也不知為什麼。那天我走過橋上，忽然大晴天裡飄飄灑灑落起鵝毛大雪來，怪哉，怪哉，這是怎麼回事？我定睛一看，卻又不像，是方方正正的一片一片，忙用手接，原來是信！信件鋪天蓋地地從藍天降下，落得滿河滿岸、屋頂平臺、公路甚至行駛的車棚上都是，我奇怪為什麼路人沒有一個停下來撿信，來來往往的自行車、公共汽車、卡車直接從白信封上壓過去，吱嘎作響，卻沒有一輛車停下。我起先一封封地撿，到後來兩手拿不了，便脫下外套，裝了滿滿兩袖筒和一外套的信，抱著往宿舍去。人們都以為我瘋了，抱一抱空外套在懷裡，這是怎麼回事？

僅僅摧毀到目前為止記錄在紙上的一切還不行，因為記憶無法摧毀，大量的細節雖然忘掉了，但一些具體的事件仍不時回到記憶之中，糾纏不休，而要將記憶摧毀，除非一頭朝一輛迎面開來的高速車沖去，或者從二摟跳下來，撞成腦震盪，否則，記憶便像空氣一樣，時時這兒那兒冒出來，把你的意識暫時拉開現實，引回到從前的某個時候，躺在冰涼的人行道上，睜著眼睛數天上的星星和街燈，手摸著凹陷下去的肚皮，對夥伴說，「不，我就是不回去。」還有他們幾個人。他早年死了父親，跟一個面黃肌瘦的矮個子女人相依為命，他哪知道什麼叫相依為命。他日子過得才快活，從不缺吃的，一到黃昏便到市場上去閒逛，後來他帶我去了一趟，表演了他出色的技藝：右手在地攤上撿起一顆大柿子，一面在掌心裡掂量，一面問賣貨的鄉下婦人多少錢一斤，那婦人看他是個小孩，愛理不理，卻忙著招呼別的顧客，這時他的左手早已將一個不大不小的柿子從那一堆中扒出，貼著腳的外沿，就那麼一滾，便往上滾到袖筒裡去了。然後是下一個地攤，這回是菱角。「要裝得若無其事，」他教我，「別慌。眼睛盯著她，這些鄉里人，蠢得跟豬似的。」我試過兩回，倒也挺靈，竟然弄了兩個大的，我們兩個便躲在樓梯角落笑嘻嘻地剝柿子吃，吃得滿嘴流著甜汁，雙手都黏糊糊的。不久，他又帶我到工廠背後的垃圾堆裡拾破銅爛鐵，什麼銅皮呀，銅螺絲呀，銅管子呀，銅墊圈呀，要是撿到紫銅，還可以賣大錢。還有他，老在外面打架。有一天晚上，他帶我出去掃蕩「情人」。夏天傍晚，我們城外那座河堤上總能見到幾個談情說愛的人，他說他最恨這些傢伙了，早就恨不得打他幾個。這天，我們看見橋洞下有一對情侶在悄悄講什麼，他做了一個手勢，叫我別出聲，便領頭悄沒聲地躲在橋墩後面。我緊貼墩壁，心裡一個勁地跳著，嚇得大氣也不敢出。我趁天色暗下來，探頭往那邊一瞧，只見那一男一女緊緊抱在一起，不知幹些啥。他這時對我擺一擺手，意思是叫我上去，我沒動，我太怕了。他口裡不出聲地罵了一句，轉眼便衝上去了，趁那兩個情侶不防，從後面猛地推了一把，把他們推得順著土坡直往河邊骨碌碌地打滾。然後一溜煙地跑進黑暗的夜色之中，我奇怪他為什麼不叫我一聲，但我顧不得了，也跟在後面深一腳淺一腳地跑掉了。還有他，父親喝毒藥自殺（要叫我可下不了手，那該多難喝呀，鬧得不好，喝一瓶糞水什麼的，那就更糟了。喝糞水的事倒真出過，就我們斜對面那一家的女的就幹過這事，他們夫妻關係從結婚起就急轉直下，惡性循環，她老吵著要死要死，四鄰五舍都知道這事，大家也不在意，誰知她倒要幹真格的，竟跑到藥房要買一瓶滴滴畏，藥房賣藥的老頭認得她，知道她腦子有毛病，便不動聲色，叫她稍微等一等，因為鋪面上沒有，得到倉庫去拿，他去了半天，給她拿來一瓶，讓她去了。當晚，她把自己反鎖在房裡，扭開瓶蓋便沒頭沒腦地朝喉管裡灌，哪知臭氣薰鼻，嗆得她難以下口，連忙扔了，這才發現是一瓶糞水。），留下他一棵獨苗苗，跟著母親和繼父過，十三歲就去當了童工，啥事沒幹過，好在他人機靈，又長得英俊，跟他好上的女人或姑娘不少，他常跟我講，有些婦人厚顏無恥，找他睡覺，頭天夜裡親熱得不得了，可第二天上班碰面，竟把臉扭到一邊，好像不認識他似的。有個大個子女人，長得特別豐滿，熱水袋似的兩個大乳房，死了男人，總叫他到她房裡去跟她搞。我真羨慕他！我從小到大，除了跟那個乾癟的醜女人，還沒跟第二個女人睡過覺呢。這又是我的一個弱點，我的一個希望，想跟至少兩個女人睡覺，看來這也應該算自殺的一個條件了，不跟第二個女人睡覺，決不自殺。可這是遙遙無期的事。要是到七十多歲還沒搞上第二個女人，怎麼辦？豈不是太窩囊，太委屈，太冤枉了嗎？

不知怎麼搞的，我一生結交的盡是這樣一些朋友：小偷、罪犯（後來他因為打架鬥毆坐了五年牢，我一次也沒去看他）、淫棍（這樣說顯然含著妒意，其實是別人找他的）、對一切失去信心的人（我不想談他，因為我比他更為典型，只要把他的事寫成我的，就行了）、庸碌無為的人（這個人我想以後再談），等等等等。我對他們或他們對我有一種特殊的偏愛，好像我是個只能錄音不能放音的機器，無論有什麼心事都肯對我講，可我要是有心事，卻無法對任何人吐露，他們講起話來簡直沒有人插話的機會，即便我講話，話一出口，就改變了意思，不是談到天氣，就是談到某件毫不相干的事。甚至還一邊談一邊笑，好像挺高興似的。其實我的心情糟透了，我真恨不得一個人甩手走掉就好。從前我經常這樣，只要心裡不如意或跟人鬧彆扭，也不管在場的是不是自己的好朋友，一句話不說，掉頭就走。我覺得人的關係太難處理而且太麻煩討厭了，為什麼我們從小長到大周圍盡是人呢？為什麼就不是一片青蔥的大草原或大山呢？

班上有個人躲著談戀愛時從不找我，突然有一天，他邀我出去走走，我感到意外，我沒問他，他便跟我談起他失戀的事。我怎麼也想不到他會看上那個女同學的，是的，她成績不錯，口齒伶俐，但相貌平平常常，無甚出眾之處，而且個子特別矮，大概比一隻狗高不了多少，而他的個子比一匹馬還高，人也特別厚道老實，不吭聲不吭氣的，除了按時完成作業外，就是看看報紙、雜誌之類的通俗讀物，他這麼高的個子，竟然不愛體育活動，這是我比較喜歡他的地方。別看那個矮女子其貌不揚，她的野心並不小，據說她常以柴契爾夫人自居，想畢業後到美國留學，攻讀政治學碩士學位。難怪他要失戀的。這也是件好事，我對他說，難道你願意做她的侍從，給她拎草鞋，當然，現在是拎高跟鞋嘍，為她下廚做飯、洗衣買菜，服侍她這個未來的政治家的一生嗎？他的話令我吃驚。他說，只要她愛我，要我為她幹什麼都行，我身上有使不完的力氣，多做點事是我的本份，再說，我的智力不如她，將來不會有太大成就，我們兩個要是結成夫妻，總得一個人犧牲自己，讓另一個人上去，現在看來她上去比我的可能性更大，那何不犧牲自己呢？可是，無論我怎麼追她，用話套她，她始終不表態，對我的關係不冷不熱。是呀，每年寒暑假，都是我給她拎包包、背行李，送她上車站，開學也是我到車站接她，她對我也還不錯，每次來都給我帶一點家鄉的糖果糕點之類的東西，也不知道她這裡面有沒有別的意思，搞得人心裡癢絲絲的。你別想入非非的了，我打斷他的話，即便你們事成了，也不會幸福，像她這種女人，一心想往政界鑽，心腸是冷酷的，沒有感情的，她和你接觸只是想利用你，說得不客氣一點，就像農人利用耕牛一樣，你當她平常看你的目光老是脈脈含情，其實那是你自作多情，她不僅以這種目光看你，她也以這種目光看別人，當她需要你的時候，她就會像在白開水裡面加糖似的往目光裡加進一點感情的內容，當她不需要你時，她的目光會變得冷若冰霜。是的，每次你請她看電影看戲她都去，這有什麼了不起，如果是票難弄到的好電影好戲，我請她也會去的。不花自己一分一厘，坐享其成，何樂而不為！你的悲劇在於你把她也就是把女人想得太好了，女人的本性就是水性揚花，淫蕩無比，把金錢地位名譽一類的東西看得比什麼都重要，如今農村的姑娘找城裡人結婚，小鎮的姑娘找小城市的男人，小城市的找中等城市，中等城市的找大城市，大城市的沒地方可找，便找外國人，不就很能說明問題嗎！你不要看現在的那些官樣文章和宣傳電影，以為天下的女人都是《牧馬人》或《鄉情》一類的，錯了，心眼毒辣的女人多著呢！依我看，要麼乾脆不找，要麼找個中技或中專生得了，省得將來打打鬧鬧、吵個不休。我這番話完全等於白說，他壓根兒沒聽進去，只是一個勁地歎息他沒能力，沒有勇氣，不敢也不能獲得這個他一輩子夢寐以求的矮政治家。我覺得再和他多談也是白搭，便改變口氣，勸他再作努力。也許，也許會有成功的一天。（誰能預知將來呢？）將來的一切都是也許。沒准會碰上他所尋找的那個也許。

現在宿舍裡的人都走空了，只剩下我一個人，面對著七床放下來紮得緊緊的帳子，隱約可見帳中卷成一團的被褥，和滿地廢紙、煙灰、瓜子殼以及蒙滿一層厚厚白灰的桌子。我在桌邊坐了整整三個小時，一步也沒挪動，腦子裡是一片可怕的空白，白得像這樣慘白的日光燈管。原來他們都在時，無論多麼吵鬧，我都能入靜，安然地坐在桌邊看書，或寫東西，偶爾在心裡罵他們幾句：這些狗娘養的，幹嘛這樣精力過剩、喧嘩不休？不能幹點稍微有意義的事嗎？可現在，他們全走了，滿足了我的夙願：一個人呆在只有自己的一間房裡，我卻一籌莫展，啥也不想幹。我呆定定地看著一罐空墨水瓶，想回憶點什麼，卻什麼也回憶不起。我不知不覺地伸出指頭扳著，扳得硌崩硌崩脆響，我猛然意識到，我扳指頭是在數日子，再過三天就是大年三十，還有十八天就要開學，腦海中浮出一個無意識的問題，這段日子該怎麼過？我在這個城市裡沒有一個親戚，也沒有熟人，我的幾個老朋友都遠在他鄉，天涯海角，幾個要好的同學都早已回家，放假期間偌大個四層樓的宿舍幾乎全部走空，沿走廊走去，空洞的腳步聲在鎖得緊緊的每扇門上撞來撞去，發出鐵鎖金屬般的回聲。走廊盡頭住著一個碩士生，他今年大約不打算回家過年了，因為最近常有個女人在他房裡出出進進。他的門外靠牆根放了一隻煤球爐子，並用磚頭圍了一堆煤球。這個碩士生矮個子，戴副黑邊眼鏡，從沒聽他說過一句話，他也從不看人一眼，一副自命不凡的樣子，他的女人個子比他高，暴牙齒，眼睛卻挺大，稍顯突出。圖書館、閱覽室全關門了。教師們也放了假，各回各的家，校園裡冷冷清清，只有北風在操場上踢著足球，把枯得發黑的樹葉、枯枝和沙土攪得亂跑。下了一場雨夾雪。我除了吃飯，沒法出去。我的鞋全是破的。從外表上看，一點破綻都沒有，比如那雙膠鞋，但左腳那只鞋子在鞋底和鞋幫接縫處裂開一道細縫，肉眼幾乎難以察覺，一在泥地裡走，麻煩就來了，水從裂縫裡滲進，沒一會兒工夫，整只鞋裡就灌滿了水，走起路來呱嘰呱嘰直響，滑稽的是，右腳卻是乾燥乾燥的，還有我的一雙旅遊鞋，情況更糟，那是在私人攤子上買的，售價十四元，給我好說歹說殺了一元價，只花了十三元就買了一雙旅遊鞋，我真高興。可他娘的沒穿一個星期（真的不假），鞋底板就差不多完全跟鞋幫脫節分家了，兩隻鞋都這樣，而且鞋底那塊泡沫好像被人用剪刀戳過，千瘡百孔，哪怕下一場毛毛雨，在外走上十分鐘，也是兩腳泥水。最後我沒辦法，下雨只好穿布鞋，那雙北京鬆緊布鞋至少有一個好處：腳下不滲水。

我腋下挾著那個黑拎包。拎包帶子在擠火車時掙斷了。另一隻手提著一網兜雜物如書呀鞋呀換洗衣物呀等等。拎包裡是糖果糕點之類禮物。我伸手叩門，卻無人應聲，我以為沒聽見，又稍微用勁叩了一下，不料門自動開了，一股臭氣夾雜著霉味、濕氣等一大堆怪味撲鼻而來。我驚呆了：房裡空空如也，對面牆上掛著一幅被人扯得稀爛的日曆，地上扔著幾塊斷磚頭，顯然前不久這兒排過水，地面是一灘灘黃黃的尿跡。灶臺上的鍋拆了，露出黑洞洞的兩隻圓圓的大口，被水潑熄的灶灰還未完全乾透，結成塊狀，灰不灰，黑不黑的。我在兩間房裡尋了很久，也沒能找到能代表著我家的任何遺物——我說的遺物，是因為我在看到這幕情景時閃過腦中的第一個念頭就是：他們全死了！我百感交集，如萬箭穿心，竟失聲痛哭起來。我想起前不久我在他們寄來的信中讀到的一句話：兒啊，無論你多麼不愛我們，我們畢竟是你的父母，人世間除了父母以外，還能在哪兒找到比之更篤厚真切的感情呢？我還哈哈大笑起來，說，別那麼假惺惺的了，你們從來就沒真正愛過我，即使人世間找不到真正的感情，我也不需要你們的虛情假意。可此時，這句話竟活龍活現地出現在眼前，象一把明晃晃的尖刀，直插進我的心中攪著。

我晚上很早就睡下了，十點鐘，我便洗臉洗腳上了床，拉滅燈光，鑽進被子，閉上眼睛。很快，我就可以進入夢鄉。我把破棉襖毛線褲毛衣從頭到腳蓋在薄被子上，倒也感到不算太不暖和，我突然產生這樣一個想法：現在和我最親近的只有我自己一人和屬於我自己的一點點「財產」了。我也只有自己能夠為我所愛了。假如我連自己都不愛了，我想，我是不可能活下去的。到目前為止，我好像對自己還沒有到厭惡至極的地步。如果真到了那一個地步，我是決計要採取果斷行動的。我覺得我很有些地方比人強，比如我吃飯可以不發出響聲，讓上下牙齒在口腔內做半圓周運動，悄無聲息地將飯菜輾碎成為爛渣然後吞下肚裡。我也不在宿舍裡面擤鼻涕或吐痰，也不往三樓的窗外扔廢紙或倒洗腳水，也不跟人為一件小事爭論不清的小事爭論不休，如誰會當選下屆美國總統等等，這都是些說不清楚的事，爭來爭去沒有結果，到末了無非是爭個面子罷了。你想爭贏，那我就承認你爭贏了好了，這是我常說的話。我覺得人類的爭論和戰爭一樣，都是好勝心和侵略性的表現。是人類的動物本能。

我挎著一個破舊的黃帆布包，隨著洶湧的人流湧進一座光線晦暗的工棚中，可是已經遲了，我只好跟另外兩個因為同了一段路臉相多少有些熟識的陌生人擠在一張床上，我光著脊樑，只穿一條褲衩，睡在最外邊。靠裡邊的那人頭一落枕便呼呼睡去，中間的卻大睜著眼睛，望著頂棚，我感到他的手在床上摸索著什麼，一會兒便摸到我的大腿上來了，他的手顯得冰涼而柔軟，滑膩膩的，宛如一條鱔魚，我覺得奇怪，但懶得做聲，也懶得動彈。他的手繼續沿大腿往上摸，一直摸到我的褲襠，輕輕地托著我的睾丸，像托著雞蛋一樣，摩挲把玩。我感到奇癢難耐，不覺勃然大怒，一骨碌翻身坐起，照著他鼻子上就是一拳，同時怒罵道，「你這婊子養的同性戀！」

一陣混亂。房裡全空了。我猛然醒來，我想，糟，誤點了！可是怎麼也找不到鞋子了，用手在床底下亂摸了一大陣，碰到一些像椅腿之類的東西，可就是沒有鞋子，我的那雙黑涼皮鞋。一定是那小子的報復，我猛然醒悟。對，一定是他小子幹的！可我總得找一雙鞋穿呀！我在工棚角落裡摸到一雙，扯了出來，一看太大了，足有可口可樂瓶子那麼長大，而且又瘦又窄，像牙膏管。我把鞋一扔，心裡頭直後悔，昨天不是在路邊撿到一雙半新不舊的皮鞋，覺得害羞而扔到陰溝裡去了嗎？今天如果穿上准合適。為這事她還嘮叨了好幾句。

有個人把鐵絲全收走了，一卷一卷在小臂上挽起來，捆紮好，挎在肩上走掉了。我也需要，可剩下的不多，我剛把長半米左右的鐵絲捲成一小截握在手裡，抬頭忽然發現對面不遠處一根高約百米的粗大柱子在往一邊傾倒，慢慢倒下來，原來那人拆的是固定柱子的鐵絲，而我拆除的則是剩下的最後一根。完了，完了，我驚惶失措，心驚肉跳，就等著聽那一聲倒下的巨響，以及被壓死壓傷人的哭喊和呻吟，可是沒有任何聲響，與此同時，我急於找到一個地方把鐵絲扔掉，或者藏起來，免得被人當作罪證，彷彿一個在失火現場急於丟掉火柴的人。這兒有一條小徑，旁邊有齊腰深的野草，我正想往草中丟，忽而一驚，要是草中有人，正巧砸在人家身上怎麼辦？我轉來轉去，象熱鍋上的螞蟻，找不到出路，急得大汗淋漓，偶爾抬頭一看，哎呀，柱子竟然沒倒，就那麼斜斜地歪在半空中！

我蹲在門邊，這時從門底下塞進一封信，不開信我便知道，這是我讓她幫我洗的底片，可是，我寄出去時並沒告訴這兒的地址！我是在旅途之中，怎麼會轉回來呢？真奇怪。

我無論如何也找不到另外幾個夢了，我不知道寫好後把它們放到哪兒去了，現在要我一個個回憶起來，已經是完全不可能了。我的夢來得很快，往往是在醒來的那一剎那間紛紛破碎消散，睜開眼睛，一接觸到窗外灰濛濛的清晨的光線和室內醜陋的佈置，它們就不留一絲殘跡了。可是我也不再努力在記憶中去搜索它們的影子，根據經驗，這是徒勞無益的。我開始我一天的例事，洗口刷牙鋪床到食堂買稀飯饅頭充饑到教室上四節課再上食堂吃中飯然後睡個午覺起來後趴在桌上做作業然後吃晚飯上晚自習一直到十點半鐘或者十一點半鐘睡覺。往往這些夢境會在一個非常出人意料的時刻跳出來，比如我買好稀飯，坐在桌邊，一匙一匙往嘴裡送或下課回宿舍將鑰匙塞進鑰匙孔或隨便走路時偶爾抬頭看看天空時，夢境就會於剎那間閃現，彷彿由一隻無形的手從上至下抖開，那樣鮮明生動，那樣充滿活力，以致於我忘掉了周圍的一切，只顧眼睜睜地看著這幅畫卷，生怕遺漏每一個細節，但它的離去也如到來一樣神速，眨眼便無影無蹤，好在由於第二次出現，印象加深了，我便不斷地在腦中恢複所能記得的一切細節，然後一回宿舍便隨手抓過一張紙記下來。有幾次我這種瘋瘋癲癲的凝視把面前坐的人弄得莫名其妙，怪不好意思的。

我後來發現，其實我還是有一些願望的，比如，我想當一個圖書管理員，不是那種坐在櫃檯前發借書牌子或那種在窗口負責登出還書卡片的圖書管理員，這種人每天都不得不和成百上千的人打交道，說成百上千句話，而且是大致不變的內容的話，我不想當這種圖書管理員。我也不想當那種負責按借書單到書庫取書的管理員，這太乏味，這種工作早該讓機器人頂替了。我想當一個無所事事、整天在一排排書櫥前走來走去或坐在一個幽暗的角落，在一盞昏黃的燈下翻看舊書的圖書管理員，當然不可能一點事也不做，但頂多做點諸如伸出手掌，擊打書脊，把沒擺齊的一排書排齊，扶起倒下的書等等。當這樣的圖書管理員，我免除了與人類打交道的痛苦，我擁有無窮無盡的時間，至少在我決定自殺之前是這樣，我想看什麼書就看什麼書，想不看什麼就可以不看什麼，坐在那個像死囚牢裡的一扇小鐵窗下，一手托著歪斜的腦袋，一手藏在溫暖的褲兜裡，仰臉看著窗外一秒一秒暗淡下來的天光和幾根丫杈的樹枝在風中晃動。想著什麼或者什麼也不想。巨大的書庫宛如一片寂靜無光的海洋，在默默無言中給人一種莫大的安慰。那一本本厚厚的書彷彿是火葬場骨灰存放室裡的骨灰甕，散發出一種古靜的、冥想的陳屍的幽香。一切偉大和渺小的人全在這兒分門別類地按架擺好，有的積滿厚厚的灰塵，像黑紗一樣罩在長方形書本朝上的方形一側。有的殘缺不全，重新包上粗糙骯髒的牛皮紙，那大都是教科書或有助於考試的輔導叢書之類。遠古、中古、近代、現代、當代的一切喧嘩與騷動全部在這兒沉澱安息，凝聚成用紙張合成的磚塊，砌成這如高牆一般的書架。我已經預感到，未來幾代幾十代幾百代乃至幾萬代的最後結果都將如此。人類是沒有希望的。

小時候，我也曾夢想過當水手，那時我想，能自己駕駛一艘大輪，到世界各國暢遊，那該有多好！好的還不止這。據說當水手可以見到各種膚色、操不同語言的女人，跟她們一起上館子，看電影、看戲、喝酒、跳舞、最後還上床睡覺，無拘無束、自由自在，今天在西班牙結識一個叫瑪德琳娜的少女，明天在法國邂逅弗朗索瓦，在義大利……數不盡的風流韻事，生活多麼浪漫！要知道我十一、二歲就開始跑馬了，我走到街頭，就喜歡東張西望，看那些穿著入時的婦人和姑娘，希望或夢想自己某一天也能同著一個美人兒在黑暗的角落中吻吻抱抱，後來我改變了這種看法，由於一個偶然的機會，我乘火車到校時認識了一位海員，他叫林奇。林奇告訴我，在這個世上幹什麼都可以，就是不要當海員；當什麼海員都可以，就是別當中國海員。他並沒有告訴我全部原因。他只說，他們上岸不能單獨行動，至少得三個人在一起。為什麼呢？為了互相監督。每一個人對另一個人來說，都是一個間諜。我牢記住這句話，在生活中細加體察，發現果然事實如此。沒有一個人不在暗中提防著別人，也在暗中隱藏著一樣殺手鐧，暗中窺視，暗中侍機，隨時隨地準備反擊，隨時隨地準備揭底。人心真是深不可測呀！

這就是為什麼我去廬山的緣故。我想離開人世，離得越遠越好，最好到一個終年不見人影的地方，可是我的錢只允許我到廬山去一趟。於是我去了，滿以為深山老林中會得到暫時的寧靜，忘掉我所認識的一切人，卻不料又鑽進另一個陷阱之中，那年盛夏，山上的人比哪兒都多，學校所有的教室全都騰出來做了臨時客店還不夠，每到晚上，街上都看見三三兩兩的人在露宿，橫在那兒象屍體一樣。人們在清晨呼出的氣息集合起來，形成濃霧，填滿了溝溝壑壑，清溪中淌下便紙和被糞便染黃的水波。我在一個小攤排隊等吃涼麵，一個樣子兇狠的婦人口裡不乾不淨地大罵，這是什麼雞巴麵，連佐料都沒得！老闆陪著笑臉送上一瓶味精，那女人將筷子頭塞進瓶裡，蘸了一筷子頭味精，含在嘴裡嘗嘗，又罵開了，他娘的，這裡面摻了麵粉，一點狗屁味兒都沒得！老闆也不知是沒聽到還是怎麼，沒有回頭，那女人趁機抓起味精瓶，反過來就往自己碗裡倒，把一瓶味精全傾瀉進碗中，還一邊罵罵咧咧地說，二兩麵要三毛錢，老子非把本賺回來不可！我真佩服她，最後還是把那碗想必鹹得可以醃菜的面全部硬著頭皮噍了下去，滿足地走了。從那以後我堅信，現在世上只有兩種人，一種是老闆那種不顧一切、以次充好，能撈多少算多少的，一種是吃客那種付人一分錢，就要撈回十倍利的東西。每當我想到從此以後我就要跟他們這兩種人生活在一起，我就會想到死。我敢肯定，無論跟誰打交道，我准輸無贏，這並不等於說我這人心善、好欺，恰恰相反，我的心也可以說是陰險毒辣、高深莫測的，也就是說，我能夠做出一切壞蛋所能做出的事來，只有一點我可能和人不同，我無論幹啥，都有一個聲音說（並不是良心，人哪兒有什麼良心，只有功利之心，是說錯了或定義不清的緣故，才有此混淆），幹嘛呢？沒意思！比如說殺人，幹嘛？殺人還不容易？可有什麼意義呢？有誰值得你動刀子呢？誰不都跟你一樣，是個半死不活的東西？要殺人，還不如殺自己，把自己殺了，就等於把世界殺了，把全人類殺了。又比如說強姦。幹嘛？強行扼住一個少女的喉管，一手拼命扯她的褲子，把那硬梆梆的東西往裡插，這是幹嘛？要強姦真不如手淫！在手淫中你可以和成千上萬你願與之睡覺的姑娘性交，而且想什麼時候就什麼時候。搶錢？幹嘛？活得不耐煩了？真的缺吃少穿到受凍受餓的地步？真的連一分搭車錢都沒了？人人嘴上都說自己窮，這已經成了自己的本能。弄到錢買電視？

像個傻瓜蛋從晚上六點半看到十一點結束？你即便給這些東西我也不要。任你給我什麼東西我都不會感到幸福。

年三十夜，家家戶戶吃年飯，關起門來放鞭炮，把個寧靜的氣氛炸得殘缺不全，我在街上飯館（好容易才找到一家，食堂年三十不開門，還是下午四點左右，要是晚了，就關門了）吃了兩碗一碗二兩的肉絲麵，回宿舍後，就脫下衣服鑽進被窩，靠在床欄杆上抽菸，我想起去年三十我在家裡吃到了魚，還有肉丸子，還有粉蒸肉，還有，等等。我想起今年年三十我一人在這裡。真有意思。我面前放著一本書，是《查拉圖斯特拉如是說》。我懶得看。我記得其中有一句，叫「我愛森林」。森林一定下雪了，大朵大朵黑色的雪花宛如降落傘飄進幽藍色的林子中。有無數野獸出沒。風把窗外一段軟軟的電線捉住，讓線頭在窗玻璃上劃來劃去，不知有多久。我感到睡意朦朧。我想睡覺，明天就是大年初一，我哪兒也不準備去，我想睡覺，在睡夢中我不感到飢餓。一直睡到我想起床為止。也就是說，我想吃飯為止。估計初三、四的上午我可能起來，然後把三天節約的錢拿到館子裡好好吃一餐（到那時，餐館總會開門營業了吧。）。朦朧中，我發覺自己站在一個圓圈上，一個鋼絲繩或尼龍繩編結的環子上，一腳踩一邊，可怎麼也踏不穩，掌握不住重心，身子老是兩邊晃蕩，懸在半空中，我朝下麵瞥了一眼，黑洞洞的，啥也看不見，又看上面一眼，雙手還握住緊緊握住一根纜繩，我的雙手，我意識到，我的腳不斷交替著，換來換去，身子也這麼晃蕩晃蕩的，也不知過了多久，聽見一聲敲門，我心想，奇怪，周圍是上不沾天、下不著地的空間，哪來的門？莫非是遠處有飛機來嗎？糟！我驚得魂飛魄散，如果飛機照直飛來，准把我撞得粉身碎骨，可我不能鬆手，否則，我就會跌進深淵。那聲音繼續響著，篤，篤，篤，好像高跟鞋底敲打柏油路面。淫蕩的女人。敲門。一個聲音附在耳邊說，讓我進來好嗎？我心裡不知怎麼軟下來。有女人營救我，這真是奇蹟！讓我進來好嗎？我會讓你進來的。從來還沒有誰——我的腮邊涼絲絲的。我口裡嗞了一下，往裡倒吸一口氣，把流出的臭口水吞進肚裡。又聽見篤、篤的敲門聲。

「誰呀？」我問。

「我。」一個陌生的聲音說。

「你誰？」

「我，我——是住，是住最前面的——」

我讓他進來了，那個戴深度近視眼鏡的研究生。

那真是一個奇怪的夜晚，我以為是個夢，但我分明在嗑他的瓜子，還把半片咬碎的瓜子殼塞進牙縫，又是拔又是剔的，弄了半天才弄出來。我根本不問他為什麼想到這兒來，為什麼不和老婆或女友或情婦待在一起，他也不和我解釋，只問了一句，

「你怎麼這麼早就睡了？」我本來在和他見面的那一剎那間已準備了這樣幾句話回答他的問題。

「咦，你怎麼不回家過年？」

「我沒有家。」

「對不起，那你可以到親戚家呀。」

「我沒有親戚。」

「你哥哥姐姐呢？」

「都沒有。爸爸媽媽就生了我一個，後來，後來就死了。」

可是，一句都沒用上。真遺憾。

我們嗑瓜子，抽菸，喝茶，可就是不說話，他對我這兒的書呀、佈置呀什麼的似乎根本不感興趣，他眼睛也不看人，只是盯在那堆慢慢減少的瓜子和菸卷上。我也是一樣。我知道，談什麼都無濟於事。語言本身只會成為我們之間交流的障礙。長時間的沉默，使我覺得我倆之間十分瞭解，達成了一種默契，他像抽自己的菸一樣抽我的菸並拿出來遞給我，我也象吃自己的瓜子樣吃他的瓜子，並往他面前推。一時間，他彷彿是我的另一個自我，我彷彿是他的另一個自我，如果他沒有這種感覺，至少我有這種感覺。

也不知到了什麼時辰，記得好像響了一大陣劈哩啪啦的鞭炮，可能過了午夜吧，他忽然開口說話了，他的聲音聽起來缺乏力度，但卻具有某種深度，聽起來好像不是從嘴裡發出，而是從胸腔的深處滾出來的。他告訴我，他十六歲下放，下了八年，二十一歲考上大學，二十三歲因作案坐了兩年牢，二十七歲考上研究生，明年畢業。我越聽越糊塗，因為年代怎麼也理不清，不知他是在說夢話或說酒話還是故意說胡話。但看他的樣子並不是這三種，他一本正經，眉頭微微皺起，極力在大腦中搜尋合適的字眼來描繪過去所發生的事。看他不是那種淺薄之輩。我一邊聽他講，一邊猜測開了。我想，他說二十一歲考上大學，可能是指在二十一歲時他動過這個念頭，因為那時全國已經恢復高考制度，而在二十三歲坐牢，那是為一個人的事，他因政治問題坐的牢，但他同情那個人，心裡希望如果自己有膽量，也像他一樣去坐兩年牢，實際上比讀四年本科還值。我這麼東猜西猜，覺得挺有趣，好像在和時間捉迷藏似的，有時候在我們心中發生的事就像真的一樣，那年代、那日子，一樣樣全鑲刻在大腦的青石板上，難以磨滅，而實際發生的事情，過了若干年，則自然消失，沒有絲毫痕印。比如要我回憶前年考上大學請人吃飯花了多少錢，我是怎麼也不記得的。以致於人有時要懷疑，我過的是一種生活還是兩種生活還是多種生活？哪一種生活又最值得留戀？不過，這都是我心裡想的，並不對他講出一字，在這麼七想八想的時候，我漏掉了他說過的很多話，也許有些很重要，但我覺得無所謂。大大小小的細節都可以免去，一切都不重要，重要的只是這一刻感情和思想的交叉、合流。宛如閃電。宛如觸電。宛如光電。

他轉了話題（他是什麼時候轉到這上面來的，我完全沒有注意到，他也許談了好多，我也沒聽見，真是該死），他談到了陰莖。那是第二天晚上還是第三天晚上，我也記不清了。他說中國人的最短，大約六到七吋，白種人的長，約九至十吋，黑人為最，長到十二甚至十四吋。我心想，這麼長，還不從前面穿到後面去了。他似乎看出了我的心思，說，不會的，女人的子宮比這深得多，無論男人多長都受得了。我心想，這沒什麼意思，他回答說，是沒意思，不過隨便聊聊而已。我懷疑他可能這兩天想這事。我怎麼好多天沒見那個女人了，莫非她離開他了？他絕口不提她，又把話題轉到一些更為下流的事情上去了，我聽在耳裡感到肉麻，但我還比較忍受得下來。說老實話，還比較喜歡聽。不過，我開始起疑心了，這個人，這個男人，深更半夜在這兒，他要幹嘛？轉念一想，不可能。他不過是沒有女人而藉口頭發洩罷了。不大可能有其他動機。

我老跟人說，別用號碼鎖。我有一次在箱子裡找一封舊信，箱子用號碼鎖鎖著，可我無論如何想不起來是多少號，別人也幫不了我的忙，號碼鎖嘛，只有你本人才知道號碼的祕密，再說為了以防萬一，你甚至都沒在筆記本或日記裡標下這個號碼，一來筆記本和日記本用過就換新，一本本轉抄號碼太麻煩，二來免得被人翻看的時候抄走。我急得不行，像便祕的人一樣，怎麼也想不出那個號碼，最後我橫一橫心，找了半截磚頭，把鎖砸了，當鎖在磚頭的沉重打擊下癟下去，發出哀叫，身首分家的最後那一剎那，號碼奇跡般地出現在腦海，豈止在腦海，完全就擺在眼前！三九六八一。可是，號碼鎖已經砸得稀爛。

速度現在慢下來了。一天頂多只能寫上一頁半左右，我，也就是吳自立，從小到大還沒寫過這麼多字，看著這一疊厚厚的稿紙，我覺得無話可說。然而我不完成我的寫作計畫，我就不自殺，我不自殺，我就得完成我的寫作計畫，把每天規定的空格填滿，這真是一樁消耗精力和體力的工作，現在我承認，我的一生實在太短，值得寫的東西少得可憐，而寫過的東西又完全不值得看第二遍。我該怎麼辦呢？坐等待斃嗎？今天是大年初一，我從淩晨三點爬起來，一直寫到現在，還滴水未沾，粒米未進，我得寫下去，寫到夜深，寫滿二十四小時，最後的二十四小時，其實，不瞞您說，我寫的完全是我這二十四小時內的感受，心理過程，前半部分因為有時寫不出來，就抄，抄襲，抄襲我自己過去的遺書，後半部分也就是下午晚上和深夜，我還心裡沒數，在下筆的這一瞬間，我幾乎沒有任何思緒，更別談有何感情了。我起先是長久地凝視著一張廢煙盒紙，觀賞著日光燈在玻璃紙折迭的地方發出一個宛如貓頭魚身的光斑，那只剪貼的貓支楞著兩個頂尖朝上的三角形耳朵，將它平板無目的的貓臉轉向那條尾隨它的魚身上，跟著我發現，那不是什麼貓，而是一串大寫字母，全文照抄下來就是HUNHEXING。我聽見我的嘴唇翕動著，發出微弱的拼音聲：昏喝醒，不對，混賀新，不對，渾河腥，不對，混合型。混合型？對，混合型，應該是混合型。這什麼意思？我的目光在一轉念間落到另一個破答錄機盒上的兩個大寫字母上，是ＪＢ。ＪＢ？中文拼音，還是英語縮略詞？如果是前者，那是什麼意思？金寶？進寶？佳寶？玖寶？酒缽？糾弊？結伴？急奔？交班？腳蹦？結冰？借表？見婊？幾本？堅冰？兼併？家霸？叫飽？窖伯？慳包？繼缽？太多了，鬧不清楚取哪個意思好。如果是後者，拆開來叫我想起的第一個字就是Jailbird：慣犯。叫我想起的第二個字是英國作家普利斯特利名字的前半部分J．B．Priestley。還可以合成好多其他的詞呢，如Jingle bell，Joyful boy，Just a baby，Jumble，Jumbo，Job，Jab，Jib，等等（您要明白，親愛的想像中的讀者，我寫這些純粹是為了混時間過，努力完成死亡交給我的填空作業，您如果覺得浪費時間，完全可以不看，就跟外國老師上課時宣佈的那樣：願走願留，悉聽尊便。）。（讀者，我還要請您明白一點，如今好的作家寫作，心目中是沒有讀者的，您不要生氣，事實如此，您知道，您們的人太多，成份太複雜，味口也太不一樣，您如果只打算寫給張三看，且不說張三會不會看，首先您就會得罪李四，您如果想討好張三、李四，王二麻子就會開罪於您。所以，乾脆，在心中把讀者殺掉，一死百了，省得考慮這效果，那影響。本來讀者平常受的外界影響好的壞的夠多的了，他何苦老跟我過不去呢。真傻！）

這不，來了。

「有時候，即便全神貫注在某項工作或書本上，腦子裡彷彿仍在無意識地思索著一件與此毫不相干的事情。這麼說吧，有時思索什麼而百思不得其解時，腦子便彷彿什麼也沒有思索，竟是一片空白。而另一個不相干的思想卻停在一個角落中，若隱若現，似有若無，彷彿嫋嫋升起在藍天中的一縷淡淡的輕煙。寫到這裡，我多少有些灰心，因為有兩天沒寫一字，筆頭板滯生澀，寫的東西辭不達意。我知道原因所在，是大腦遲鈍了。如果不逼著自己思考，它就像停止的機器，不再運轉，雖然還有形有實地存在。記憶已經喪失得相當厲害，剛剛發生的事，轉眼便忘。爸爸第一天拿回來時要先看，每過幾分鐘他便把東西往桌上一扔，說，『算了，看不懂，意識流的東西我連中文都看不懂，更別提英文了。這篇文章講的什麼，直到現在我還摸不著頭腦。究竟誰是兒子，誰是父親？關係混亂得很！』一大清早就聽見他在客廳大著喉嚨對媽說，『太難懂！一會兒父親，一會兒兒子，一會兒他，一會兒他，根本弄不清楚誰是誰。』

「她躺在我身邊，我要吻她，她別過臉，『我不想吻。』我壓在她身上，她在下面蠕動著，『我不要你壓。』我摸她的乳，她把我的手移開，『我不要你摸，你讓我安安靜靜躺一會。』『你今天怎麼這樣煩躁不安？前兩天的溫存哪兒去了？』『我已經夠了、魘足了。』她無精打彩地說。我不無傷感地、留戀地回憶起這兩天來我倆的脈脈溫情和做愛。真是『好花不常開呀。』今天她看上去面色焦黃，眼神無光，捲髮失去了往日的光澤，兩唇青灰。『憔悴了，老了。』我脫口而出。『是呀，你還是去找一個比我小的姑娘吧，我呢，就去找一個比我大，也比你大的男人。』她說。我火了。我掙脫她的摟抱。我從床上爬起來。『我是開玩笑的。』她解釋道，又一次把我擒在她無力的懷抱中。

「假如這一切都不能使我發生興趣呢？我是怎麼了？我瘋了？我發狂了？我神經錯亂了？那麼我的腦袋呢？我的眼睛呢？這不是一個無頭的頸子嗎？瞧，血！一滴滴發黑的血，像豬血，在慢慢往下滴：叭嗒、叭嗒，地上出現一塊塊黑斑——我的生命哪兒去了？哪兒去了？哪兒去了？靈魂呢？靈魂呢？沒有！沒有！沒有！彷彿有一隻無情的鐵爪，把它撕得稀爛，揉成一團，塞進污水溝裡，塞進錢窟窿裡。我這是往哪去？腳，我的雙腳，告訴我，你在把我向何處引？那不是極樂淨土，那不是天國，那只是人人都去的地獄。我看見我，我可憐的靈魂，這個誠實、無罪、可愛的靈魂，被我的肉體出賣了，可恥地出賣了，我一定是被妖魔纏身，一定是的。一定是鬼迷心竅。想想那些和日光燈一樣灰白的臉吧！想想那些呆鈍木然的目光吧！想想那些毫無表情的舉動吧！他們還是人嗎？他們連野獸都不是，只是一塊塊石頭，一本本無動於衷的書。哦，哦，我的心是如此地被痛苦煎熬，我的靈魂是如此地被莫名其妙的慾望燃燒，你何不速死，遠比這樣無聊地生在人世強。魔鬼呀，魔鬼，你那青面獠牙的迷人微笑曾經使我醉倒，你那白骨森森的軀體的魔力曾使人何等地忘乎所以，然而我清醒了。我清醒了。我清醒了。……我討厭做牛做馬的勞動。……我要像鞭炮，拼盡全力把自己炸得粉身碎骨，看看自己有多大能量。夠了！夠了！夠了！……去你的！那是一副鎖鏈，那是陰暗的地獄，那是無底的深淵。我的精神，我的心靈，我的一切不是死得夠慘了嗎？哪兒還有什麼詩？哪兒還有什麼音樂？哪兒還有什麼創造？一隻蠢動的田鼠，一頭愚笨的黃牛——可怕呀，可怕！這生與死間的徘徊，可怕啊，可怕，這地獄與天堂之間的抉擇。我覺得自己彷彿一列開足馬力的火車，明知深淵就在前方，然而剎不住車，仍以巨大慣性向那兒衝去。我怕是真的要粉身碎骨了。可是，這樣死太不值得。……可是，冷靜一些，冷靜一些。（啊啊，可怕，太可怕了！在這兒，沒有個人！沒有個人！沒有個人！沒有個人！沒有個人！沒有個人！沒有個人！沒有個人！不允許個人的存在！不允許個人的存在！不允許個人的存在！我不存在！我不存在！我不存在！我不存在！我不存在！我生活在括弧之中！我生活在括弧之中！我已經死了，死了一百次，一千次，一萬次，我已經死了一億次。我和周圍所有的人毫無區別，整天為了前途未卜的目標而忙碌，完全忽視了生活中最本質、最珍貴的精髓。你想把自己變成什麼？小爬蟲嗎？那個在日光燈管上結網的小蜘蛛嗎？守在那兒等待蚊蟲落網。可是，這是冬天，蚊蠅全凍死了。你等什麼？你將在等待中餓死，你這可憐而無告的小蜘蛛！我愛人類，愛周圍的生活，可是，我的愛心卻連半毫米也移不出胸腔，它只是狂暴地在胸腔中跳動，啊啊，這鎧甲一樣的軀殼呀！這鋼壁一樣的皮囊！這頭，這手，這臉，這牙，這一切彷彿全用花崗岩刻成。眼看得分明，絞索吊在前面，從天頂垂下，套子已結好，圓圓地吊著，只要伸出頭去，便可套住，於是，生命結束，一個毫無用處的生命結束了，既不會引來一絲歎息，也不會招來半點同情。大笑，世界仍然虛偽地大笑著前進。把它悲慘的死拋在身後，踏成爛泥，用它虛偽的笑容的陽光曬乾，用瘋狂旋舞的鐵掌踏平，踩向一條通往什麼主義的路。可是，我不得不學會虛偽。我不得不用無情的利刀將每天新生的浪漫的嫩芽刈去，直至我的心成為一片荒漠，一片焦土。我反倒轉憂為喜。因為，在這片沙漠上，再也不會殘留任何東西了。誰也別想在上面刻下任何崇高的思想、主義了！它是一片流沙，在風暴下，眨眼便卷走一切，露出堅硬如鋼的地面——」

下課鈴響了。我伸個懶腰。在座位裡轉過身來，面向H。

「決定了嗎？」

「唉，難啦，真難啦！我的情況不同一般，非同小可呀！不得了哇！父親來電，不要我考。有什麼辦法呢？我還是要考。」

「要知道考上研究生的道路並不艱難，是會一帆風順的，碩士然後博士，別想幹出什麼大事業，無非寫幾篇經院式的論文。」

「這我知道，這我當然知道！沒有前途的。」

「還有，考上研究生就等於把自己置於一座小鐵籠裡，與世隔絕，一天到晚埋頭在枯燥無味的故紙堆裡。上次我去他們研究生樓找他，留下極壞的印象。那座大樓陰森恐怖，毫無生氣，宛似一具棺材，出出進進的人臉上沒有一絲笑容，面色不象日光燈，倒更像走廊二十五支的燈泡，昏黃暗淡。他們冷冰冰的。我在走廊看書等了足足兩個小時，沒有一個人問我是幹什麼的，找誰，就連熟人的同房明知我就在門外等她，也沒讓我進去坐一下，毫無表示。當然，我也不會進去的，即便他請。那兩個小時對我來說真是漫長而可怕。」

「這我知道。我知道，考研究生只會埋沒自己的創造才能。」

「是啊，不過是為功名計，而將自己所喜愛的事業拋棄，逼迫自己幹自己不願幹的事，實在可悲。」

「這我知道，我知道。」

課後，我回宿舍。腳步比往常輕。經過一個同學身旁，還猛地拍了一下他的肩膀。九點半。到十一點四十五還差一小時零一刻鐘。可我啥也不想幹，讓讀書計畫見鬼去吧。

中飯。房裡桌上一桌書。沒人。我把碗放在字典上。N走進來，掇著盛水的藍漆電熱杯，和一籃洗淨的嫩大白菜。向他要貝多芬的磁帶。說在抽屜裡。自己去拿吧。隔壁房裡滿是人，滿是熱氣，滿是聲音。一個人對我笑著說，「這回你可好了，以歪就歪！」「什麼意思？」「據說，」另一個人說，「有規定，凡到此刻為止，各門成績平均總和達到八五或每門超過七五分者，允許報考研究生。」

「我敢肯定，夠這個標準的我們班上沒有一人！」一個人激烈地說，彷彿和誰吵架似的。這是Y，一個好勝心特強的人。而且，有些自命不凡。

「不一定，某某就超過了。」我說了一個名字。

「他？哼！他也沒有。」言外之意——

「他超過了。」另一個同學證實道。

「怎麼辦呢？」H大聲說，「這可把我毀了！我準備了那麼久！」

「好歹你準備的是對自己有利的東西，可我呢，完全是與本專業無關的東西。」

「誰出的這個餿主意？」

「當然是系裡。」

「我就不信沒人過線。這是怎麼搞的呢？」

「什麼怎麼搞的？」H大聲說，「誰也沒把分數當回事！這幾年誰管什麼分數呢？要是也像她們那幫女生成天埋頭鑽課本，哼，那我的分——哼！絕對不會這樣。我有一回不及格，兩次剛過六十，我才不在乎。」我忽然想起他走路，課間，試前讀書的樣子。大部分時間，這些書都是課本。

「咱們班不會有人過那道線。」Y又大聲念叨起來，彷彿安慰自己。

「可是，據說已同意讓某某考了，他過了線。」

「是嗎？」

「誰說的？」

「真的？」

一連串疑問。驚歎。

「我不信。讓我想想看。」Y在沉思。「去年八月他得了七十四分，對，正是七十四分！一分不多，一分不少，他夠什麼格！那是不可能的！」

「唉！唉——唉……唉……唉。完了，完了，完了。」H在長籲短歎。

我沉默不語。趕回自己的小房間。開始讀書。

房門被人推開。一個人站在門外對我招手。是X。

「糟了，聽說沒有，不讓考了？我意思是說，不過標準分數線就不讓考。」

「知道了。」

「怎麼辦呢？我本來想考回老家，那兒有個大學我有熟人，我各門功課並不差。第一年數學分析都是九十分以上，這下真完了，我還幹嘛呢？空下來的大半年，空虛得很喲。」

「不搞文學了？不搞詩歌了？往日的激情哪兒去了？獻身的精神呢？」

「不是不想搞——我是想，即便考上了——你不知道，我現在多麼頹廢，精神極度空虛，無論什麼也引不起我的興趣。我寫了許多悲觀的詩歌，比如這一句，『我提著我的屍骨在墳堆行走，讓我的愛情在酒池中橫流。』我現在不管看哪個女人，或是路邊，或是雜誌封面上，哪怕再美，只要緊緊盯上幾分鐘，就會變成一具骷髏。你說可怕不？」

詩人。我的初戀。到國外去了。寫了嗎？無法。難怪是日薄西山，遭人嘲弄。從十八世紀中期開始。哦，歎都沒法歎息。眼神。有時就是沒有聲音。空火柴盒。用電爐點。都走了？都走了。我有那回事嗎？可能有嗎？那以後，一切就無所謂了。美人一生只有一個，好事一生只有一回。手術臺。隨便寫什麼，無不有著無機的聯繫。詩。死。屍。世。是。

笑

第三百一十七

一滴長長的歪扭的淚柱
透明晶體中光斑閃耀
河水光斑地淌過嗚咽地笑
綠歡樂的墳堆也凝結過歪扭的晶體
血笑美豔動人聳然地舞著蹈
屍臉永恆的笑麻木寒冷地笑著
情人的文字在當空燃燒著笑熄熄滅滅燃燃燒燒

樹吼開淚嘴扯裂廣袤的葉綠色的淒笑
凋零地笑著金色的哭和黑茫茫的笑

我在姨媽家中度寒假。陽臺。對面也是陽臺。陽光突然哐啷一聲，把雲彩的厚厚玻璃擊得粉碎，對面的每一片黑瓦上都奏響她的笑臉。每時每刻，她都會從那個小黑閣樓中站出來，我等待著。長途汽車。一千多公里的灰土猶如源源不斷向前滾動的黃龍，一座山和另一座山，仍舊是一座山和另一座山。你是前方不遠處等在路邊招手的那個姑娘，她是個婦人，穿著大花大紅的襖褲，一晃而過。你從田野的草叢中立起來，我搖下窗玻璃，風鑽進窗中，發現我睡著了。不對，是那一次。在軍訓。你低著腦袋，看著我的汗水一滴滴從腮邊滾落，彷彿滾過燒得通紅的鐵板，嗤嗤作響，化作一股輕白的汽水，你捂住鼻子。我在哪兒，你就在哪兒。我從入學名單上搜尋最能吸引人的名字，於是，殷詩。我們打架，看見你驚訝得變形的眼睛鼻子牙齒集合在一起，模糊了他的面孔，你揚起雙手，象兩隻翅膀，飛過來，從我上空掠過，蔚藍的天空留下一道雪白的痕跡。稍縱即逝。沒有，這一切都不是事實。一旦成為記憶，就變得離奇，不可置信，變得毫無意義，一切都可以容忍，都可以無所謂。沒有一個字的交換，只有地道口向上仰望天空的兩隻明亮眼睛，絕望的眼睛，從上往下探視著深不可測的枯井。

那是初始。十一歲。你出了教室，我的思緒也跟著走了。老師像拎一隻小貓，揪住我的後領，只輕輕一提，便把我扔出窗外。我睡在渾身是泥的陰溝中，委屈、羞辱、睜著臭水和淚水交流的眼睛，看著窗內你凝然不動的眼睛。那不是事實。你並沒記憶。另一個人也不記得。誰也不曾提起。你被打倒在地，臉上火辣辣地挨了一巴掌，頭髮被扯掉了幾綹，一群熟識的面孔圍過來，十幾雙睜得溜圓的眼睛，看著你在灰塵中蠕動的身子。你站起身，拍拍灰塵，竟然和他並排走著。後面尾隨一群看熱鬧的頭。你在心裡說，是的，沒辦法的事，我怎麼打得過他？然而你嘴上卻恨恨地，說，等著瞧吧！瞧什麼？你輸了！輸了就是輸了，有什麼好講的！

她不感興趣，這一切與她無關。男人不應該是懦夫。處處必須得勝，這是顛撲不破的道理。否則。

誰都不會講自己的羞辱。人人只想證明自己。一切好的東西，哪怕虛構的。

「他不在。」她說。

「那他在嗎？」

「他也不在。」

「等下他來了，告訴我一聲好嗎？」

「行。」

「不，你叫他來找我。」

「好。」

「還有。」

「什麼？」

「沒有。」

「什麼？」

「什麼？」

「沒什麼。」

「我也沒什麼。」

（「真可愛，你。」）

〈｛（「真可愛，你」）｝。〉？

總是很難弄清的。

比如越過幾個腦袋投來的一個簡短的一瞥。比如在沒人的地方碰面時的低頭看腳。比如你出現時她的突然沉默。

總是很難弄清的。

然而沒有言語。沒有語言。有很多紙，沒有筆。有很多筆，卻沒有紙。有很多紙和筆，卻沒有手。有手，又沒有了思緒。和情感。當果子成熟時，樹已到秋天，葉黃了。明年的春天，再不會是同一個意義。

腳上割開一個大口子，在腳掌心，斜著，小指頭長。跛著，你。而你，遠遠地跟著。你彎腰察看，腳，通過兩胯，看見你倒影的小辮。在遠處。你的目光。又一次變形了。分裂了。散光了。

還有很多很多。不宜提起。

其實都是子虛烏有，根本沒有過的事。你不是已經有了孩子嗎？我寫這些事壓根兒沒有感覺，無動於衷，彷彿記流水帳，心靈中的一個混亂的片刻。剎時間，我平靜下來。還有許許多多其他的事。

是的，是的，你何必跟我說這些呢，我並沒請你來看這一切，過去你可以不讓我想，現在你辦不到這一點了，你只有一點可以打敗我，那就是永遠置我於弱者之地，這我認輸，我從不曾產生過要占人一頭的念頭。我們現在只想比比，看誰最先被死亡打敗。我跟它定了合同，寫完二十萬字就認輸，那就等於說它認輸，明白嗎，也就是它沒能在十九萬九千九百九十九字之前奪走我的賤命。我至少還能一個字一個字地寫，文字本身沒有生命，它是被手中的筆這樣一下下地在格中填寫時才似乎顯出活力，筆一停，它也就死了，什麼也出不來了，如一下一下搓動陰莖的手，像搓揑一段油條，越搓越軟，越爛，越幹，啥也出不來了，那就意味著死。只要還有最後一滴精液被勒索出來，它就沒死。它就還有死的欲望。

我買了一雙長統尼龍襪，一條綴花邊的紅三角短褲，一雙半高跟鞋，一副黑色奶罩，我脫光，穿上它們。我撫摸它們，從上到下，柔滑的手感，漸漸的勃起。我同時具備兩性。我撫摸自己，想像中的一個女人。我們合二而一。世上沒有比這更幸福更美滿的事。不信你試。最後的進入也只是虛幻的接觸。只有男扮女裝，一分為二，合二而一。痛苦與歡樂，美與醜，真與假，嚴肅與滑稽，想像與現實，真實與虛幻，親密與疏遠，全部綜合、融匯、密不可分。既不是，又是。

第四百二十九

沉思

中午，我獨自沿著闃無一人的湖濱
散步，湖水在我腳下、在我眼前、在我身邊
灰黃的大霧隱去了對岸、隱去了靈山、隱去了偶爾
可瞥的綠野，風看不見，在耳邊呼呼，一個浪順著

水面推過來、雪白的捲髮、喧囂著撞在岸石、
激起許多圓溜溜的水珠，愛情無法實現，真正
相愛的人永難團聚，又一個浪推過來，在腳下，在眼前
在身邊，無數浪花受著風的捉弄，充滿希望地湧來，
綻開一朵朵千變萬化的雪花、散成一顆顆晶瑩透明的
珍珠，她不來，消極等待永不來，綠螺和白螺，
一顆顆，猶如嬌嫩的櫻粒，密密匝匝，在
波紋棱形的明窗下，擁擠著、滾動著、嘰喳著
我看見她、烏黑濃密的捲髮、雪白嬌嫩的肌膚，雙眼
默默流瀉最柔麗的蜜光，雙乳在軟風下一顫
一晃一顫一蕩，世界在我們眼中消失，我和你赤裸裸
擁抱在汪洋大海中一座白珊瑚礁上
黑夜的翅膀強勁地拍擊對岸莽莽的叢林
我看見無數星辰，宛如荒墳野地的磷火，閃閃爍爍
神祕的貓頭鷹怪叫著、一株魔爪般沖出的長樹
兩顆滾來滾去的大圓眼睛、世界已入夢境

我們在夢中度過清醒的一生、寒冷刺骨的風尖嘯
穿過陰森森的樹洞、光禿禿的枯枝、剛硬的
牆縫、天張開黑雲的大口、吐出一個青灰的骷髏
永遠追尋不屬於自己的，幽碧的小林闃靜無音，啊，
在那厚厚的落葉上仰臥，張開雙臂叉開雙腿睜
開雙眼，讓每一個毛孔浸透大自然的精氣，讓純
淨的露滴凝固在眉尖、眼瞼、唇際、胸脯、
生殖器唇，讓身邊圍跳最美麗的少女，一絲不掛，
一塵不染，讓我們互相啜泣彼此的露珠、互相偎依
彼此的肉體、互相吮吸彼此的精氣，讓美，讓
美的全部結晶，在醜惡的大泥坑中豎起一座宏偉的豐
碑，你的叫聲象她那嫩花乳，透過一層光潔
滑膩的衣衫，露出一尖黑黑的乳暈，輕擦著饑渴
的紅唇，啊，追求的腳沒有小舟沒有快翅永遠
達不到彼岸蔚藍色的異鄉，我拾起一片
落葉，精緻的脈絡，巧妙的紋理，神奇的構圖，

鮮麗的金黃，轉瞬，成恨，眼睛，柔和的、火熱的、
赤裸的、宛如慾火中燒的手從四面八方伸來，將我
摟抱，攫走，唉，慾望永遠向太空發射收不回來的
電波，星星美麗的眼睛曾勾引多少癡情的
發報機，風啪啪啪打我的耳光而你的手
為何不見？白鸛一前一後一上一下拍打翅兒飛過
茫茫無際的天宇，黃雲翻騰滾湧，為什麼要隔
開？為什麼不肩並肩？是不是在後的永後在先的永先？
唉，請豎起一壁通天達地的霧牆，將一切隔擋，
青翠的山巒，紫絳的小溪，芬芳的白野，稔熟的小徑
在我面前永遠築起一座神祕而未知的堡壘，
唉，請刺瞎我的雙眼，砍去我的手腳，讓我面壁而坐，
馳騁想像的駿馬，漫遊阿卡迪的森林，爬上
恐龍之鼻，鑽進巨鯨之軀，唉，人類徒勞無益的
努力！我的心是一個滿地亂爬的胖娃娃，一個無緣
無故感傷掉淚的少女，一隻兇殘的獨狼，一個

彬彬有禮的紳士，一座深不見底的黑窟，
是南極，是枯屍，是詩，是這湖水受著風的
蹂躪綻開一朵朵美麗的浪花，轉瞬即逝，又不斷
開綻，我的希望永遠在日落時等待日出，我的努力
象狂風擊打我的臉，看不見，永遠擊打著，梧桐
已揚棄了最後一顆令人奇癢使人睜不開眼的懸鈴，象
少婦新燙了頭，散發出混合肉體的淡淡香脂，
透明輕紅的軟耳，隱隱約約，掩在濃豔的發下，
一齊向南飛去，啊，美本身不能幻想，它給人帶來多
少甜蜜的遐思，我坐在白浪翻卷的礁石，一個
低頭抱膝的活礁石，她永不來，你永遠愛，
我看見風掌一把抓住小鳥，象樹葉一樣鋪
天蓋地撒去，又去抓小鳥一樣飛鳴的綠葉，
唉，我們追求得不到的同時把手中的忘記，
美麗的蛇曾誘騙多少美麗的少女，它滿頭皺
紋，牙齒脫落，流瀉了全部的精液，只剩一副

衰殘的空皮，我把電筒照進深淵的夜空，
我看不見反光，但他們，幻覺中的理想，一定可以
看見這執著而渴望的弱光，她騎車駛過，
空中旋轉著、飛舞著、跳蕩著、她嫩紅而雪白的吻，
她時髦的高跟，黑亮黑亮，光滑高傲，踩在春雨淋
濕的泥地，嫩泥破了，一個小洞，又一個小洞，汩汩
冒出清水，一片小天，又一片小天，她在我心尖上
踮步，唉，大片蔚藍的天網，希望是打撈理想之灰燼
的網，夕陽又熟了，象一個新剝殼的白雞蛋，漾著
熱汽，臥在西邊森林的盤子上，東天的月亮宛如反光
唉，科學的神通廣大消滅了神通廣大的想像，
我不再對它佇望，只呆呆地，癡癡地，神
魂顛倒地把我自己的月亮守望，我要讓你用可愛的
白牙咬遍我的全身，讓我的兩頰深鐫下你
的兩瓣桔唇，讓我倆的器官結合在一起，
唉，可是，即便如此，愛情又怎能使相愛人

我很遺憾，當我無話可說的時候，我便只好採取這種等而下之的辦法了。剽竊他的東西。他的話。當然，他是永遠也不可能得知此事了。退一萬步講，他若真知道我在小說中引用了他的詩，而且是全文一字不漏，標點符號一個不改地引用，說不定還會高興而得意呢。他虛榮心和好勝心一向很強，等到他意識到自己原來是一個詩人時，這兩種東西的程度提高了一倍。他容不得任何人對他詩中的任何字句哪怕一個逗點作任何改動。但他又不是那種自甘寂寞、孤芳自賞的詩人，他每有習作，便要在大庭廣眾當然是同學們面前大聲朗誦一番，讀到高興得意處甚至敞開衣服，揮舞起臂膀來。我是所有人中表現得最為冷靜的人。在他朗誦詩時，我永遠默不作聲，靜靜地看我的書，耳朵裡充滿同學們玩笑似的喝彩和叫好。我只感到他這人滑稽，淺薄。你這是幹嘛？未免表現得太過火了吧？難道天下的詩人都象你這樣，感情衝動起來便手舞足蹈，舉止失態，口吐狂言，像大小便失禁或酒瘋子一樣？不知怎麼他偏偏看中了我，利用各種機會以他的歪詩向我進攻，以致最後我竟能容忍他成為我私有圈子中的一個成員。他臨走之前，還在我這兒寄放了一箚厚厚的詩稿呢。那些詩稿他不知跟我談了多少遍，我在他抑揚頓挫中獲得的樂趣便是睡眠，因為我常常醒來發現他還在詩稿中翻找著他最得意的作品。老實說，我本來不喜歡詩，尤其是當代詩，過於晦澀，純粹是一群沒有邏輯思維的低能兒拼湊起來的大雜燴。他的詩雖然比較好懂，但言語差勁，缺乏藝術感染力，而且誇張得利害：無非是一己的私情，用得著這麼大哼小叫，無病呻吟嗎？因此，當他對我說，也許我這輩子也別想成為詩人時，我嘴上雖然安慰他說，只要工夫深，鐵棒磨成針，心裡卻說，你算說對了。不過，你別看他把自己貶得一錢不值，但他心裡想的正好恰恰相反，他是希望你恭維他。他的意思我明白，他是想有朝一日等他死去（假定地），我能以某種名義將這些詩發表。他說，真正的詩人都是在死後成名。我才不信他的鬼話呢。這不，這本詩早已蒙滿灰塵，跟一堆破衣爛裳包在一起。我哪有路子哪有能力幫他出這些詩呢？我甚至懶得花費精力往那些潦草的字跡上看一眼。這首詩還是我一時興之所至，隨手翻出來抄上的。總的來說，詩寫得馬馬虎虎，還算不錯，讓抒情詩中夾雜著說理的成份，難免不使人感到彷彿吃一盤涼菜碰到細砂粒樣咯牙。他這首詩不乏想像，能體會到詩人失戀後的痛苦、屈辱的心情，不過，語言功底似乎不大扎實，用詞頗欠考慮。我在他不知道的情況下，違背他的意願，不僅不去找人幫忙，早日將這些他所認為的瑰寶發掘出來，重見天日，讓世人一睹他的詩才，反而大放厥詞，竟然說三道四起來，他若在世，是不會寬恕我的。

說到在世之事，人們必定以為他已死了，其實並非如此。連我連他的家人親朋好友都不知道他究竟是死是活，今在何方。他是去年出國到歐洲去失蹤的。我只知道這一點。是叛逃還是失蹤，誰也鬧不清楚。不過，他原來和我交情很深，我對他的瞭解足以使我猜出他消失的八成原因。目前，我還不打算將此公諸於眾。簡言之，我不想惹火燒身。

船上有個瘦不拉唧的人問我姓什麼。我和他同艙了兩天。我們坐的是五等艙。一共三四一十二加三四一十二為二十四張床，我們睡頂上鋪。起床得當心，弄得不好，腦袋便「梆當」一下撞在鋼板天花板上，生疼生疼。艙內煙霧騰騰，對面看不清人的面孔，這與燈光昏暗也有關係，沒有門，沒有窗戶，四周都是摸上去冰涼的鋼板。我告訴他說我姓林。叫什麼呢？林嘉陵。他聽到這個名字不覺微笑了，似乎想起什麼又想不起來似的。我問他在哪兒工作。他說在北京航天部。他跟我講了許多有關航天技術發展的情況，我都忘了，只記得這人老是在講評級定工資的事，獎金一月上百等等。

我沒料到，我的祕密被一個小學生發現了，那是住一家每夜一元五的旅館，當一個胖大的河南人問我叫什麼，我說林嘉陵時，被他的兒子發現的。他脫口而出，零加零等於零。他爸爸聽得哈哈大笑，馬上意識過來，喝住了那個不懂事的孩子，我的心裡卻格登一下，想，完了，這個祕密也被人發現了。我整整盤算了一晚上，想找另一個既能說明我毫無意義，又能顯得頗有深意的名字來，但不行了。名字是密碼，一旦被人破譯，與名字有關的人以及賦予名字的意義就被徹底消滅了。

我發現我的手又開始抄起我原來的東西了。

「看一眼就扔進了郵筒，大大地鬆了一口氣。我就是這樣的，要麼寫了信當即就發掉，否則隔夜重讀，我就會改變主意。我寫了很多信沒發出去就是這個緣故。她父親當然知道我。過去我常去她家。我也不是沒想過當面談的事。可是太難於開口。你想像那個情景吧，不定我的臉會紅成什麼樣子呢。她說她父親問我還是不是中學時代的模樣，也不知他是指我失去了中學時代的天真活潑呢？還是說我仍然像中學時代一樣幼稚。她在中學時和我同班，就坐我前面。經常掉頭和我講話。當時班團支書最反對這一點。他經常向我發警告，說，下一次她再找你講話，別睬她。你說得有道理，他一定多多少少有些吃醋。其實中學一畢業，全班最先談朋友的就是他本人。她呀，別的都好，就是自尊心太強，我應該說是虛榮心太強，特別愛面子，容不得別人說她一句不好。是的，以前我也象你剛才講的那樣，常常有意貶低她，有意做些小動作，不輕不重地傷她的自尊心，存心壓壓她的傲氣，結果鬧得雙方都不愉快，發生口角。不過還沒達到傷害感情的地步。我們班上有個男同學的名字和她的名字除了中間一個字外，完全一樣。有一天，我用橡皮擦蘸著口水偷偷地把她練習簿上中間那個字抹掉，換上了那個男同學中間的字。她看到後立刻猜出是我幹的，又氣又惱，惡狠狠地沖著我說，像他這種人，隨便哪兒都撿得到。哪知道這句話傳出去了，她險些遭人打。過後，我把這話講給另一個同學聽。那傢伙不是個好東西。他把這話告訴那個同學了。我當時也在場，親耳聽見那個同學破口大罵，揚言要將她狠揍一頓。在電影院。今晚就動手。我對她講了，勸她晚上別去看電影。我們本來約好一起去的。她一聽火冒三丈，一迭連聲埋怨我，怪我不該把這話講出去，直到我發煩了，說你這麼沒完沒了地講什麼東西呀！她才住嘴，卻堅持要去看電影，還告訴我，她去給我把凳子放好。我受了感動。不過，我到底還是沒去。後來聽說那人真的去電影院找過她，還袖著半截皮帶，口口聲聲要揍她的人。要不是她的同伴（她一起有好幾個女伴）中一個說，你凶什麼，你要是動她一根毫毛，沒你的好日子過，他真的動了手。那時，信可多了。我盡寫些狂話，熱情得一擦火柴就燒著的東西。有一段時間，我們關係冷了下來，我把信也燒了一大半，傷心得不行，留下來以後作寫作素材？別瞎說了，誰還有這個雅興？心想只要這些東西燒得片甲不留，她的印象就會徹底消失。你說什麼要是這兒的工人中有一個姿色出眾的姑娘愛上我，我會不會愛上她？當然不會。那麼，有一個其貌不揚、學識淵博、心氣靈秀的姑娘？我也不會，太醜了，將來怎麼在一起生活呢！」

「我想寫，想寫一個恐懼、寂寞、煩躁不安、悶悶不樂的人，我看著自己的大腦，空的，就如剛洗過的碗，往下滴水。人都走了。室內安靜，室外聲音傳進來。口哨。皮鞋。嘻笑。遠處一輛班車的轆轆。鐵鍬蹭地。錘子擊鐵。這個人必須是沒有愛情的，即使有，也不應寫得讓他有。拖鞋在頭頂響著。女人的腳，花襪子，懶洋洋地脫了，露出肉。姑娘愛睡覺。恐怕已進入夢鄉。誰拿了我鬧鐘？他進門就問。緊裹在天藍色的宇航服中，帽子搭拉在腦後，像籃球網。不知道，我說。心裡對他很反感。他穿過桌子和床之間形成的狹窄過道，走到窗邊，賊一樣搜尋著，當然，他決不是賊，是賊的人是不像賊的。他老是掉錢。哭喪著臉向我訴苦，過一會兒又沒事人一樣。他自己並不在乎，別人替他著急又有什麼用？再說，他對誰在乎過？一個不滿十七的青年跳摟自殺了。死就死了唄，他冷冰冰地說，臉上帶著譏諷的笑。隨後，大發靈感，寫了一首詩。詩成後，便雙手攥住稿紙，沖在面前，象在詩歌朗誦會上，搖頭晃腦自我欣賞起來。總要等他欣賞夠了（大約十分鐘左右），他才迫不及待（有時欣賞在後）地把詩稿塞給身旁無論什麼人看，（如果沒人，他就用圖釘釘在牆上，供他反復吟誦，一般不作修改便抄進自己那本寫得滿滿的詩集中）。嘴裡說要人提意見，眼中射出的光和臉上期待的神情卻分明是想聽到讚美。如果有人說好，哪怕那篇東西再糟糕，他也咧開嘴——嗨，提這幹嘛！那人死了，他寫了一首詩，大罵他是懦夫。還公開宣佈對一切自殺者，無論出於何種原因，他都要大張撻伐，統統加以咒罵。他問他，『那麼我呢？你的最好的朋友自殺呢？』『也一樣無情地痛罵。』真他媽天下少有的糊塗蟲！我在心裡這樣罵著，走出他的宿舍。

「他未見得不對，死了不就死了唄。有什麼必要用你的死亡和痛苦騷擾和平幸福的人們的心靈呢？也許墳墓裡的愛情更多。不然，自殺者怎麼願意這麼早就了結他年紀輕輕的一生呢？活在世上無人愛，真不如死了好，因為死是最愛人的。那倒不一定（按紙的手這麼冰涼，陽光就在幾步之外的窗臺邊，但那不是我的位置）。如果既無愛又無恨，活下去倒也不無意思。怎麼可能呢？你不恨人人要恨你呀。想想那對陰森森的眼睛吧。永遠居心叵測、陰險毒辣地獰視著你。即使是在明媚的春光中，看見那一雙眼睛，也好像掉進了冰窟窿。人世哪裡有愛？可是，他呢？我要塑造的主人公呢？怎麼還沒有想出來？好像是昨天下午吧，他——我，站在窗臺上抹玻璃打掃衛生，幹嘛擦玻璃？在十層樓的高度，完全沒有保護的情況下，整個身體懸空擦窗，這真可怕。自殺者血跡斑斑、慘白無色的臉在我眼前晃動。我朝一張椅子走去，就要伸手取搭在椅背的抹布。（又用右手溫暖了一下左手，哎，冬天，左手，你吃苦了。左手一定非常想幹右手現在幹的工作，持筆寫字，暖和非常）。算了吧。教室有三個女生。眼睛好像老在自己身上轉來轉去。其實，她們都在埋頭掃地抹桌，根本沒注意你，你為什麼竟會起這種感覺？這不是自作多情又是什麼？但，一舉一動，都在她們的注視下。而她們低聲哼唱的歌曲，也不斷傳進耳朵，彷彿在為自己歌唱。她們與你何關？你算算，進校三年，你同她們講了幾句話？好像兩句都不到。有什麼必要呢？她們的眼中常常流露出鄙夷。你長相太一般。引不起姑娘的興趣。他在那兒起勁地掃地，揚起滿屋灰塵。他毫不費力地將有臂彎的椅子提起來，放到一邊，騰出沒掃的地方，彷彿有意顯示自己是個強有力的男性。我走到窗前朝外一看：林立的大樓把校園擠得象一團爛抹布，使人產生一種置身於深深的溶洞之感，四周大樓是岩壁，壁上開著窗口一樣的黑洞。窗戶又高又大，我直立在窗臺上，手只能夠到上面窗子的一半。我打開下面一扇窗戶，關上另一扇，伸出腿子，腳踩在外窗臺上，右手緊抓住兩扇窗戶之間的豎直鐵杆，鐵杆很硌手，便用左手拿著抹布擦起來。對面，隔著校園，是灰色的大樓。下麵，是一座小得象雞蛋的花園。園中有些斑斑點點的東西。一種恐怖的顫慄傳遍我全身。兩片臀部之間竄起一種難以名狀的感覺，酸溜溜的，很像坐汽車高速翻過坡頂向坡下衝去的那一剎那或遺精時的味道。我現在是站在那個無名自殺者的高度，也許他站得比我更高。他已不在人世。而我在擦窗，我們之間的區別僅此而已。但他跟我不同，他跳了，勇敢地跳了。在漆黑的深夜中，在淒風苦雨中，他一定長久地徘徊過，他肯定不止一次地向下看過，不過，他不會起我這樣的感覺。你不羞恥嗎？你不感到甚至不如一個普通人嗎？你年齡比他大，膽子反而還小了。這好像是個規律，對不對？他本應比你更有權力活下去，他正當青春妙齡啊！而你，你的存在有何意義？你是一個誰見了都討厭的人。那高個子曾當面吐你的口水，你還對自己說，可能不是的吧，也許是他一時不小心。那個鄉里人曾罵你兔崽子，你還笑。那個學識淵博的人說你永遠也不會有出息，你呢，竟一言不發！你活著幹什麼？我擦完兩扇窗，將它們全部撐開，探出半個身子，胸脯緊貼中間欄杆，慢慢站起，左手握緊欄杆，一釐米一釐米往上升，我覺得那欄杆好像是上升汽球的一根繩子，而我左手拉住繩頭，全身都垂掛在下面，左指的力量逐漸消失，肌肉綿軟了，頭部一陣陣暈眩，腿上肌肉直顫動。我連忙蹲下身子，穩穩神後，再度慢慢立起來，藍天就在我的髮梢，雞蛋花園和小得像墨水瓶似的房屋就在腳下，猛然，我聽到一陣急跑聲，眨眼便到我跟前，立時，一雙強大有力的手掌重重地擊打在我的膝頭，我腿一軟，手一鬆，整個人便仰面朝天倒栽了下去——啊，我差一點喊出聲音來，重又蹲下身子，朝教室裡掃視了一眼：三個女生在安靜地打掃，每座窗臺上都有一個男生在擦窗。他們和你並無仇無冤呀！可是，在這種時候，誰能保證沒人會對你下毒手，發洩平時暗中積鬱的私憤呢？誰敢說周圍的人對你沒有絲毫嫉恨呢？就連一隻螞蟻有時也被平白無故地被人捉弄玩耍或者乾脆一腳踩死呢。更何況人！難道你無意中的話沒在暗中損害別人的利益和自尊心？他看看眼前沒人，放了心，便又站起來，這回更慢，而且為了使自己適應這嚇人的高度，他有意多朝下面看，想使自己熟悉那深淵一般張開的黑洞洞的大口和那些縮小的東西。這回他看清楚了：一團皺紋紙，一塊石片，一個避孕套，幾個散亂的菸蒂，好像還看見歷歷的枯草根，他覺得不再那麼可怕了，便大著膽子挺起身，緊攥抹布的手衝出去，就要抹那扇佈滿厚灰的玻璃，「砰」，他聽見一聲震耳欲聾的槍響，只見胸口開了一個洞，漆黑的血從白花花的肉中翻湧而出。他再次倒下去。我整個身子轉到窗內，重重地舒了一口氣，一到窗內，看見教室裡的桌椅板凳牆壁以及離得很近的地面，心裡感到踏實許多。便用目光去搜尋那個打槍的人。他該是藏在對面那扇掀起的窗簾後面吧。也許，在空中走廊的廊柱背後？我穿過幽雅靜謐的校園，學生們在林蔭下的石桌上俯身看書。『砰，砰』，子彈擦耳而過。我一看，糟，被包圍了！山坡下有幾個歪戴軍帽、斜叼煙捲的青年正舉槍向我瞄準。我的心猛地收緊。很想跑到大樹背後躲起來。可是，那些醉心於書籍的大學生也在射程之內，卻毫無反應，好像滿不在乎，我這一躲，豈不讓人笑話？忽聽山坡上傳來叫罵和喝彩聲，幾個同樣敞著衣扣、戴著軍帽的人端槍正向這兒瞄準。啊，原來他們在進行槍擊對抗！我想逃走，順原路回去。但，羞恥感牢牢控制了我。使我硬著頭皮、膽顫心驚地走完整座青蔥碧綠的山坡。萬幸。這些傢伙沒打著我，儘管子彈在頭頂樹葉中嗖嗖穿過。可是，他們幹嘛這麼殘酷地取樂呢？我扔下抹布，活幹完了。（我站在窗內，用雞毛帚子柄綁著抹布，手伸到窗外去擦，只擦了個大概）。

「左手還是這麼冷，這麼冷。」

「兩個學生從身邊走過，一個正起勁地談著什麼。我聽到『二十世紀』『現代化』等名詞，當他和我平齊時，他談起亞裡斯多德，而且把這幾個音發得極其響亮，使我不由扭頭看了他一眼。短褲。一半被長汗衫遮蓋住。背上因汗水過多而發黑。他的同伴衣冠楚楚。他的神態和路相表明他是個不善言談，對朋友佩服得五體投地的人。瞧那微垂的腦袋和微駝的背。談亞裡斯多德的那個口齒伶俐，頭頭是道。儼然在演講。還不是一張空嘴，我想。

「一會兒，我來到一座臺階前。後面是樹木密匝匝的山，大路上時而掠過自行車和緩步的行人。但這個臺階上沒有一個人。不遠處，一座宛如堡壘的房前，有幾個人在游泳，發出快活的叫喊。我將書包從肩頭摘下，放在階石上，湯匙撞著飯碗，發出一聲叮噹。我不急於坐下，因為這時愛默森開始敘述蒙泰恩（通譯蒙田），他說他家有一本蒙田，但無人閱讀，完全被人遺忘。他是從大學逃出時，偶然翻看這本書，立刻被吸引住的。他說這本書好像是他自己寫的，前世寫的。接著又提到許多名人如何喜愛蒙田，其中有拜倫的名字。什麼時候有工夫，一定去借本蒙田看看，我想。

「我把書塞進書包。抬頭看看西天。夕陽落下的地方，烏雲被它的餘熱融化，豁開寬大的縫，透射出金紅異彩，這道橫亙的彩光倒映在湖面，便被展寬拉長，宛如一排整齊的廊柱，渾圓而頎長，閃耀著金燦燦的小波浪，迅速竄來竄去，將廊柱彼此聯接起來，在柱身刻出一道道又細又密的紋路。我解開皮帶，脫去長褲，蓋住書包，又脫下汗衫，已經半濕了，鋪在褲上，像一堆包袱。游泳褲在大腿間受到擠壓，嵌進肉裡。我長胖了，我想。稍稍用力，我把它揉成一團，塞進短褲中，解開一個鈕扣，從右邊將游泳褲帶繫上，然後摸索著用手扣上兩顆扣子。我無意識地做著這些時，看見半露在外面的小腹。叮呤呤，自行車響著鈴，從我後面路上駛過。我眼前出現一個女人，躲在暗處窺視我。但周圍並沒暗處。山上林子太密，不好藏人。再說，這樣臃腫的肉體，哪個女人會喜歡呢？除非有《健康》雜誌上健美比賽者那種體形和肌肉，那還差不多。

「我不活動身肢，便直接走下臺階，進入水中。我覺得好像什麼也沒做，但又想不起來。水與路面的熱度相比，略顯涼快。我伸開臂膀，向外遊去。眼前一根粗鐵棍，半露出水面。但鐵杆不在這兒，它在大學附近某處臺階前。漲水時便全部浸在水中。這兒也會有一根被淹在水中的鐵杆嗎？我不敢向前游了。遠處又傳來嘻笑和喧嘩，那是游泳者的快活叫喊。他們都不上這兒來遊，莫非這兒真有危險隱藏？我想起上午閃過腦海的一個怪念頭，有人說湖邊有個地方不能游泳，水中有人提腳。我不相信，便去看，果不其然，親眼看見一個人下水後就再沒爬起來，連掙扎都沒掙扎，水面只翻了一個花，什麼也沒有了。我還是不信，便自己下了水。遊了一會，沒有什麼動靜，便得意起來，一面踩水，一面歡呼，誰知第二聲歡呼還沒喊出口，腳好像踏了一個空，整個人便像一塊沉重的大石直往下墜，最初一剎那的感覺是，下面有個無底的黑洞，水冰涼刺骨，立時冷得人失去知覺。這是個不祥的預兆，我想。我的預兆一般都能應驗。我渾身顫慄起來，覺得好像前面就豎著那根尖利的鋼筋，而我則全然不知，遊了過去，鋼筋銳利的尖端劃開我的肚皮，從脖頸一直到小腹，頓時血如泉湧，染紅了湖水，像伍老拔一樣。我咬咬牙，覺得這想法太荒唐。不過一死罷了，死就死。頓時感到有了力量，雖然還有些遊移，但動作中已有了某種堅定的性質。我向前游去。沒有遇到那種劃破肚皮的尖頭。我停下來，踩著水，回頭看了一眼，離岸大約二十米遠。我身子一側，翻轉過去，仰在水面上，雙腿輕輕上下擺動，保持身體不沉。整個覆著灰雲的天空，就罩在我的四周。我找不到詞來描繪我所見的景象，當時只覺得，天空宛似一隻巨大的眼睛，俯視著我，有一大片雲層顏色較深，姑且算它的眼珠吧，而通過倒仰的餘光所見的約隱約現的浮動的湖岸線，就是它的眼眶。這種感覺持續了很久，直到第二天游泳時才消失。這一次我的頭是朝著下水的臺階方向，因此只能看到一半天空，另一半是聳著樹梢的山峰，那些樹梢很像覆在額際的捲髮，而蒼天這時則是一副灰白色的臉龐。我向前游去，看見自己的手臂在清亮的水中劃動。水在手的觸摸下特別柔軟，而又不可把握。前面水上浮著斑斑綠漚，我折回頭上岸。因為仰泳，頭髮順向後面，一起身，水便淌下來，不斷湧到眼睛周圍和臉上。我伸出食指，將水珠刮去，在階石上坐下。夜幕漸漸降臨。山中野鴿不再咕咕鳴叫，已被蟬聲替代。對岸山腳繞著一圈薄薄的乳霧，半山腰冒出一股濃煙，一動不動，宛如一株大樹。我吸著煙，噴塗了幾口，這才發現煙一吐出口，很快便消散了。然而，臉上身上沒有感到絲毫的風。也許是空間的廣大吧，我想，如果是在斗室，不要幾口，就會滿屋煙霧騰騰。我瞧瞧身上，胸窩處聚著幾粒水珠，腿上、臂上都掛滿大大小小的水珠。該帶毛巾來的，我想。我用手將水珠抹去、捽掉，再捏回煙捲，煙捲中間立時出現一道濕痕。全身這麼白皙。使我好像在摸另一個人的身體，彷彿女人的身體。這很討厭，一個男人的身體一旦像女人了，這應該是他的奇恥大辱。

「我穿好衣服，朝西天的豁口再次望去。只見一道黑雲紮進金光閃爍的裂縫中。宛如一頭鯊魚，皮質光滑堅硬，胴體渾圓，它張開巨大的口，尖長的鼻子觸到雲端，吐出火紅的舌頭。

「剛才談論亞裡斯多德的人又轉回來了，這次他們談的還是『二十世紀』『工業化』。我覺得這人俗不可耐。看不清書了，我遺憾地想。一輛吉普駛來，亮著桔紅的小燈，快到跟前時，打開刺眼的大燈，又關上，駛過去，又打開，我覺得這可能是司機有意幹的，想看清自行車後坐的那位姑娘。一對情侶走來。老遠就聽見穿藍色連衫裙女子的聲音。『你沒用！人家那樣開你玩笑，你就該動手。』『你這是什麼意思？』是那男子低而卑順的聲音。『我說你沒用！』那女子的聲音悅耳動聽，我聽了感到舒服，這種教訓的口吻中，似乎帶著疼愛。我嘴角浮出一絲微笑。『打死它個壞東西！』一輛自行車從我身旁掠過，我回頭，正好看見飛掠過去的小女孩那對閃閃發亮的可愛的眼睛。原來是爸爸在跟自己的小女兒開玩笑。

「橋邊坐滿了人，一堆一堆，他們不怕掉進水中，有的乾脆兩條腿放在台外。一個小夥子懷抱吉它，彈著什麼曲子。汽車呼嘯而過，蓋住了一切聲音，我沒聽見他們在談什麼。

「又來了一輛吉普，將前邊扶自行車在散步的一對情侶照得雪亮。高個子男子，裸露的手臂橫過脊樑，摟住女的肩頭，女的裸露的纖細膀子，摟住男子的腰，兩人身體緊緊相偎，宛如兩個結合緊密的零件。轉瞬，燈光消失，一切沉入昏暗之中。太累了，我不覺說，同時又感到奇怪，竟沒產生任何其他感覺，甚至連和她一起親熱的感覺也未能喚起。感情的時代真的結束了嗎？青春的時代真的結束了嗎？這問題一閃而過，我不加理會，繼續前行。天空不時劃過閃電，烏雲密佈，一場大雨正在醞釀之中。

「走進宿舍大門，只見水泥地上全部翻潮。真的要下大雨了，我想。」

「小時候，何局長就說我是個偽君子，我當時不知道這是什麼意思，只知道這句話不好，現在我明白了，那意思就是說，我心裡想著邪惡，嘴上卻百般粉飾自己。那麼好的人，書記，班長，領導面前得寵的人，背地裡卻幹最卑鄙的勾當，說人家壞話，坑害人。他願我永遠也不再見到他們。我只想你，姑娘，只想你一個人。從我倆目光相遇的那一剎那，我就知道，你是我的知心人，你是我的女性的自我。啊，姑娘，我在這兒呼喚你，你聽見了嗎？我在小徑、樹林、房檐下、大雨中、電視機前、電影場內，我在宇宙中的每一個地方，遙遠的星星，冷清孤寂的月亮，甚至深不可測的海水中，都尋找過你，尋找你那對深沉得彷彿地獄一般的眼睛。為了你我可以拋棄一切！任人家罵我傻瓜、流氓、罪犯，又有什麼關係呢，只要你愛我，我愛你！你沒有絲毫矯揉造作，你回頭看我，用你擁抱一切的火熱目光，你腳步放慢，等我上前。可我，唉，我，這個懦弱的我，我竟什麼表示也沒有，只用一雙渴求得到一切又不敢獲取一切的膽小鬼眼睛乞望著你。唉，姑娘，姑娘，我會找到你的。只要在人世活一天，我就會尋找你一天。我憎惡雪萊的崇高，虛偽的崇高。我只要地獄一樣真實的情感。要拜倫那樣的情感。唉，姑娘，你別走，不要自欺欺人地用那些假道德的繩索來束縛你自己了。來吧，我們將在一起度過火山一樣灼熱的夜晚，赤裸如野獸一樣地擁抱，快樂超過人世間一切的交媾，是它使人類得以生存延續，為什麼要虛偽地空講什麼理智呢？人類是靠本能生存下來的，不是靠理智。凡是理智的人都自殺了，或者象行屍走肉。還不如乾脆讓我死去，或者像野獸一樣活著。我只需要兩種情感維持我的生活，一種是愛，一種是恨。讓那些當面一套背後一套的兩面派、殺人不見血的劊子手，喬裝打扮的蕩婦們見鬼去吧！我只要你！只要你！

「我猛地吸菸，彷彿吮吸母親的乳汁，彷彿盜精人吮吸精液；我拔下煙卷，像拔除我的生命，用盡平生力氣把它扔出窗外。看那煙頭砸在牆上濺開的火星，多麼燦爛，多麼輝煌，多麼光彩奪目！我如饑似渴、如癡如狂地熱戀著這醜惡的美。在那浮著綠痰，便紙，衛生帶的湖面上，太陽耀出最奪目的光華；玫瑰、百合、茉莉在糞便上盛開勃發，散發著馥鬱的芬芳，同濃烈的惡臭混在一起，令我顫慄不已，使我一直想從一百層高樓縱身向下跳的欲念，去嘗受幾秒鐘飄飄欲仙的感覺。『美酒加咖啡，我只要喝一杯，想起了過去……』這歌聲太美了！簡直是天堂之音，『我要美酒加咖啡，一杯再一杯。』好，我要成桶成桶地喝，把五湖四海喝乾，讓貪官污吏尸位素餐，讓肥胖得像豬一樣的狗東西全部乾死吧！」

「歌聲又消失了。歌聲啥時停歇過？你回到房間，歡快的旋律在喉管振盪。然而，有什麼在你心間？每一扇敞開的門連同它裡面離別的淩亂，都是一個顫悸，一個疼痛，一個腿部發軟。每一張年輕的臉，都聚集著皺紋，陰沉著，啞然無語，或者講著冷漠而嘲諷的語言。你怕熱的身體倚著桌邊，你的心不怕熱，但熱已不來臨。這是為了什麼？這說不出的痛苦，這濃厚的歎氣，這沒有心緒的思緒，這一切都是為了什麼？

「禮品。人們在互贈禮品。贈給、贈給、贈給。你看了看那堆放得整整齊齊的書，剛勁、標準、冷漠的切線。這兒是知識，是海洋，你奮不顧身地投進去。沒人睬你。你的床上已不復往日的整潔。往日的整潔？你的綳褓何時整潔過？那曾包裹過你幼小身體的棉絮，如今大洞小洞、千瘡百孔，在潮濕的夏雨中發黴腐爛，不，它早已化為雲煙和腳底的泥土。『我不管到哪兒，都無法很好地與人相處。』他憤激地大聲說。一個精裝的小本，摸上去光滑稱手，緞面。不是送給你的。沒人送你。這不足為奇。因為你也沒送人。友誼只是一種交換。他冷漠的臉。那些夜晚的談心，也隨著那些夜晚，忘卻。『不要交知心朋友！別人和你談心，可以，但永遠也別把你的心交給別人！』她說。床上淩亂。被單揉成一團，不能打開，那上面有斑斑黃跡，是手淫的痕跡。孤獨人幹的孤獨的蠢事。風，輕輕地，搖動開關拉繩，撫摸我裸露的上肢。呼之欲出的熱淚，片刻間，又凍成冰。啊，理智！『你要加強思想上的鍛鍊！』無所謂，一切，你已經無所謂了。幹嘛幻想天堂的生活呢？難道你就不會在天堂住厭？過一輩子實實在在的地球生活吧，死就死了，並無遺憾。『我寧願生活在幻想之中，』用主動的贈與，換取替代被動的饋贈。不，我沒有。你不願。汗衫破了許多洞，壓著褲子；床頭，書堆呢？櫃裡，書很多。書，書，書，到處是書，卻沒人。人都走了，都去吃那非散不可的宴席去了。活該，你沒有貢獻。沒有。無法給予心。無法。一個笑，一個問候，甚至門口一個探頭，這些都能使你的心滾燙起來。熱淚滾滾。一個皺眉，一個諷刺，甚至一個不屬於你的友好行為，這些，都能使你死亡，默默地在這無望的桌邊坐下，同筆紙打交道。」

寫了這麼多，盡是在抄襲，我日書萬言，已經達到心力交瘁的地步，什麼也想不出來，什麼也寫不出來，最後只好鑽入抄襲這條死胡同，其實，抄襲的豈止我一人，天下作家抄襲別人而未被發覺者大有人在，這可大致分為兩類，一類專門抄襲別人，一類專門抄襲自己。我嗎，對抄襲別人不感興趣，就只好抄襲自己，反反復復講過去經歷過的事，搜尋我那堆斷簡殘章，看見有什麼使自己感興趣的東西便記下來，以度過這無聊的時光。昨天，我亂翻東西，最初幾個退稿中的一篇，編輯什麼意見都沒簽，就是一張公事公辦的退稿條。我把文章從頭至尾看了一遍，覺得還有點意思，倒不是文章本身有意思，而是它明明是我寫的，現在讀之下卻像是別人寫的自己從來沒經歷過此事這一點有意思。因此全文錄下：

意義

昨夜我和他談了很久，爭論關於人生意義的問題。現在，當我一人留在小房中，獨對一盞檯燈時，我彷彿失去了記憶和思維能力，在室內來回踱了很長時間，吸去了兩支煙，卻仍然擬不出一個提綱。要在從前，我早就五內煩躁，不由自己要大罵一番隔壁左右電視的噪音、收錄機各地人民廣播電臺聯播節目。但，我已習慣了這一切，我知道，在現代生活中，只能學著葉芝，力求得到內心的平靜。

記憶力時好時壞，好的時候少，並且是經常性的。但我不願承認這點，我的鬥爭方法是逼迫自己，以極大的毅力一動不動坐在桌邊，雙手從兩邊壓迫著頭顱，同時加強內壓力，象擠皮球一樣擠壓記憶力。這樣的結果，常常是頭昏眼花，一無所獲，大腦中不是漆黑一團，就是空白一片，腦門兩邊留下兩個紅紅的掌印，隱隱作痛。這種方法失效，我便採用無為而治（對了，我想起來了，我是怎樣與他爭論這個問題的。莊子提倡清靜無為）的方法。其實，那場爭論就發生在昨夜，本來我的記憶力並沒壞到不能從頭款款敘來的地步，但傳統敘事方法令人厭倦，我更樂於信馬由韁，不管順序，寫到哪兒算哪兒的方法。不過，為了練筆，我還是得遵守一定的規律，從頭敘起，既然記憶的閘門已經打開。

我在他家。我躺在床上，枕著他的被子。他坐在茶几旁的沙發裡。

「你說，文學的意義在哪裡？」我說。

「沒什麼意義。寫書就是為給人看的，因此，發表了才有意義，被社會承認了才有意義。」他說。

「司湯達說文學是鏡子，它不僅反映蔚藍的天空，也反映泥濘的道路。陀思妥耶夫斯基則認為，文學反映的不應是活生生的現實，而應是從現實中抽象出來的真理，是基於這個真理之上的真實。我們的觀念則是，文學是為政治服務的，是團結人民教育人民打擊敵人的武器。是為工農兵服務的。我看，工具武器服務論可以休矣。日本一個作家認為文學是苦悶的象徵。說實話，如果人不是心裡有話要說，而且是非說不可，卻又無人可說，因為即使對最知心的朋友，也有難言的苦衷，誰願意花費精力和時間去寫書呢？而人們要說要表達的情感，大都是內心深處的東西，有的是長期思索的結果，有的是多年積累的鬱悶，有的是感情隱祕的創傷，有的是對邪惡的深仇大恨，這種種感情，平常難以口頭語言表達盡淨，即便可以表達，也受到各種工具和環境以及人的限制，唯有紙筆給人們提供了發洩苦悶的天地。因此，要把握好這些情感，就必須盡可能真實，百分之百地接近於真實。」

「鏡子？我看文學的功能倒不如說是一面哈哈鏡，旨在給人們提供樂趣，玩笑，茶餘飯後的談資，或無聊日子的消遣。不然，人們何以寧願花錢上大世界看哈哈鏡，也不願隨便找家商店櫥窗或試衣鏡打量幾眼呢？」

「按你的觀點，你家這面穿衣鏡也可以取下，換上哈哈鏡羅！你幹嘛要在穿衣戴帽之前工作下班之後對著鏡子端詳自己一番呢？還不是想觀察自己的真實面目，看看哪兒髒了，哪兒需要修飾，怎麼打扮才更美，難道不是這樣的嗎？」

「不管怎麼說，任何東西一搬上紙就要變形，這是毫無疑問的。想做到百分之百的真實決不可能。」

「現在不管它是否可能，而是看它的功用何在。是起教育作用，還是完全把教育作用撇開，絕對反映真實？西方現代作品從不由作者出來說話，所描寫的事件一般都真實到使你有身臨其境、耳聞目見之感，意義要讀者去揣摸體會，各人因生活經歷、所受教育的不同，得出迥異的結論。譬如說歐也妮・葛朗台是公認的吝嗇鬼、投機家，是巴爾扎克批判的對象，但我們一個同學看完這本書後不僅不憎惡他，反而讚歎道，『不錯，他這種法家精神值得學習！』他從這本書和主人翁的精神中倒汲取了不少前進的動力。所以，我覺得工具武器服務論實在沒什麼意思。人若形成了各自的世界觀，無論你怎樣把你所認為的真理昭示給他，他也不會接受。他只認可符合他世界觀的那種人生哲學，其他一概排斥。你去對一個一貧如洗的人宣講金錢是萬惡之源，他能接受嗎？同理，你對一個朝氣蓬勃、上進心強，但屢屢失敗的人說，浮名浮利，休苦勞神，功名全是糞土之類的話，他會相信嗎？只有真正享受到榮譽的人才會對榮譽厭倦。反正一條，文學作為某種道義的傳聲筒或一個偶像的塑造者的時代基本過去，它是屬於十九世紀的，而二十世紀的文學更接近真實，心理的真實。」

「什麼是真實，什麼又是非真實呢？心理的小說有些我看就不一定很真實。」

「當然，人的心理不同於現實，是非常難於把握的，因此就有種種現代流派的產生。」

「現代流派也好，意識流也好，你都要說明個什麼東西，都要圍繞個什麼中心才行呀。」

「我看不一定要那樣。你能說說你的生活是圍繞什麼，它的意義是什麼嗎？你說得清楚嗎？何況人的心靈，更說不清楚。有時心靜如一潭清水，有時又亂得像漫天灰塵，就得刻畫烘托出這種狀態。這就要求用現代手法如意識流等，甚至完全反理性的方式。」

「如果這樣，那你何必不隨便將字母表上的字母亂拼湊一氣，寫到書上呢？寫一百個a，亂劃幾個點橫撇捺，再加上一些互不聯貫的字，這有何意義呢？」

「意義！什麼有意義呢？究竟什麼有意義，你說，好不好？」

「話說回來，我看問這沒意義。什麼都沒意義，其實，我老早想過，無所謂好，也無所謂壞，無所謂重要，也無所謂非重要，無所謂大，也無所謂小，無所謂正確，也無所謂錯誤，一切都是相對的。任何理論，從它誕生的第一天起，就有其存在的權力。要承認合理性！決不能以一種理論的得道，而全然否定其他理論存在的合理性。如果沒有形形色色的資產階級哲學思想，就不可能產生馬列主義思想，如果沒有資本主義社會的存在，又何以有社會主義的存在呢？真理是在同謬誤鬥爭中成長起來的。如果完全否定唯心主義，唯物主義決不可能前進半分。否定資本主義，社會主義就會倒退到中世紀的黑暗時代。理論和理論之間相互制約，相互依賴。所謂好與壞，正確與錯誤，依我看，全以當權者為轉移。誰的思想占統治地位，誰就是正確的，但它代表的統治階級一旦被推翻，它就有可能被另一種思想取而代之，變成荒謬。」

「你聽說這個故事沒有？一個氏族以蛇為他們祭祀的神，因為在一次大災難中，是蛇救活了全民族碩果僅存的一男一女。但在別的地方，蛇則被視為最兇惡殘忍的東西。這說明什麼呢？這說明世界上本無善惡之分，善的可能是惡的，惡的也可能是善的，但以其對人生有益還是有害為轉移。便利人生存的，即為善；反之，即為惡，如蛇之例。白人之美也許正好是黑人之醜，而黑人崇拜之美呢，卻是白人之所最厭惡的醜。進一步說，理論無所謂好壞，凡富國安民，被現政府採納，便是好的，其他輕則可以不理，則可以認為是壞的。」

「所以，什麼意不意義！生存最大的意義就在於如何生存。如何生活得更好。無論你研究任何理論思想，總有一條，你不能違抗占統治地位的思想理論，否則，你就無法生存。因此，你所談到的關於反英雄反小說之類的文學理論，實際上毫無價值、毫無意義，因為它不被承認。在我們這個社會，你不歌頌，不塑造，不宣傳，你就決不可能被接受。你不能發表，那就毫無意義。」

「幾點鐘了？」我問他。

「錶不在這兒，在隔壁。管它幾點鐘呢！」

我們上床，睡進各自被窩裡，將煙灰彈落在鋪在中間的一張報紙上，倚著床欄杆。雙方沉默了幾分鐘。

「哎，你有沒有這種感覺，」我問道，「長時間坐或站著，若有所思，卻又什麼也沒想，記憶彷彿一片空白，情感則像熄滅的火爐，對一切熟視無睹，無動於衷？」

「這嗎，」他笑笑，「經常有。」

「年輕時談情說愛，感情烈火一般，一句話不合便會打將起來，一個溫柔的眼神又會感動得下淚。那時談這理想、那志向、不知天高地厚地談論柏拉圖、亞里斯多德、孔子、盧梭，可現在，除了感官外，思想彷彿死了。」

「是啊，回想起來，那時灌輸的各種思想其實什麼也沒留下，像穿舊了的衣服，給遺忘在某個結滿蛛網的塵封的角落。我們空耗了青春時光學習思想，只為的是在老年時把它們給忘掉。你看，我們現在與其說是人，不如說是身子底下的床板，或對面的大立櫃，或者栓得緊緊的門，我們的存在和它們的一樣毫無意義。」

「就是，茶館那些老頭兒，他們喝茶時想了什麼呢？我看啥也沒想！」

「我越想越覺得什麼學問什麼理論，到末了都是為了人的生存。哪怕為藝術而藝術，它也起碼可使那些看破紅塵而對現實生活失去信心希望的人堅定起生活的信念。現在為什麼絕大多數人並不看重知識，就是因為並不需要知識，他們照樣能夠生存，而且生活得很好。而求知欲強的人，究其根本，也並非為了學成一個大學者這樣一個終極的冠冕堂皇的目的，而是為了使自己過上更好的生活，物質生活，或，精神生活。」

他閉上眼睛，差不多要睡去了。我便任由思緒飄忽。想起那天我們三人同遊豬頭山，坐在一片墳地之上，越過墳頭上的枯草和一座長滿常綠喬木的小山溝，俯瞰不遠處的田野、河渠、小橋、路人和高大建築物。我們默默無語，各自想著心思。小鳥在我們身旁跳來跳去，啾啾鳴叫，但誰也沒有察覺。我忽然打破沉默，問，「你們在想什麼？」他倆如夢初醒，相對無言一笑，嘴唇翕動著，想說什麼，又沒說出，還是我代他們說了，「什麼也沒想，又好像什麼都想了，是嗎？」他們又一笑，表示贊同，仍然默默無言。過了一會，他說，

「心靈格外寧靜，萬念俱灰。我們已經到了成熟的年齡。」「記得去年來這兒時好像還有很多話說，又是喝酒，又是吟詩，哦，想起來了，那時，你們倆還沒談朋友。」

我想起我和她相摟著躺在床上的情景。那時，我的一切慾念全部消盡，大腦格外清醒，清醒如真空一般。世間一切，周圍景物，全部銷聲匿跡了。每當我和她在一起，就會產生這種感覺。

「我們已進入一個時期，」他說，「在這個時期，我們已經遍嘗人間憂患，遍享塵世歡樂，涉獵了各種哲學、文學、社會科學，獲得了許多有關人生、社會、工作的知識，有過對美好未來的憧憬，也有過失望、悔、恨。我們曾一次又一次地叩響命運的大門，又一次次地遭到慘敗。多少次我們詢問蒼天和大地，人生意義在哪裡？結果越問越糊塗，有的人甚至因為得不到答案而輕生。而今，我們已倦於人生，所有幻想都破滅了。剩下的路不走也得走下去，自然的規律無法抗拒，不必問什麼意義，活一天便少一天，活一天便是為了感官享受的一天。人生本是受苦，恐怕是，苦中求樂，這才是意義。」

我也寫倦了，我也想倦了。

二月十七日淩晨

又到了洗澡的時間，也就是說到了夜晚九點四十五分。我脫去棉襖，解開皮帶，每到這時，大腿上便會起一種癢絲絲的感覺，非得用雙手來來回回、痛痛快快地搔上幾遍才行，差不多要花五分鐘左右，從大腿往下搔到小腿肚，直到手達不到的地方為止。搔完癢後，我開始脫去長褲。這是一件比較費事的工作。長褲一共三件，從裡到外依次是球褲、毛線褲、華達褲。我不想一件件地脫，那太花時間。我一手攥住三條褲腳管，使勁往外拽，同時雙腳後縮，好像將一件衣裳從曲裡拐彎的木棍上褪下一樣。一陣鑽心的疼痛使我停了下來。腳上的裂口又大了，甚至出現了凍瘡。我咬緊牙關，心裡罵了聲，「你跟老子滾出來！」一使勁，一條光光的大腿脫穎而出，露在外面，褲腿像一堆爛泥，軟不拉搭地皺在一旁。另一條褲腿也照此辦理脫了下來。我把毛衣——兩件毛衣，一件毛背心——脫下，頓時感到寒氣逼人。我動手取毛巾，牙刷，漱口缸，一眼瞥見Z投來的目光，好像在說，「怎麼，還洗呀？」「當然嘍！」我心裡回答道，端起臉盆，便開門往外走。走廊彷彿一個冰窟窿，我的周身血液凝而不流了。剎時，我起了一種想返身回去穿上所有暖和衣裳的念頭。我立刻掐死了這個念頭。邁開大步，狂奔起來，挺著脖子，甩開膀子，向前沖去，這樣，我便忘掉了一切寒冷。

盥洗室內空無一人。昏黃的燈光，鐵黑的水管，未關緊龍頭的滴水聲，誰忘在池中的臉盆——所有這些都是他司空見慣的，絲毫沒引起我的注意。在我這樣的年紀，注意力彷彿已經喪失，或者說觀察力已經喪失。晚飯在隔壁房裡吃，一個同學向另一個同學索要戲票，同時講著笑話，我低頭吃飯，想著心思，其實什麼也沒想。這時耳邊有個聲音低低地說，「觀察，觀察。」我立刻警覺了，抬眼朝他們望去，可是，看到什麼了呢？臉，臉，除了臉還是臉，一張張臉都染上日光燈的顏色，印著笑意，但沒有一張說明問題。我象在野外凝視一棵樹那樣又茫然不知所措了。「我的生活真可怕，」他說。我倆在夜幕籠罩的大操場上散步。「人們在我眼中看來沒有美醜之分，只是兩根竹竿頂著一個燈籠，而且還是破的。」我渾身起了一種顫慄。皮膚先不打濕，只穿短褲和運動衣站著洗口，身上總會感到這種輕微的顫慄。兩條腿不住打擺子。見鬼。讓人看見真不好。洗完口便洗臉。一天下來，手比臉還髒，不想打肥皂，就用毛巾死命又搓又擦，一會兒，掌心變白了。搓過手的毛巾在水中一蕩一清，就是一盆黑水了。接下來是洗澡。一想到冰涼刺骨的自來水就要沾上身體，牙齒也不覺上下磕碰起來。要堅定，要挺住，我這樣想道，牙關咬得緊緊，如果有人在旁，一定會看見我頰上牙包骨凸起棱條，像排骨。我霍地把球衣從頭上拔去，又迅速脫去球褲，掬起一捧冷水便往膀子上撩。我急急忙忙做這些動作，外人看來，彷彿我迫不及待，其實，我心裡害怕著呢。誰能在這樣寒冷的冬天從容不迫，不緊不慢地享受冷水澡的樂趣呢？無論如何，我咬緊牙關對自己說，要挺住，堅持下去。冬天很快就會過去，接著便是春天。棉襖可以收起來，大皮靴可以收起來，穿上漂亮的高領黑毛線衫，挽著女伴觀賞櫻花的季節很快就會到來。但是，仍有冷的時候。春天有時比冬天更冷。堅持一年是可以辦到的。明年呢？她不會允許的。那時她會說，「別洗了，再說——再洗我就不愛你了。」然後佯裝嗔怒，從我手中劈手奪下臉盆、毛巾、肥皂。有什麼必要再洗冷水澡呢？愛人的懷抱，溫暖的鴛鴦被，安樂的小家庭，這的確令人神往。可是，洗冷水澡的性格一定要保留。一定要留存。怎麼可能？男人的性格終將被一個女人所扭曲。「告訴你，」L的聲音在耳邊響起，「別找太漂亮的姑娘，要找就找一個賢慧的會操持家務的。跟你說，將來我在結婚那天就把離婚證打好。男人是不可能和女人完美和諧地生活的。性慾上能夠相通，精神上便被堵塞，心靈上能夠溝通，肉體上又無法結合。老實說，我還沒見過白頭偕老、不打不鬧的夫妻的。我們家裡經常吵架，我父母。本來晚飯就吃得晚，八點多鐘，一吵起來，就要拖到九點，甚至十點。到後來各人弄各人自己的吃。」「你不冷嗎？」我定神一看，原來是L，他手縮進袖中，一副怕冷的樣子，直對我伸舌頭。「不冷，」我回說。我低頭打量自己的肚皮，上面已冒著熱汽。只要咬緊牙關，就沒事，再冷也抵擋得住。洗完上下身，扭乾毛巾，我開始擦乾身上的水，首先擦膝頭，據T說，他就是因為洗冷水澡沒注意，得了關節炎。擦過膝頭擦上身，膀子，下肢。「快救人哪！」我驀然聽見人在喊。循聲看去，只見積雪覆蓋的湖岸邊圍著一群人，近處湖面上有個黑忽忽的東西在一沉一浮。我不加思索，三步並作兩步地跑上前去，噗通一聲跳進湖裡——哎喲，湖水冰冷得無以復加，我立時全身麻木，像根冰棍。我覺得朦朦朧朧中被人抬進一間熱烘烘的大屋，裹在雪白的被子裡，面前擱著一碗熱汽騰騰的甜姜湯。什麼幻想，我對自己說，伸手去取掛在洗澡間小門上的球衣。

我跑回房中，第一件事是穿毛衣，接著穿褲子，然後棉襖、皮靴，最後用食指尖挖了撮百雀靈油脂，擦在掌心，勻了勻，抹在臉上，直擦得臉上發熱發燒，油脂溶進皺紋裡去為止。手這樣來回運動時，我感到是她站在我面前，胸脯貼著我的胸脯，給我抹雪花膏。我則是個有觀淫癖的人，躲在門外窺視裡面的動靜，看見她給我抹好雪花膏後，用紅紅的唇兒在我唇上蓋了一個印，還讓我緊緊摟抱了一下，在我懷抱中假意掙扎，我覺得門外的那一個我心蕩神馳，門內這個我卻無動於衷，只是出於習慣做例行公式，而真正站在桌邊的這個我卻——

「一個穿軍大衣，脫去後露出裡面的灰上衣，塞在衣領裡的圍巾，小眼睛，圍著一圈鬍子的嘻開的嘴，同H打著招呼。另一個上身著黑呢衣，頭髮比呢面還黑，一根彈子球棍粗端似的大鼻子懸在兩顆彈子球樣的眼珠下。

小眼睛對H解釋說：

『你當然找不著我，因為我搬家了，在魯局長對面。』

『你為什麼要強調住在魯局長對面而不是王夥頭對面呢？』H刺道。

『樓上住的是書記（一個當地有權有勢的人）。』小眼睛補充道。

『幹嘛不說住在離縣長一公里遠的地方呢？』H更辣了。

『聽說沒有，咱們廠的李麻子住在廁所裡。』G打斷他們。

『沒聽說，可那怎麼住呢？』

『怎麼住？住都住了。還要收房租。老李怎麼說，』屎都幹了呀。『只要想想那地方曾經千人蹲，萬人屙！』G叫道。

『廠裡真不像話！』大鼻子說。

零始終一言不發。W躺在椅裡看小說。H起身說，『走了。』

他們一起去找L。

L裹在軍大衣裡，扣子一直扣到頸下。第一句話就是，「你們幹嘛現在來？」

檯燈下攤開的書中擱一枝紅鉛筆，是柏拉圖對話錄。桌上書堆中有中國歷代文論選一至四集，馬克思文藝理論等等。

H拿起一把綠梳子梳頭，把L的捲髮梳到右邊，左邊開一條深溝。

『醜，醜死了。我的頭髮怎麼了？我的頭髮有個性。』L說。

看看L，他側後面的頭髮起著好看的小浪花。

然後嘲笑綠窗簾。顏色太俗。誰說俗？「柔和，跟屋裡色調正配。」

「『你看到冒昧先生沒有？怎麼，連冒昧先生都不知道呀？就是咱們班那位女同學的男朋友嘛。去年國慶來找她，找到我們房裡來了。一副彬彬有禮的樣子。』請允許我冒昧地打擾你們一下，『哈哈哈，今天穿得好帥呀，一副大墨鏡，米黃色夾克，拉鍊只拉一半，一直敞到胸口，露出純白的港衫，黑喇叭褲，錚亮的小方頭，一邊啪啪地打拍子，嚇，真夠派頭的。人長得不賴，方臉，大眼，高鼻樑。』王興致勃勃給我講述他路遇女生的男朋友的經過。

下午兩點開會，討論憲法修改草案。我們兩點差兩三分走進大教室，一見裡面空空蕩蕩，P一人孤零零地坐在窗下一張椅子裡，不覺有些後悔，真不該來這麼早。

先來的人不是找個角落坐下，就是挨著桌邊坐。因為這樣看書方便，不易為人發覺。坐桌邊的還稍微占點便宜，可以靠背。靠牆根的雖可以靠牆而坐，但免不了要沾一脊樑白堊。人陸陸續續來了。臉上都帶有睡意，才睡的午覺嘛。女同學來得遲些，就坐成一排，把門口到房間一半處的牆腳都給佔據了。男生分成兩排。一排跟女生共一堵牆，中間留下謹慎的界限。另一排隔房跟女生相對而坐，一溜兒順桌邊扯到牆根。班長處於兩列儀仗隊的上首，開始掏出他的紅皮黃紙筆記本，用公事公辦的聲音說，『今天，我們討論……』

H從懷裡摸出一本泰戈爾詩集，朝對面的A擠擠眼，便看起來。L無事可做，一雙眼睛大睜，顯得很精靈似的，一會兒從這行人腦袋上掃過去，一會兒從那行人腦袋上掃過來，但主要還是在那行花花綠綠的上面掃來掃去的多。M不言不語，盯著離他五尺遠的地面，以食指指甲刮除牙根上的食垢，指尖裡刮滿後便先湊到鼻尖聞聞，然後用右手大拇指甲反面把左手食指指甲中滿滿的食垢挖出來，塗在椅襯背面。K閉目養神，C在不出聲地嬉皮笑臉，R拔出他的藍杆白頭現代筆，寫起詩來，頗為自鳴得意。

『你們看小組討論好，還是就地解決好？』班長講完套話後問。

抱怨聲，不同意聲響了起來。『哎呀，就這麼算了吧。』『反正大家你一言我一語，三言兩語就完事。』『幹嘛搞得那麼……』

我倒是有點希望小組討論，雖然我知道這樣討論不會有什麼結果，不過，它意味著在較小的地方進行，比如說寢室，可以作不大拘束的講話。這兒無論誰開口，聽他（或她）講話的都是四十五人，盯著他（或她）的也是四十五人。膽子不大的，就會在四十五雙性別各異的眼睛注視下渾身不自在起來。即便大部分時間臉都是看著各自手上的東西，但也會覺得那九十隻耳朵有一股巨大的吸引力，頃刻間便把他要說的話吸得無影無蹤。寢室情況就不一樣了。至少有一方更自在些，確切地說，是男方。自己早出晚歸的窩，還不自在！講起話來聲音粗了，使人發笑的成份也多了，聽眾三成去了兩成嘛。她們來了讓坐哪兒好呢？Z肯定會搶先跑回房，一迭連聲地說，『不得了，不得了，』他最怕女同學看見他床上桌上亂七八糟的樣子。我的桌上也很淩亂，四面的書堆得老高，形成一面開口，三面圍牆的四合院了。讓她們看去吧，我才懶得去整理呢。這有什麼不好？咱們是男子漢，難道花時間去幹這種瑣碎事。況且，這種淩亂還暗含著一種難以言喻的驕傲，那就是：這是讀書人學識淵博、孜孜不倦的印鑒呀。讓她們見證見證吧。如果凳子不夠坐，那就讓她們坐床吧。一定會一眼看到那幅畫，嘴上不說，心裡肯定會嘀咕，『這啥畫呀？真怪！他人也像這畫一樣怪。』其實，誰若真愛好古典文學，只要稍稍讀讀詩文，就會恍然，『哦，原來他這是以高潔自喻呢。』不過，那幅畫早已被每天鋪被子折被子扇起的風吹破了。

「『那好吧，現在開始討論。』他的話淹沒在自己的沉默中，也淹沒在整個會場的沉默中。

難耐的沉默，足足持續了十分鐘。

在此期間，曾有人問是否可以分小組討論，也有人提議隨便找張報紙一讀了事。P不為所動，堅持要討論。

忽聽得「嘩啷」一聲，凳子拖動的聲音。

『你到哪兒去？』P問。

大家一齊回頭，只見穿白底藍條紋港衫的花花公子站起來，因為激動，臉色發白，怒氣衝衝，提著凳子就地轉身準備出門。

『哪裡去？哼，出去！這叫什麼討論？』

『不是叫大家討論嘛？現在還沒人發言，這也不是我的錯。不管怎麼說，你不應該走。』

『大家都不說話，那我坐在這兒幹嘛？』

『這是開會，你就是不能隨便離開！』

『哼，你別光說別人，你自己還看一本紅皮書呢。』

『你——你，我，我這個紅本本是筆記本，上面記的是有關會議事項。』

『對不起，這種討論我不參加。』說罷，揚長而去。

又是一陣令人不安的沉默。過了幾分鐘

『今天討論到此結束。』P突然宣佈道。

大家站起來，一齊湧向門邊。」

吃中飯時他見到我，好像有話要說，把我拉到一邊，問我有沒有時間。我們買好飯，一邊沿路走，一邊談起來。

「這些時，我抽屜裡錢票經常不見，有時一角兩角，或三兩五兩地偷，有時五角六角地拿。我也不知道是誰，你知道我對錢向來不大注意。昨天下午我回宿舍，只見門關得死緊。我敲敲門，裡邊有人問，『誰？』我當時也怪，沒應聲，又敲了一下。又是『誰？』我又沒答。這時門開了一道細縫，有個人探頭探腦地想看個明白，我不管三七二十一，身子猛往上一靠，就擠了進去。一看三個人。其中兩個馬上離開了。我看見我枕頭下面和抽屜裡寫的日記和練筆的文稿全被翻亂了。不是他們還是誰？我沒吱聲。我何必吱聲呢。我要讓他們自己良心上感到過不去。其中那個天津來的晚上十分難過。他坐在我對面，嘴裡一個勁地喊熱，其實當時涼快得很。我打開答錄機想聽音樂，他還主動問我要不要磁帶。看他樣子，我就知道他內心有愧。另一個不是好東西。前邊那個則是這一種人，無論誰的東西他都喜歡翻翻，小偷小摸慣了。春節我帶花生米來了。他跑進屋把門一反鎖，眨眼開門出來，只見屋裡一地花生殼，問是不是他吃了，『嘿嘿』只沖著你笑。另一個你知道他幹了件什麼事嗎？他偷看了我女朋友寫給我的信，那時我們關係不好，準備決裂，現在已經決裂了。然後他寫了一封信給我女朋友，勸她不要和我來往，說我這個人放蕩不羈，亂七八糟。他對我那幾個女友的地址記得比我還清楚，有一次我寫信想不起來，他還提醒我是××街××號。他這方面的能力真令人驚歎。」

「悲涼，我感到無限的悲涼。心中充滿無邊無際的黑暗，儘管窗外陽光燦爛，沒有一絲光明可以穿透這深重的黑暗。心裡充滿廣大的寂寞，儘管周圍都是人聲笑語（G的笑聲特別大，特別喧囂、刺耳，其實，從中已透出掩飾不住的百無聊賴）。沒有什麼可以驅除這寂寞。我像這束插在漱口缸裡的金銀花，被人折下委棄在這沒有生命的自來水中，苟延殘喘，但我不如它，它畢竟蓓蕾開放。我像這張紙下的木桌，默默無言地執行承載書籍的任務，但我不如它，因為它畢竟體會不出那默默無言的感情。我不知道我在幹些什麼。我在吃飯，米飯，邊上是走汽後留下的硬飯粒。我用調羹尖把它一粒粒剔除。飯下面是菜，榨菜炒肉絲，卻毫無味道。我不知道我為什麼要吃。我昨天吃的是這，今天吃的是這，明天吃的仍將是這。他們可以改變口味，今天吃羊油炒雞蛋，明天吃豬油蛋花湯，後天吃鹹鴨蛋，實質上是一樣，都是張開大嘴，露出兩排利牙咀嚼，像牛一樣咀嚼，像豬一樣狂吞。全是為了填滿那個永遠滿足不了的欲望。厭倦了這些，完全厭倦了，都不得不吃，就象我現在這樣，張開嘴，湯匙插進泥巴飯裡，挖起半匙飯，往嘴裡送去，合攏嘴唇，運動牙齒和舌頭，一挺脖子，喉頭滾動一下，飯就下了肚，如此循環往復，以致無窮。我究竟為何生存？如果我活著使自己痛苦，別人不快，那麼我的活著又有什麼意義？他們都在隔壁或對門親親熱熱地聚在一起吃午飯，看報的看報，談話的談話，快活地說笑打趣，沒有人走進這間淒涼、荒蕪的房間。沒人問問這兒是否有一個行將走到毀滅邊緣、希望破滅、理想粉碎、生趣全無的人：他怎麼樣了？沒有。即便死了，也不過同那天一樣，飯桌上多了一個談話的題目。朋友間多了一個新的消息。死了又怎麼樣？難道還指望別人寬恕你，悼念你，哭泣你嗎？死了就是死了，對生命之樹常綠的世界毫無影響，跟凋零的桃花、玫瑰是一回事。誰願再瞧一眼落在泥中的花瓣呢？《笑比哭好》，這個電影正是我們時代、我們社會的表面寫照。與社會抗爭你有什麼下場？與人抗爭你又有什麼下場？與自我抗爭充其量不過是自我毀滅的一種形式吧！那就毀滅好了，要想創造新我，就必須徹底毀滅舊我。我是多麼醜惡，我是多麼卑鄙，我是多麼渺小，我是多麼無能，我是多麼冷酷，我是多麼嫉妒，我是多麼無知，我是一個徹頭徹尾的黑影，惡魔親手塑造的惡棍。我過去不敢說，有許許多多的心事，連寫在紙上鎖進箱子也不敢，怕人看見，認出我的本來面目，哈，我有什麼可偽裝的？人學會各種禮儀道德，不過是給卑劣的靈魂穿上一件漂亮的衣裳罷了。我不喜歡華麗的衣裳，我喜歡赤裸，這就是為什麼我和她性交時要她一絲不掛的緣故。我即便不能對人說，但我可以對你，我純潔無暇的白紙，吐露我的心跡，如果你能替我忠實地保存下來，我將死而無憾。他曾告訴我他描寫了自己的過去，詳盡的，後來發現太醜惡，便燒了。原來，心靈醜惡的人不止我一個呀。我感到快慰。難道別人不也這樣嗎？誰不或明或暗地挑偉人的錯呢？去發現他跟常人的共同之處呢？其實沒什麼稀奇，內心猥瑣、渺小的人就愛來這一套。」

「怎麼寫了這麼久，頭仍昏昏沉沉的，眼皮怎麼也睜不開。大約是因為周圍這些人壓迫所致吧。字在面前晃動，還有蚊子，燈光將我的筆和影子一併投在紙上，我不知道我現在是在夢裡還是醒著，我好像豎起了那疊紙，在桌上輕輕頓了頓，以便切口對齊。我好像是通過萬花筒在看眼前的一切。好像這些字在極其迅速地閃爍，眨眼即逝，眨眼又出現。我無論如何也得睜開眼睛。背後門開了，我不無恐懼地回頭，看見瘦長的L，他幽靈般地浮向廁所，聽見他惡狠狠的詈罵『該死！該死！』幻象消失了，頭腦清醒起來，可剛才『我無論如何也沒睜開眼睛』並不是預先想好的，而是於半睡半醒狀態中冒出的一句，彷彿是句很有意思的話，一清醒便忘了。L解了便，走過來，一段細長木頭。我今夜怎麼了？往日一提筆便精神百倍。今天筆裡彷彿灌的不是墨水，而是灌了眼藥汁。每寫一個字，字便被目光吸收，頭便重一分。L說他們都在啪啪啪地打蚊子，熱得要命。什麼？開會。這是長久以來從沒舉行過的最大規模的會議。四大院校的全部學生潮水般湧進辦公大樓前的操場。我們拎著傘，提著小板凳，一些小小的浪花，很快融入人流。這山，這小徑，這兒草木的外形，（看，外形這個字才學，便用上了）跟我過去那個地方差不多遠。儘管我已成了學生，我還想回那地方看看，那是個美麗的地方。我要去就要有目的，不能白去。一個人。同學都結婚了。我？沒啥意思，我對女人沒多大興趣。是呀，婚姻是人生的一部分。我承認這點，可我……

（門鈴響了，我看見他們了）我已完全進入無意識狀態，竟寫出括弧內的話。我是想說，有人打斷了他。其實並沒有誰，不過是一堆捂在面前的亂石，越過亂石堆，又是爛泥大道。道邊是石砌的高岸，高岸上有鐵絲網，把道路同網內蓊鬱的大樹和蔥綠的草坪一分為二。他岔開話題談起別的來，每次觸及這個問題，其實觸及得並不多，他總有些不安，有些激動，彷彿想起什麼極傷心的事，彷彿內心有什麼傷口又隱隱作痛了。他三言兩語把話結束，『我對她們沒興趣。』真沒興趣？他若從沒談過朋友，是不會說出這番話來的，除非他沒有人類的感情。他有人類的一切感情：他愛音樂，這說明了一切。沒有感情的人不愛音樂。他一定曾經愛上過某個女子，並一度熱烈追求過她，但最後由於負心女子的背信棄義，使他心靈蒙受了巨大的創傷，就象我的朋友H一樣。我同情他。他有時候確實顯得冷冰冰的。他這人善於把感情掩藏得好好的。不過冷冰冰是他的特點。這是家庭教育的結果，加上社會影響。路上泥濘不堪，人也太擁擠，我們從一個缺口爬上高岸，走到鐵絲網外：這是一個自由的國度，他對著網裡的人喊，『集中營！集中營！』我也有這種感覺，他們是一群低頭走向墳場的囚犯。等到我們重新走進網內，這種感覺立即消失了。『你知道這是什麼原因嗎？』『我不知道，你說呢。』這是M通過我的嘴說的話，儘管他不在場。『我也不知道。』也許這跟那句中國老話有關吧：當局者迷，旁觀者清。牢裡的人從不覺得，或至少不如牢外的人那樣覺得他們的處境異常悲慘。高大的梧桐頂著雲霄，排空形成一堵絕壁。枝葉繁密得不透半絲陽光。滿地冰棒紙。路邊是佩戴紅牌牌的執勤人員。操場就在那邊，一片驕陽照耀下的火海。人們躺在各自的黑傘下面，那兒更熱，黑色吸引陽光。黑壓壓一大片男的。坐在後面的是女人。不，是女生。她們嬌嫩，會議一開始，全跑了。坐在樹蔭下。誰說不準帶書？都帶了。A屁股荷包半插著一本法語語法，B的褲袋鼓鼓囊囊的，裝著一本袖珍字典，C這麼熱還把襯衣長袖放下，他揚起手想跟同學講什麼，可手臂象上了石膏一樣，僵硬地抬起，又僵硬地放下，原來，裡面紬了一卷雜誌。我們坐到草地上。頭頂可以看到藍天和樹蔭。近處有兩三棵枇杷樹，上面滿墜著圓溜溜的金黃而熟透的枇杷。

黃昏。足球賽結束了。鬼知道哪個隊跟哪個隊賽，我跟你一樣。反正來了一大群年輕人，拔開汽水瓶塞就咕嘟咕嘟灌。『媽的屄，那個穿綠褂子的好利害，繞大彎帶球。』『狗日的，穿紅褂子的射門挺行，隔老遠一有機會就起腳。』『娘賣屄的，你狗日的跟老子上一趟六渡橋，老子保證跟你揀兩個肥皮子回來。』他們互相親暱地罵著，使我忘記了手中的書。人們往往難以理解：最親密的人以罵相待，而最疏遠的人則以禮相待。我怎麼變得說教起來，就寫到這兒了事吧。」

「圖書館。下午四點鐘。他就愛在這個時間上圖書館。一星期一次。隨便翻翻雜誌，隨便看看，這樣很舒服，給他一種懶懶散散、漫無目的的感覺。他喜歡這樣。人不能一天到晚老是把自己捆在幾本課本上，束縛在那幾平方米的空間裡。自由，這是他心中常常念叨的字眼，而這個字眼總有股漫無目的、懶懶散散的味道。

白牌子紅字。開放時間：星期一下午，星期二下午，星期三下午，星期四下午。迎面一排拼湊起來的木桌，形成一條窄窄的通道。還是那個女人。消消停停地在看書。畢業後到圖書館當管理員倒不錯。靠牆一排書櫃，放書包的。找一個空的，把破書包塞進去。轉過身，走兩步，右手伸到左胸上面荷包，解開扣子，掏出學生證，食指輕快地挑開，一瞧，看夾在裡面的錢是不是太多。不會的，管理員怎麼會做那種事。就怕她錯給了別人。她是不會抬頭的。她抓住滑到面前的紅皮子，往身邊盒子裡一排硬紙板中一插，順手檢出一塊硬紙板，在桌面上一推，他的手就觸到了，然後插進褲袋中。有點費事，長了一點。坐在椅上只能規規矩矩，頂多抬一隻腿，非左即右，隨硬紙板的地位而定。現在放在左邊荷包裡。一時忘了，剛把右腳退出涼鞋，準備提起，把腳底踩在座椅邊緣上，就覺得大腿彎彎處硬梆梆的很不舒服，索性放下腳來算了。來晚了一點，好雜誌都讓人拿去了。現在手中全是幾本通俗讀物。《科學與生活》，《八小時以外》，還有本《China Sports》。管它呢，看看再說。咦，那是什麼？在隔桌子那邊的椅子下。黑亮黑亮的。一顫一顫，發出極輕微的橐橐聲。只有你聽得見，別人怎麼就沒聽見？不管怎樣，那是一雙高跟鞋，又尖又細的跟兒，那是纖細、俏麗的；又圓又肥的踵兒，那是柔美、溫婉的；勻勻地抹著油，映著窗戶射入的下午的日光。蛋青的褲子，筆挺的折，僅露出一角。然後是座椅，三根橫向的椅靠背襯木，給蘋果綠襯衣鑲上三道紅邊。頭髮的，燙過的——幹嘛，你在看什麼？看你自己的書吧。字，一個個的字。什麼意思？又圓又肥的踵兒，耀著光，柔美的，溫婉的。蛋青的褲角，蘋果綠的襯衣，靠背襯木是無礙的，襯衣裡邊的「V」形看得清楚。什麼？看什麼？看你的書吧。雜誌，是的，有三本，都在面前放著。燙過的頭髮，紮成兩股，鬆散的，未梳辮的兩股，又形成「人」形，披在肩上。尖尖的跟兒，在那兒輕輕點地，一隻又細又長又纖又巧的手指在那兒點，在這兒點，書頁動起來了。哦，新產品介紹，什麼？封底廣告。呀，她站了起來，一個整人，綠的、蛋青的、黑的——一個整體，不，綠的托著一個圓圓的、白白的、染著兩點紅的什麼東西。過來了，怎麼心在跳？又過去了，坐下了，三道襯木的鑲邊。

『對不起，美麗的女士，您允許我告訴您一件事嗎？』

『啊——』她抬起頭，愕然的。

『我想，是否，在外，更，合，適，你看呢？』聲音低得幾乎聽不見。

『——』

他出去了，他從她眼裡得到了資訊。到了法定成年的人，是無需多作解釋的。話語中的一個停頓，某個字音吐得輕重與否，眼珠那麼微微一轉一溜，總之，心有靈犀一點通。他先走，清清楚楚看見後面跟著她。

夏夜的星子，夏風的涼幽，草地，閃閃發光的小河，溫溫的草，溫溫的她的手，蟋蟀在諦聽，不叫了，她的呼吸，她口裡的味兒，臉上抹的雪花膏，柔軟的、柔而又柔的。

『噗通』。他驚得從椅上一躍而起，才發覺原來對面剛坐下一個人。啊，正是她。看自己的書，看自己的書。對，雙肘就這樣放在桌上，雙手在兩邊捏住雜誌，手得離開桌面一點，離眼睛稍遠點。這不，不會以為自己是近視眼。身子正直一些，稍微前傾，這樣風度足些。不看她。女人就是因為被男人過多地盯看而溺壞了。這不，她的腦袋偏了一下，抬起來了，往這邊掃了一眼。看吧，看我雜誌的封面吧。是《文學評論》，這旁邊還有幾本剛換的《外國文學》，《譯林》，不是個知識很差的人。愛文學。這段不錯，抄下來。『叭噠』，旋下鋼筆帽，抄。『不同時代的藝術家』，什麼？這是下面的。應該抄這句，『藝術作品說明它所塑造的現實』。

『吱嘎』，椅腳在地板上蹭，長叫了一聲。抬頭看時，已經人去椅空了。又在那兒坐了一個小時。女人到來時所引起的磁場變化已完全消失。他隨著鈴聲，走到出口，交了牌牌，領到自己的學生證，取了書包，便走了。」

「昨天我和他談話當中，他突然冒出一句『我們房裡的人都很虛偽』。我看他說完這話後很留神地觀察我，似乎在等我發表同感。我保持沉默。過了不久，他向我透露，他準備一人搬進這所大空房來住。

『為什麼？』我問。

『因為——這兒清靜，再說，既然人家都——』他打住話頭，不說下去了。下面的話意我已猜出大半。我注意到，他說這話時眼睛並不看我，而盯著打開的抽屜，話音有點顫抖。被我盯久了，他才抬起眼，勉強逼出一個笑，然後又低下頭去。

下午他又告訴我，他們都要他搬走，還要給他幫忙。

今天下完第三節課，我同他回到寢室，路上他一言不發，要是開口，說的話聞得出火藥味。這和平常的他完全不一樣。

『我一定要成為一個大人物！一定的！一定的！』他幾乎是叫著說。

中午，到處都沒看見他的人。我因為腋窩氣味太濃烈，離開了隔壁的人，一個人獨坐在自己桌邊吃飯。就聽得對面房中有人叫道：

『喂，他跑到什麼地方去了？他自己的東西他自己不動手，反而要咱們搬，真不像話！』

這聲音過後有一陣短暫的沉默。接著便是刺耳的拖桌子聲，鞋子擦地的走路聲，含混不清的說話聲，還夾雜著一陣清脆的玻璃破碎聲。

就在這時，他進來了。他走到我面前，從兜裡掏出一大把同種型號的鑰匙，放在桌上，一邊仔細數一邊說，『下午去辦咱們的刊物，好嗎？』

『喂，而行，你快來搬你的東西！』一個高嗓門喊道。

他怔了怔，手還在下意識地摸弄幾個鑰匙，一剎那間，突然猛醒過來，稍稍欠身，一隻掌心窩著接在桌緣下，一隻手只一刮，便將桌上散亂的鑰匙全刮進掌心窩裡，然後忙不迭地出門跑進對面房。

J回房來，說，『他們都在搬家，不光而行，還有其他幾個人，他們嫌熱。』我的心不知怎麼輕鬆了點，當我聽到這句話。

我到他的房間，看見L一人坐在那兒看書，有些心神不定的樣子。我問他為什麼那人要搬房，他笑了笑（好似帶著歉意），說，『昨天來了清理財產的，說不能放五張床，所以——』

『他也不願睡上鋪，是吧？』我有點恨自己講話太急。

『哎，正是。』他連忙同意。

中飯後，走廊的腳步靜下來，各宿舍的人都進入夢鄉，他們開始了『戰役』。下午，那間大空房多了一張沒掛蚊帳的高低床。床上除了一領席子和枕頭，一無所有。

『其他東西暫放原房，怕人偷去。』他笑著說，這回笑得比較自然。但我還是覺得自己聽出了聲音中哽咽的調子和微笑中隱藏的不安。

回宿舍的過道中，我自言自語道，『太不該了，太不該了，』倒好像我自己犯了一件大錯。

我想，自己雖說已經很孤立，同他相比，還是差得遠。孤立的人沒有好處。人需要友誼、愛情、溫暖，可他一樣也沒有。」

「他排在長長的隊伍中，等候買菜。菜牌上的幾樣菜都不中意，最後目光落到青椒肉絲上，這菜准合味口，是貴了點，○.二五元，取出菜票，剛好一張二角，一張五分，看看就到自己。買菜之前先在窗戶探頭朝裡迅速瞟一眼，這是他的老習慣，他立刻瞥見擺在近處的一大盤香噴噴、綠油油的菠菜，手一伸進窗口，主意就變了，說，『兩個菠菜。』賣菜那位看不見面孔，把錢接後看也未看，就往票箱一扔，跟著把盛了菜的碗往他手中推來。不看猶可，一看，他吃了一驚，問，『這是兩個嗎？』『一個』，冷冷的聲音說，接著一張五分的找零戳過來。『一個怎麼只找五分呢？』『我不找了你嘛！你右手上不是捏著五分錢嗎？』他差點沒氣昏過去。強忍住怒氣，他說，『你根本沒找我任何錢！』『我找了。』『你沒找！』『我找了！誰還混你那幾分錢呢！』『我對天發誓你沒找。』那人被這決斷的誓言所噤，怔了怔，然後不聲不響地拿出應找的錢，朝他手中一塞，他說，『我說的是兩個。』『兩個就兩個。』那人吶吶道，自知理虧地又收回錢，往盆裡又倒了一份。

他一手拎開水瓶，一手托著飯碗，朝宿舍走去。」

「夜，沉沉的，靜靜的，鉛一般沉，死一般靜，彷彿那床壓在他身上的被子，那床怎麼也擺不脫、掀不開的夜被。各種各樣的思想如滿地亂爬的蟻陣，忽東忽西從大腦垃圾箱一角爬到另一角，時而觸動某根神經，弄出 連串頻繁的顫動，時而驀然消失，留下一片劫後餘生的慘景。他在床上輾轉反側了不知多久，冥索中隱隱浮現出乞丐襤衣褸裳般裹在空中的梧桐樹影。那場突如其來的怒火，既經發洩，好似冬天突然熄滅的爐火，現在已使他的心成了一個冰冷的窟窿，他奇怪人究竟為什麼在生活。一個思想宛如黃蜂螯了他一下，『你太自私！』他向來沒有習慣，也沒有時間作中夜捫心的自省，可現在，這黑夜，這床鋪，都似乎特地為他安排好了這場儀式。他把身子往左邊側過去，右手將脖頸前後的被頭拉緊，頓然圍上來一種舒適之感，但他無法入睡。雖則靜，他耳朵裡灌滿了夜聲：P接著翻身的一個呻吟；走廊的什麼地方發出微弱的震顫；Z的一下咳嗽表明他仍醒著，為何他也睡不著？難道我的話太傷人了？他捫心自問。可怕的日子啊，從早到晚，沒日沒夜，無論吃飯、走路、洗臉、談話，無一不和「書」字聯在一起，直到周身浸泡得可以從衣上辨出字跡來。沒有音樂，沒有歌聲，沒有光，沒有熱，沒有人類感情，只有嗜書如命之熱狂——這不是生活！真意在哪兒？他又朝右邊翻轉身，照樣用左手紮好被頭，又經歷了一秒鐘的適意——真意在哪兒？吃、喝、住、穿，毫無疑問。得以生存的最基本依存物。而外呢？社會、各色人等——可怕！他的思想如在深夜行路的人，來到一處無月的的幽深之林，聽到一聲怖人的慘叫。母愛、朋友、純潔的愛情，這——曾使他一度為之激動，當他是個孩子時，如江水的離源向海，越近海越遠源，年歲越大，他離這些可愛的東西也就越遠，有時不得不找些來填充自己平乏的生活。他不渴望美好的東西嗎？不，他渴望，他熱愛，他但願美好常在，醜惡速朽。他看見春花開了，柳芽新秀了，他的心沒有不在眼睛對此一觸之時而不劇烈顫抖的，他恨那些任意採花的人，男的或女的，他（她）們把花摘了去，插在自己房內的瓶中，似乎頗有幾分雅致，頗得幾段詩人的風度。啐！他們哪知道在他們罪惡的雙手撫過的地方，花枝暴露出森森白骨，大自然的美被毀得形跡莫辨，而他們自己摘的花也從未發出過真正的香氣，不到一天便要顏色褪盡。自然，大自然之美，這就是他所崇拜、景仰、喜愛的。在秋陽下走，在春日裡行，讓肌膚去體驗夏日滑水的溶溶，讓耳朵去欣賞冬令踏雪的『咔嚓』，這一切只有在大自然中才能做到，唯有你才能得到這無私的慷慨者的惠予。他的大腦走進了心腔，在那兒和心匯合，然後奔跑出來，在無盡的原野上漫步，承受孤月的幽光，沐浴春夜的軟雨。他只留下一個十足的軀殼，毫無生氣、凝然不動地頭在枕上，身在床上地躺著。

也不知過了多久，到他再睜開眼睛，窗外破爛的梧桐葉已是歷歷可數了。遠處操場上響起清脆的『吧嗒、吧嗒』的跑步聲。起初是零零星星，如慾雨不雨時的稀拉雨滴，緊接著便大起來，雜沓不清，匯成了一股生氣勃勃的晨聲。

他終於熬過了這樣一個難熬的不眠之夜。」

「臨江大道兩旁停著一長溜公共汽車。在公共汽車屏障裡，在梧桐高大的濃蔭下，有一條人行道，隔著大道與江邊一側人行道遙遙相對，穿梭如蟻的行人在人行道上來來往往。沿這條路走，隨時可見擺地攤的小販，多如雨後春筍。對這些一向不關心的我，昂頭走我的路，對周圍一切並不多加注意。正走著，忽聽有人喊，『大家看魔術！』循聲扭頭看去，見那說話的人背靠一棵大樹而立，舉在耳旁的左手捏著三張牌，嘴裡說，『你們看，我可以要中間一張起來，起！這不起來了？！我還可以叫它飛，一飛可以飛六尺高，嗖！』插在中間的一張牌果然沖天而起，打個旋掉在地上，但並沒六尺高。見人越來越多，他又換了個方式，說『我一不騙你們，二不要你們的錢，只給大家表演一下，過後還把祕密毫無保留地告訴你們。好，這是一副牌，你抽一張！』他從人群中找個人抽了一張。『這叫打電話！』『未免有些荒唐！』這樣想著，我不覺往四周望了望，正巧碰上對面一個路人的目光，是那樣冷若冰霜、睥睨一切。我不覺打了一個寒噤。我又偷偷用眼角斜瞟了那人一眼：白襯衣，左臂箍了道黑紗。目光往下移，正快到那人腳尖時，我的思路被一個響亮的聲音打斷：『剛才那人可能是我認識的，這回隨便哪個。不看？當然可以。我臉背過去。抽好沒有？好了？』一個人從他手中那迭牌中隨便抽了一張，玩魔術的大漢背轉臉去，『好，我開始打電話。』他把耳朵貼在牌上面，煞有介事地問，『哦，是小李呀！你能告訴我是拿了哪一張牌嗎？哦，哦，我知道了，是張二，還是個方塊。』讓抽牌的人亮牌，大家一看，果然是個方塊二。人群一陣哄笑。『下面，我再給大家表演空中抓酒。看好，這是個空杯子，這裡有塊布，看前面，再看後面，沒什麼吧？你們把這個方法學回去，到過年過節，教小孩子玩，不要三分鐘就熟。那七歲剛剛上學的小孫子在他爺爺面前變出一杯酒，斟給他老人家喝，爺爺真是要笑得鼻子、眼睛都歪了。我也敬你們一杯酒，看！一杯啤酒！我再讓你們看空盒變滿盆。』他背靠的大樹上方貼了一陣白紙，密密麻麻寫了不少東西，正中央鼓起一塊空白，他伸出拇指和食指夾了火柴盒，貼在空白處，小指頭由下往上一頂，火柴囊就露出一大半。空的。『你們看清了吧？好呢！來！』他伸手往空中一抓。『看！』盒子再次頂開時，已是滿滿一盒火柴。『再不能裝了，再裝就要脹破了。目前市面上火柴正有些少緊張，學了這個方法，包你要一千盒有一千盒，要一萬盒有一萬盒。』

這人一頭濃密的烏髮，黑臉，粗眉，張嘴露一口白牙。上身黑衣，下身藍褲，足登兩眼皮鞋。只有他那雙眼睛閃露警惕、機智，它們不睜大看人，好像從來也不固定看任何地方，只是通過眯細的眼縫向外審視地掃射著銳光。」

「咦！我怎麼到這兒來了：右邊白茫茫一片湖水，左邊一字兒排開低矮的平房，天下著濛濛細雨，滿地泥濘，『快過來！』是她在招手要我過去。她是個熱情奔放的姑娘，比我還高半個腦袋，體態豐滿，模樣也像挺俊，我順從地過去，她把我迎到屋內，就去喊她爸爸，我這是怎麼搞的？我的腦海中清晰地印出另一個人的模樣，不行！我心底發出這用力的喊聲。我好像站在懸崖邊緣，後邊有無數野獸昂首般的浪頭追趕過來，渾身急出冷汗。是誰給我做的介紹？我怎麼答應來著？唉，這姑娘真好，又端茶又倒水，又是問寒問暖，還不時往我身上傾注體貼、溫暖的目光。『馬上吃飯了，我給你做菜去。』我這才記起我是整整一天沒吃飯的人，肚子已經空得可以填進一座山。

好似裹在一團魔雲中，我尾隨她走進廚房。多麼氣悶的地方！十平方米不到，卻順牆周邊擺了六、七個火爐，上面擺滿酒瓶、沒炒的菜、油、鹽、各種雜物，沒有一個角落不是塞滿柴木、灰堆，牆壁已薰得如同炭灰一樣黝黑。從一扇比牢房鐵窗還小的通風孔裡射進奄奄一息的薄暮的天光。一個矮小的男子脫了赤膊在炒菜，滿脊樑的汗珠。他炒好一大臉盆菜，在上面橫擱了一塊木板，又攤上飯碗盤碟之類，想一併帶走，無意中目光瞥見了我，手抖了一下，把那盆菜打翻在地。沒有一個人轉臉看他，大家都在瘋狂地圍著各自的鍋臺打轉，懸在離天花板一寸高的一盞四瓦的燈泡象死魚眼一樣發著幽光。角落裡，一個男子熟練地疊了一大堆碗碟，象餐館跑堂，從那個正彎腰往臉盆裡揀菜的可憐人身邊經過，突然，死魚眼一下子閉上了，整個屋子沉入黑暗，『哧哧嚓嚓』的鍋鏟撞擊聲劃然而止。

她站在門廊喜盈盈、笑嘻嘻地看著我，告訴我明天就要結婚了。這簡直像從火星飛下來的消息，震得我耳鳴眼花。這怎麼可能？我必將為社會所唾棄，更重要的是她，我那可憐的人兒，我將如何向她交代呢？

一個夢！」

「早晨，下了場透雨，把籠罩了幾天的沉悶酷熱的空氣一掃而光。黃昏時分，飄來大塊大塊白雲，割破了藍色的天幕，剎時隱去了西邊林梢那一抹金色的夕輝。空氣涼意逼人，清新如洗。好一個蔥蘢的露伽山！好一個靈秀的洞湖！不見了往日成群飛舞的蚊陣，只有三三兩兩黑色的蝙蝠在追逐逝去的天光。梧桐樹垂下黛色的華蓋，枝葉凝然，悄悄而立。草叢深處有無數蟋蟀開始奏響夜曲，聯成一片，宛如一陣疏雨。

我獨自一人在小徑上徘徊，石階上倘徉。看看手中的書，又停下來沉吟半晌。這樣不知過了多少時間，驀然，我的臉部接觸到一絲軟綿綿的風，緊接著一縷異樣的清香通過我的鼻觀直達心底，淪浹了我的肌膚，使我的整個軀體發出快樂的顫抖。跟著第二縷，第三縷，一縷一縷的馥鬱漸漸匯成一片朦朧的香霧，包圍籠罩了我，我彷彿置身在香霧香海之中了！

這香氣彷彿一襲輕紗，用手可以捏摸，溫馨柔和；又宛如一泓清泉，用嘴可以吮吸，沁人心脾。瞧片片綠葉都晶瑩澄澈，往下滴著芳露，道道石縫潮潤浸淫，往外滲著香油。天上厚重的雲彩是成塊壘積的香精，樹外浩淼的大水是流動不息的香波。連我呼出的空氣，啊，也是香的！我渾身酥軟，癱倒在石階上，眼見遠處飛來一對晚雀，一到近前便忽上忽下掙扎著翻飛了兩次，便一個倒栽沖，向下墮入了梧桐築起的碧牆之後——啊，我驚呆了。你知道我看見什麼了嗎？原來就在它倆墮落的地方，騰起一道白光，頃刻間把周圍晦暗的林木灼灼地照亮。我掙扎著跑過去，呀，在我面前正紛紛揚揚下著一場流星雨，草垛上一片聲的脆響，一時竟蓋過了蟋蟀的鳴叫。這不過只幾秒鐘時間，很快一切便復歸寂靜，蟋蟀又鬧起來。

我面前不過幾棵平凡普通的冬青，枝幹已成深黑，枝頭滿滿的潔白小花，此刻已溶入夜的染料，在濃密綠葉的襯托下，跡近咖啡色。

四周沒有一個人，黃昏道了晚安，獨自走了，留下黑夜統領一切。蝙蝠隨著最後一道天光消失，蚊子的嗡聲大了起來。遠處蛙鼓敲得更響，樹梢上有微風在扶扶。孑然一身的我噙了淚，在黑夜的暗香中，把默默無言的冬青，久久凝望，久久凝望。」

「我和她離開緊緊關閉了六、七個小時的小房間，下樓來到外面。溝裡的積水嘩嘩啦啦響，低窪場子都被水填平了。空氣清新，微微夾雜著些細雨絲。我感到一陣羞愧，對她說，『我太對不住你，剛才在床上的舉動過於荒唐了，我本不應該這樣。我向你道歉。』她扮個鬼臉，翹了翹小嘴，表示根本不相信我的話。我繼續說，『都是我的錯，有一部分是床的錯。不該在床上，你知道嗎？不該在床上。一旦與你上床，我就會瘋，我就會狂，我就成了一頭瘋狂的野獸。你知道嗎，我一起床，那些使我瘋瘋癲癲的邪念便頓然消失，我竟一點都不往那方面想了。』她撇了撇下嘴唇，表示不屑於聽。出了大門，只見道路兩邊一片汪洋，碧綠的田野已浸在水下，只露出幾座瓜棚豆架的頂。人們這一堆那一堆圍在水邊打魚。一個年輕人不斷朝我身旁的她身上睃。我們走過時，她說，『好白的一雙腿呀！』她扭頭示意一下，我一看，正是剛才那個睃她的年輕人，他褲腿挽到膝頭以上，露出兩條雪白的大腿。

『你怎麼注意起一個男人的大腿來呢？』我問，接著補充一句，『他剛才盯你來著。』心裡同時說，『其實這也很自然，既然一個男人能對身旁過往的面目姣好的女子注目，一個女人也可以同樣地做。這是人類的本性。誰真的除了自己的所愛，心中就絲毫不存其他非分的想法呢？』我邊想邊走，身子和大腦卻又回到床上，和她躺在一起。

『有一次她們問我，』她說，『假如你碰到一個比他長得更英俊、更有風度、更有學識、更有地位和條件的男子，而且他也非常愛你，你怎麼辦？你會放棄前者而追求後者嗎？』我當時不知道怎麼回答好，我就告訴她們，也許我會的，同時反問一句，『那麼你們呢，也會嗎？』那個胖胖的戴眼鏡的說，『很難說我不會愛上他，即便不拋棄我自己的那個，我的心總是要動一動的。』她們都是大學生，就愛問這些古里古怪的問題。不知道將來遇到這樣一個怎麼辦。你剛才不是說，寧願愛一個長得醜但卻有熱情的女人而不愛一個冷若冰霜、像大理石一樣的美女嗎？那你最好還是另找一個吧。我也不知要擺脫多少精神負擔和肉體折磨。』

我明白這場半開玩笑的老戲又開場了。我心裡雖在反對，卻發現嘴上在說，『你如果想找就去找一個好了，別為自己的行為打掩護作辯解，如果真有這種想法，還是執行的好。我並沒擋你的道。要是發現你愛上另一個人怎麼辦？我也不知道呢。我不知道我會幹些什麼出來。我要毀滅，我要毀滅一切，你和你的情夫，還有我自己！我不能容忍你愛上另一個人，我受不了，我一看見另一個男人的嘴在親吻你，手在撫摸我曾摸過的乳房，我整個身體都會爆炸，我會殺人的！不過，還是讓我來推測一下吧。我和你訂了一年不見面，見面就結婚的條約，在此期間你熬不住了，另找了一個男朋友，並很快同他發生了關係，這是很自然的，因為你一旦厭倦了我，哪怕另一個遠不如我的肉體對於你也會充滿了魅力，可不久以後，你便發現這人庸俗不堪，比我還卑鄙，於是，你又想起了我，便毅然決然斷絕了和他的關係，一心一意等待我學業結束。心裡懷著一股無法言說的愁怨和悔恨。我畢業後和你見了面，高興得了不得，我們還是按老規矩，先談學習，再談工作，最後談到我們自己。我看到你面黃肌瘦，很是心疼，不知你犯了什麼病。你幾次想說什麼，可話到嘴邊又嚥了回去。看得出來你心裡有事。終於在新婚之夜你把一切真情都吐露了，你說你不能再隱瞞下去，這是對我的不忠和欺騙，你說你知道我是個寬大為懷的人，會原諒你一生犯下的第一個大錯。可我一聽竟勃然大怒，想到多年來用辛勤的汗水和漫長歲月培植澆灌的這朵愛情之花竟然沾上了如此洗不乾淨的污點，一氣之下，我把新房的家具全部砸得稀爛……

我們的關係因此破裂。另一種情況是，我倆結了婚，像所有的人那樣，平安無事，以後生了個孩子，孩子長大成人上了大學，在愛情上稍稍有些波折，你我並沒為他操太多的心，後來，我倆頭髮全白了，又像所有的人那樣，靜悄悄的死去。還有一種情況，我倆婚後感情一直很好。有一次你要到外地參加學習班，為期三個月。在那個學習班中，有位學員一表人才，長得寬額方臉，正是你理想中的模特兒。他也有家小，看上去卻顯得年輕。你和他談話不多，但每談一次你便覺得他魅力增長一分。不知不覺中，你喜歡上他了。你們常常一談一、兩個小時，只要有空的話。有一天發票看電影，你恰巧與他同座。黑暗中，你感到他的手好像有意無意地放在你的膝頭邊，這使你立即回想起年輕時的一段經歷。不過那時候，那個年輕人並不是輕輕觸摸，而是將半個身子迭放在你的半個身子上，你卻覺得極好受，竟不作任何表示。現在他這是什麼意思呢？難道？——不，你立即打消了這個念頭，同時卻升起一種對未來將發生的事的恐懼，摻合著一種滿足了的快感和曖昧的渴望。整場電影你都沒看進去，那只若有若無的手佔據了你整個的心。第二天你見到他時，不敢正眼看他，而從那天以後，你們竟一反常態不再講話了，雙方心中都有些惴惴不安，直到學習班結束之前的頭兩天的一個晚上，大家都出去看一場極其精彩的電影去了，你卻和他單獨留下來，你們談到很多方面的事，主要還是有關雙方的事。不巧那時停電了——你聽見了沒有，喂

——怎麼？你睡著了？嗨！』

她費力地睜開睡眼，從瞌睡的嘴唇中吐出幾個不聯貫的字，『睡，要，聽見。』我氣得直想狠狠捶她幾下。我忽然想起她昨天問我的一句話，『為什麼相愛的人最後不可避免地要走到那一步呢？要愛就要真誠地相愛，而不應該有這樣低級的想法和舉動。』我一時語塞，竟答不上來，後來勉勉強強給她解答了一番，說這個世界上愛可大致分為三種，一類是純柏拉圖式的，即精神戀愛；一類是小市民的，純肉體的愛；最後一類是精神愛和肉體愛相結合的愛，大約那種因在精神上熱烈相愛最終達到的肉體完美結合的人就屬於第三種愛吧。一般來說，只有這種愛才經得住時間的考驗。肉愛可以隨青春的消逝而衰退，精神愛可能因為肉體得不到補充而變得空洞虛偽，唯有這樣一種愛才能彌補互相之間不足之處。說著說著，我進入了一種亢奮、癲狂的狀態。

我要、我要，我要你肉體的一切！你最漂亮的服飾在我面前連一堆草紙不如。我只看見你的肉體，你青春的肉體，我要、我要、我要！我要撕你的頭髮，把我們的頸子縛住，把我倆的肉體緊緊纏死，讓我們結為完整一體，永不分離……

我抓過扇子，劇烈地扇著渾身的大汗，她在風下瑟瑟發抖，摟著雙肩苦著臉說，『冷，好冷呀。』這時的她宛如一條打撈起來很久的魚，躺在床上，雖然皮膚光潔，卻無絲毫熱氣。

她說，『哎喲，我頭昏，我腰疼，我渾身無力，我想死，想死。幹嘛人要活著？還不都是為了這個！我討厭，我恨，我憎惡，我只想獨自一人安安靜靜躺一會兒。我早已過來了，那都是往事，無論你用什麼方法，也煽不起我的情焰，我沒有熱情，沒有！這都是你的過錯，如果沒有你，我永遠不會落到這步田地。我現在仍舊是姑娘，啥都不想，晚上看看電視，白天混個班，姑娘們在一起有說有笑過一個星期天，那日子該有多麼舒服。我只想舒舒服服過一生！』」

我實在太累了，感到無法再寫下去，我的生命應該在此結束，然而，我總感到有些意猶未盡，好像心靈中還有一個擔子未卸，我知道那是什麼。他叛逃前留給我的一束詩稿。那件事早在他出逃之前我就已有所聞，是他自己告訴我的。當時我如果告發他，不說當官，起碼可撈一筆不小的獎金。我身邊周圍現在這種靠告密過日子的東西實在不少，形成惡性循環，你背後告我，我背後告你，誰不告誰吃虧，誰先告誰為強，整個社會人與人之間形成了一個巨大的告密系統，他人即我的間諜。我沒告。我不想為此出名，也不想為此得利。當然，他顯然對我抱有戒備，只含含糊糊地說，他可能不會回來，也可能根本不會出去，其實用不著他多說，從他緊盯住我、觀察我表情的眼神中就可看出他的意圖。我並不多問，只問他走之前有沒有什麼交代。於是，那東詩稿和那句話：有可能的話，替我發表。

發表？我哪敢替他發表這種東西？誰會要這種東西呢？再說，我粗粗看了一遍，並沒有多少寫得好的東西，連我自己這個悲觀失望的人看了也不大喜歡。不過，既然他已經死了，是自殺的，電影上還放過，作為教育資料，這個留言就已成了遺願，因此我想，無論是否能夠發表，我在自殺之前一定要全文照抄出來，然後一走了事，讓後人知道有這麼一回事就行了。這樣，雖不能直接滿足他的願望，但在間接上還是做到了。我編造的辦法是全文照抄，不加修改，剔除一部分我認為不好的東西，去蕪存精，必要時，可作些解釋性工作。

好。

第一〇八

時間，你是什麼？什麼都不是！
桌上放了一塊表，
我認出了你，
冷若冰霜的一張臉，
永遠重複同一聲響。

我生之前，你不也在那兒？
我死之後，你也不改從前調子。
那麼我，是什麼？什麼都不是！
既然我認識你，
那就讓我踏著秒針節拍，
和你一起去。

注意，他的詩有個特點，絕大部分沒有標題，甚至連《無題》這個題目也沒有。可見他作詩全憑即興，沒有構思，更談不上什麼匠心獨運了。

第七二〇

月光變奏曲

是一個記憶中湮滅了的月夜，月兒圓圓的
貼在玻璃上，一泓青光幽幽照著我的臉
蒼白無力地歪倒在枕前肺結核偷走了睡眠將失神的眼睛
睜得大大像兩個病態的圓月守著床前的幽光

窗上的圓月心兒和黑夜安靜地搏動在河流的燈管中
我靜靜諦聽你的纖指彈著牆腳落一個陰影的
琴弦月像一條銀魚從我的花海中游過慢慢遊過
泛不起微波我的心象你一樣靜得沒有移動
的清波幾千個月兒象彩蝶翩翩象彩虹倏然隱現
像一片大雪在我倆踏過的幽徑上徐徐飄落像
一根琴弦猛然綳斷在夢的深淵邊緣像筆
守著孤窗喝飽了夜墨將奶汁灌注它蒼白闊
大的口像臺階一級一級在蕭瑟秋風中旋轉而上金黃
的落葉旋轉著進入了失戀人自盡在朽樹枝頭的眼
睛我在高山之巔的孤岩上面雲頭像綿羊的海浪的
濃煙的森林在四面滾湧翻騰我伸出手臂形成一個
渴望的弧圈將你冰冷潔白地托起在這清靜得
沒有半點雜質的真空中我的破窗玻璃尖上
簪著你那草莓的朝暾的蘋果的落日的珍珠的
雪鍵的紅指甲的圓圓繁密的蛛網將你和我俘獲

囚禁在黑白相溶的牢房小船沒有風的推搡沒有
浪的衝擊輕輕顫動一下順著玻璃肌膚天空綢緞
棉花糖的水面悠悠蕩開肥嫩豐茂的水草在夢沉沉中
發出一兩聲濡濕的囈語許多針尖兒探出銀光閃閃
的小頭嘖嘖有聲地舔著船板我們唱起5—56|5—3|
5 321|5——|月亮的空氣芬芳地鑽進我們彼此的
口鼻村莊籠罩在狗吠的寂靜中白日挑肥的小道
只有蝙蝠在不倦地飛動牛群反芻著咀嚼我從深澗
邊采來的新鮮嫩草大雨傾盆我看見許多月兒從山
坡上滾下來叮叮噹當報紙和書報紙和書報紙和
書

這首詩寫得蠻有味道，有標題，但是沒有標點符號，不過，表示比喻的「像」字用得太多，如果依我，都可以從簡。

春

我默默走進冬天的屍體
空洞而朽爛的屍體
昏濁的小河滯重地爬行
絲弦停止了呼吸

蒼天戴著黑沉沉的鋼盔
滿臉老皺的憔悴
山頭上一座座慘厲的墳包
深埋著已逝的嬌媚

驀然從屍臭的大地
飛出一個音符的絢麗
動人的唇中銜一片綠葉
掠過稀疏的枯枝

第三一七

剎時昏濁的小河
奏響明亮的歡歌
鋼盔幻成裸女的仙湖
下著銀藍的細雨

一座座綻放的聳乳
溢流著芳紅的蜜汁
森林舞動嬌嫩的指揮棍
激蕩起復活交響曲

我沉默地走來走去
渴念地尋找那屍體
猛然在筆和紙之間
發現了你的遺跡

這首詩寫得一點也不好，之所以抄出，是因為想證明，他寫詩是一個過程，原來曾受過古詩和外國詩的影響，從這首詩中可見一斑。

第四一五

啊，月下的樹蔭多麼寧靜
你的臉貼著我的心
高高的梧桐在夜空中擁抱
你也在我懷中睡著

我赤裸的臂枕著你的脖子
月芽兒滑進一叢深樹
你甜嫩的乳含在我口中
流泉上拂過柔風

我呼吸你貪婪的呼吸
兩朵睡蓮期待地顫悸

你不動我也不動
一個在另一個之中

不言自明。本來如此嘛。

第四七九

幸福時寫什麼詩？
詩是痛苦的生殖器
感情悲極產生性慾
筆交於紙才痛快流出

第五一六

恨極

太陽在肆無忌憚地拉屎
蒼天在恬不知恥地屙尿
虧得你們這些自由的小鳥

在屎尿中還歡快的鳴啼！

唉，無論我如何詛咒
都達不到一個目的：
不可能有人理解
我心中罪惡的痛苦

我呼吸自己的歎氣
我浸泡著痛苦的蜜汁
我把歡笑像隻破鞋
扔在骯髒的床底

如果我要出門
我便穿上這骯髒的破鞋
唉，我多想在大庭廣眾的沙漠中

偷偷啜飲蜜汁

當你站在光禿禿的懸崖
朝萬丈深淵俯瞰
你臂部頓然會湧起一種
驚心動魄的抖顫

當你坐在高山頂的汽車
風馳電掣地下山
那跳到喉嚨的心臟也會帶來
奇異的恐怖之感

這樣兩種感覺
此刻都在我心間
當我想到和所愛的人兒

第四

永遠也無法團圓

你

第七一三

你
停在門口的腳步
請進來
門敞得大開深夜的風從光明的國度吹來
你
請進來
停在門口的腳步
深邃的走廊依然迴響著蛩蛩的足音
震我耳鼓
不
我看不見你房中的光
我怕看見你

因孤獨
而扭曲成老鷹的尖臉
你
請進來
我看不見你
一定有張動人心魄的芬芳
和怦怦跳動的擁抱
啊
你請進
我以門的名義
它曾無數次被寒冬的刀風刻擊
佈滿死人的眼睛
門敞得大開
我以走廊的名義
它曾以水泥柔軟的手臂接受我
好奇的洗禮我尋求你

去吧
註定失望的人
滾
從沒有生育的丈夫沙漠身邊走開
我已有許多英俊熱愛
去
醜八怪
世界不因相見而萎縮成花生卻變成包著蛋黃
的雞蛋
花生
進來，你請
我不能動
被情慾的五寸長釘死死釘在理智的板壁上
我不能動
眼睛象遠洋巨輪在空門廊的兩個大洋徘徊
你

停在門口的腳步
請進來！

流浪者

在心靈的版圖上你已流浪了許久、許久
你在邊境徘徊，夢想彼岸的自由
你的現實是一根根鐵的柵欄
萬里之外太陽的陰影也許沒有相連

你應著無言的召喚沉重地向那兒走去
你遇到同樣的黑夜以及相同的白晝
一切離得遠遠一切都在大笑
你從沙漠海洋中聽見了隱祕的呼號

血跡尚未開花骨髓已成化石

第五二六

陽光佈滿根根鐵柵穿透雲隙
你來不及抓住太陽便被星星陷落
宇宙捆住翅膀你背負自己飛翔

你無論走到哪兒哪兒便走到你
你是你自己同時又是你的失去
你在邊境徘徊，夢想彼岸的自由
在心靈的版圖上你已流浪了很久、很久

愛裸癖

我被刺瞎了雙眼
因為有一天我偷看了一群美女一絲不掛地
　　在藍色的溪流中沐浴
接著，雙手也被砍掉

第七二一

因為我在夢的人群中大膽撫摸了
一個身穿柔紗少女的芳乳

眼睛刺瞎，雙手被砍，我還能吻
憑著最敏感的雙唇我狂吻了一個迎面而來的婦人
從此失去了舌頭

但我是如此愛裸，如此愛裸露的胸脯、乳、唇
我克制不住啊——將火熱的陰莖深深插進
赤裸的黑夜中心

我依然熱愛裸體
哪怕已成閹人！
我那顆愛裸的心早已剜除
如今化作空氣

無所不在、無孔不入地撫愛著你：

裸體！

平常根本看不出他是這樣一個人，可見人心難測呀！

第六二五

修長的小腿，露在野菊樣潔白的裙下。倚著櫃檯。

長尼龍襪忠實地勾勒出豐腴的腿肚。

高跟涼鞋。一隻鞋跟離地，看得見五分幣的圓底。

烏黑的短髮宛若輕紗籠住美麗的頭顱。

我的目光默默地追隨她去。

過街。到賣冰棒處。折開冰棒紙。紅唇。白冰棒。

我看見美麗的冰棒紙隨著她的高跟黏起。

她用另一隻高跟踩住紙角。

你將如這張廢紙一樣，姑娘！一個惡意的
念頭閃過我腦際
你這吃酸葡萄的人
我一邊想，一邊寫

我是誰

有時我整夜對窗不言
凝視我自己的臉

有時我醒來猛然發現
渾身是洞開的槍眼

有時我在萬頭攢動的大街上
覺得可憐而又可憐

第一一二三

有時我在男歡女樂的舞場中
戴上厚重的假面

有時我混進野獸群中
彷彿還有點人味

有時我夢想成為人時
怎麼也擺不脫鎖鏈

沙漠中的車站

孤零零的車站
是
旅客和汽車
依傍的
中心

第一二二六

無情寡語的大沙漠
規定了
時代
背景

來來往往的旅客
互不相識
短暫地
逗留
永久地
分離

遠行千里的汽車
喘息著
從清晨

出發
在夜間
歸返

微弱的車燈
勉強勾勒出車站一個孤零零的側影

一切命中註定：
車站必須
等待
汽車必須
歸來
旅客們

必須
從陌生旅行到陌生

黃昏

綠草塗抹著
雲雀的尖叫倏然熄滅
大塊墨黑的斑
在簧管蟲的長鳴中

黑狗忽隱忽現
風掀動
在一簇簇密莖之間
睫毛和草尖

第五一九

黃花白花
石一般砸下
顫慄著期待
那無言的蝙蝠

這首詩我起碼看了五遍，內容並不複雜，主要是結構，好像沒有邏輯聯繫，突然我明白了。關鍵在讀法，即一、三、二、四、五、七、六、八、九、十一、十、十二。

一個瞎子給我算命

第八六一二一

如果你是個醜八怪
你妻子一定美麗無比
如果你已有了孩子
你的愛情必定轉移

如果你從小不合群
你長大也不合群，不合群地死去

如果你愛月亮勝過太陽
那是你無人撫愛的證明

如果你愛思想勝過食物
你必定終身痛苦

如果你愛自由勝過奴役
那是你還未過慣鐵窗生活的緣故

如果你熱愛詩歌，我的朋友
最好像我一樣，成為瞎子

這首詩馬馬虎虎，這傢伙並沒有結婚，怎麼能寫出這樣的東西來了，真叫人猜不透。

第七八三

獨步

最後一個黃昏，我獨自一人（如幾年前，仍舊獨自一人！）
倘徉湖邊，梧桐蟬在我的香煙
繚繞中，將豪雨傾瀉，急浪飛濺，
而湖水一派寧靜，是深夜閃光的大燈，
接通了夕陽的電，黃玫瑰的嫩紅，
簇擁著碧綠的雪光，唇紋上滑過
靜幽幽的雲朵，澄清透明的波浪，推著涼風，
滾著彎彎曲曲的花邊，從潔淨的砂底迸出，
千種奇異的彩光，黃昏的天空，那安謐的處子，
把愛情的絢爛，投入湖水的懷抱，水波
輕輕顫悸，掩不住內心的祕密，少女的大腿，

雪白的根部，被游泳衣的嫩紅
分開，幸福的自行車座，將陶醉的臉，
緊夾在雪白的雙腿之間，飛速向前，
暮色從小夥子偷偷的瞥視中，流進
姑娘孤芳自賞的眼，我讀著雪萊，他
忽視了我的心，我很快忘卻，但記得，
浸泡在水中的柔曲的雙肩，水下暗暗交融的
愛撫，映著西天的黑色剪影，挺起的乳尖，
戳在撮起的五指間，我的心卻如深夜一般寧靜，
我凝視她們，濡濕的長髮，象手指，圍抱
著豐腴的腰肢，圓圓的臉蛋，我什麼也沒看見，
也忘記了這是最後一天，疲勞黏在我的膝頭，
粉紅色的車燈將我的身影，在姑娘的乳罩和裙上
亂晃，我沒有停步，也並不回頭，月兒，像一粒
沒吃淨的白瓜籽，黏著些微嫩李子的
黃瓜瓤，我很累，但沒有停步，仍然在走，

徜徉湖邊，獨自一人（如幾年前，還是獨自一人！）

美麗的姑娘！
我心中暗暗叫好。黑得像烈日曝曬得
發軟發亮的瀝青的黑裙，那烈日是
我的目光。

美麗的姑娘。
為何要以肉色的長尼龍襪一直遮到你的大腿
根將黑裙下雪嫩的肌膚隱去？

美麗的姑娘。
我的烈日燒不化你，因為這多情而獻媚的
電扇在為你吹涼吹涼吹起薄薄的蝶翅
半明的荷葉裙裾，啊，你誘人的淺淺的膝窩！

第六二六

美麗的姑娘。

啊，你這身漆黑的薄紗，這哀悼的黑紗

哀悼我這熱力衰竭的夕陽

火車

無論走到哪兒

我都感到孤獨

我從城市的幽谷中穿過

樓群遠避我行走

我日夜在四方浪遊

滿載陌生的頭顱

第五一三

沒有朋友沒有情侶
我的同類和我一樣風塵僕僕黑不溜秋

我加速怒吼加速
擺脫不了腳上鐵軌的束縛

我到一個地方又一個地方
迎接我的只有旅人、販子、鈴聲、號旗

深夜，平原大漠和高山深谷中
只聽得見我一人無休無止的轟鳴、喘息

偶爾，我驚異於一灣白水和幾朵野紅
我想停下，它們卻倏然飛去

也許，這生活是我自己願意

我戀著自己的腳鐐，在四面八方浪跡
但我沒有眼淚沒有哭訴
我噴出大團白霧怒吼加速怒吼！

月亮

第九二七

你是孤獨的
你踽踽地走過茫茫天漠，從東到西，無人伴你
你是孤獨的

你是多餘的
你何必在門口、窗畔、床頭徘徊不去，都已熟睡，沒人理你
你是多餘的

你是失眠的

你整夜想著心思做夢也睜著眼睛凝視大地
你是失眠的

你是不被理解的
說你是玉兔桂樹又說你沒有生命還有許多其他比喻
你是不被理解的

你是我的
你把光明投在我身上你從我眼中找到你自己
你是我的

扼殺

電視迫害我直到夜深
逼得我和香煙在牆根的月影下久久徘徊

第九二七

為躲避都市的絞索和活埋坑
我匿身小鎮，不料落入市民的腰帶

受不了雞籠的騷臭、人欲的橫流
我的心參加了奧林匹克，以100／1sec奔逃

青峰撞倒在我胸口
湧出綠色的血液，蒼天俯在我耳邊藍色地呼號

我浮著滔滔黃浪追逐我的想像
月光將我凝固，一堆永動的冰碴

在杳無人煙的荒灘，讓我從荒塚抱起你：希望
儘管你一千次被扼殺

畫家印象

第一七〇一一一一三

畢沙羅談到盧浮宮時大叫「放一把大火燒掉它！」
塞尚無人欣賞，憤世嫉俗：「每一部法案的制定，
　都會有多達兩千個政客參加，可是塞尚的出現，
　兩百年才有一回。」
馬奈《草地上的午餐》被拿破崙三世宣佈為
　「淫亂！」
然而左拉向世界宣稱：「馬奈先生會在盧浮宮占
　一席地位，像庫爾貝那樣，像任何一個有首創性
　和強烈藝術氣質的藝術家那樣占一席地位。」
羅丹的雕塑全部赤裸裸的，他的《吻》在美國
　第一次展出，曾被披上棉衣，
　為了防止精神污染，持特券才能參觀！
但他堅持他的觀點直到死：「沒有什麼比人體更美，
　……人的身體傳達各種各樣的感情。」

當你給它穿上衣服，你就隱藏了這些感情，
　壓抑了這些感情，歪曲了這些感情。」
而賽凡提斯做了總結，他說：
　「我赤裸裸地來到人間
　亦須赤裸裸地離去！」

我恨呀，我恨，恨不得此時大地震，
　把博物館統統摧毀！
奇怪，一個女人沖出澡堂抓她的小偷，
　突然記起自己裸著體，竟會當場倒地死去！
而我早已裸著體（人們說我是瘋子）
　在大街小巷奔跑，和美麗的女人擁吻、
　性交
儘管他們已把我槍決一千次
我的裸體仍然忍不住要衝破一切衣裝的束縛
　和美麗擁吻

　　性交！

人類在「淫亂」譴責和詛咒的鴻溝之間
　用勃起的陰莖架一座永恆的橋
　通向神祕的陰道
連國王本人也在防護淫亂的王宮內
　走向神祕的陰道
連道學家、純潔的詩人、膽小的編輯、蠻橫的黨棍
　也在為裸體裹上棉大衣的同時，
　　豎起堅強的陰莖
　走進神祕的陰道！

那麼，你，為何還衣冠楚楚、道貌岸然地坐在這兒
　大談裸體？你的勇氣哪兒去了？

這首詩太過份了，我替那些被他詛咒的人感到憤怒，但我仍同意他的觀點，覺得這樣寫未嘗不可，因此抄寫下來。管它呢，反正他已死了，死在異鄉，再也不可能把他的屍骨從墳中挖出，抽打五百鞭子吧！

第三九九

一個垂死的詩人對世界宣戰

太老了，你戴著假面的屍身！我恨！
恨是我最後的呼吸，我將火山爆發了然後去死！我恨！
恨是我的血液地震，一夜摧垮萬座大廈，我恨！
恨是我的玫瑰刺，把美麗的纖手紮得血流，我恨！
恨歷史的名人，它們的墓碑壓得我喘不過氣，我恨！
恨今世的官詩人金藝術，他們的偽善圍攏過來，把我掐死，我恨！
恨成批製造的思想機器人，他們的千篇一律逼得我嘔吐光五臟六腑，我恨！
恨生活的牢籠，這樣緊緊、緊緊地箍住我的雙翅，我恨！
恨自願被人強姦的屄，它們為追求頭銜和銀行拋棄我的吻，我恨！
恨是我龍捲風的巨掌，倏然間拂去千萬座田莊，我恨！

恨是我被犁得四分五裂的胸脯，掙破雪岩的重壓，爆出火綠的新芽，我恨！
恨是我厚得無法穿透的身體，緊緊貼近地面，窒息它惡濁的呼吸，我恨！
恨是我白蟻的牙齒，不舍地蛀你豪華奢侈，終使你倒塌，我恨！
恨是我的糞便和尿，通過植物根部，再度充滿你消毒的身體，我恨！
恨是我的秦始皇，把所有道德經、假正經，統統付之一炬，我恨！
恨是我越獄的鋸，不斷鋸著鐵欄杆，世界搖晃了，斷裂了，我真恨！
恨飲鴆止渴，自己給自己大卸八塊，我恨呀真恨！
恨被人收割著，堆成垛，豐收了，夢想著來年的茂盛，我恨！
恨被人鞭打著，嫉妒著，惡罵著，背後指著，恨我恨！
恨被奸著，騎在兩胯之間，深深插進去，恨紅了恨！
恨微笑著，緊閉想咬人的利齒，射出冷冷的光，恨親切地握著恨！
恨吵著，打著架，摔臉盆、手錶、玻璃杯，恨離婚恨！
恨沸騰著穿過我衰朽的骨架，恨恨地咒罵全世界的不公平，我恨！
恨權力的腐敗，政治的無能，經濟的墮落，人性的獸化，我恨！
恨人生的無聊，生命的漫長，榮譽的可卑，道德的偽善，我恨！
恨人的小器，追求的渺小，智慧的扼殺，愚蠢的取勝，我恨！

恨！我首先是恨，然後，屍體變木，心與艮結合，成為完美不朽的恨！我恨！

這簡直是到了極點，喪心病狂！人心真難測。我和他同學幾年，很少見他紅過臉，更沒有在大夥兒面前表現出絲毫憤世嫉俗的思想。這首詩當時我草草翻看時竟然漏掉了，不然，我會趁他尚未離開時找他商量一下怎麼辦。依我看，最好銷毀，或者乾脆永不見天日，要不，讓人見了興許會掉腦袋。這個國家因為說錯話掉腦袋的人何止十萬！更不用說有意說的話。按我原來的意思，人實在生下來沒有舌頭和大腦的好。有這兩樣東西，你又哪裡敢想，哪裡敢說呢？因此，活著不如死了。可現在，他早已魂歸天外，到哪找他去說理？只好和盤托出，抄在這裡，反正世上已發生的事，想瞞也是瞞不住人眼的，其實，人真正想瞞的無非一個字：惡。可有誰能瞞得過去呢。所以現在我學精了，對那種把自己吹得天花亂墜、神乎其神的人，或被人吹成這一類的人，我就特別謹慎，特別疑心，知道背後有鬼，我抱定一個理：我不相信。

在此，我順便提一下，他的詩經我篩選，就照抄了這麼十幾首，其他的嘛，就讓它們見鬼去吧。這幾首也還不知道命運如何呢。不過我相信一個道理：真正的勝利不是暫時的得勢。不發表就必定發霉。見鬼去吧，我不相信。說實話，發不發表我根本不在乎，我寫這些完全是為了自娛，說句俗話，為了混時間，一直混到我自殺為止。到那時，我並不打算把東西留下，準備用繩捆在腰上，沉沉地把我墜入河中或別的什麼地方，比如當作引火自焚。

一年前，我在草地散步時，偶然撿到這本東西，大小如同一塊豆腐乾，厚薄也差不多，封面有塊油漬，正中寫個幾乎快頂天立地的「正」字，封底一角有球鞋底踩踏的痕印，上面用圓珠筆橫七豎八亂劃了幾道。打開第一頁，一行泥車轍赫然映入眼簾，根據窄窄的花紋分析，顯然是自行車輪壓的。每一頁上都標了頁數，但從三六頁之後，就沒再標頁數了，儘管仍有文字記載。我把它從頭至尾翻了翻，覺得很有意思，如果我能從上面辨認出某個熟識的人或名字，意思可能還不會有這麼大。現在讀它時，我忽然產生一個強烈的願望，希望找到它的失主，不管他是否有意丟棄（這很有可能、因為記有名字的扉頁撕掉了），還是無意失落，我都應該將它物歸原主。我希望其中的文字照錄下來後，能有人寫信或打電話給我，我向他保證，這件東西我一定替他保存好。

現在，就是這個小筆記本的全部。

瘋人狂想

夜風起來了，涼的。全身的毛孔，似乎都在一瞬間張開了，像洗熱水澡一樣，猛地，渾身上下麻酥酥的。風中有著一種說不出的味道，只覺得腦子清醒了許多，然而卻又陷入深深的麻木。有些□熱。〈注：文中有些字句無法辨認，因空，後同——拾者〉

忽而，隨風飄來的，是一陣悠揚的琴聲，和著這夜。『小太陽』下的樹葉，婆娑起舞；樹下的人，卻在刻苦學習。這時，會想起許多□情。過去的，還有未來的——是夢想吧。總之，夢境也許就是這樣。

愉快接踵而來的是□然，□□從何想起，自己也不甚清楚。——神經病，往往是憂鬱症。

聽著那熟悉的「噹啷啷」聲音。是在失眠中的，半睡狀態下的。卻得它刺激著大腦皮層。

有些緊張，不過只是瞬即消失了。

而後，更多的，胡思亂想進入真正的夢鄉。

最後的，我只是構思，也許我有些故意地做作，可卻實實在在是真的。

墨墨濃濃不是夜，
清清爽爽卻乃晟。
有雲無雨風推月，
無聲有香仙走神。

成[]充滿異樣的感覺。每當我聽到一首動人的詩或歌聲響在夜空時，愉快，高興，呵，我不知用什麼詞來形容這種特別的心情，就叫它special thing吧。

我想起許多美好的卻又使我想真正經常惆悵的往事和未來的遐想，[][]被一種[]氣所沖散的九重天外。

我想當一名作家，首先我構思一篇小說。可這偏偏是我最大弱點的範[]，我這個人就愛吹牛，卻沒有堅強的意志。

一扯遠了，就會感到疲倦。

可只要這麼一想，猛地吸上一口空氣，下意識地，腦子似乎清醒了許多。

我要毀滅地球，我要研製要這種人類消亡的工具。

我太空虛無聊了，除非做作業，看書，不然我就會憂鬱一大陣日子。

我用裝模作樣的語氣說著，除[]和掩飾空虛，可偏偏有時洩漏天機。

我對前途一無所知，我的確有些相信迷信，因為我沒有精神依託。我感到我自己這種境況非常危險。可又不知怎麼辦。我總是會由於一時的激動，心中默[]定下豪言壯語，事後，卻[][]皆無。

我總是懷疑自己是否有何大[]或者大惑。當然我說出來也許就不吉利。我卻自命不凡。

雨中的景，我還沒有欣賞過。有機會看到，真是有些寶貴。

細細地密密地麻麻地，舔著身上、臉上，涼爽，真有些過癮。

雨雪霏霏，朦朦朧朧。豔麗的桃花，姹紫嫣紅，不[][]地雪白地，花片散落樹下，綠得清，水淌淌，風習習，稀稀。

像一片陸地，湖面被水擊打起一陣泡沫，泛成一片。刷刷刷，秋蟲低吟，亭子，小山，霧裡夢中。

路滑水的，一不小心，仰天跤或者咀啃泥，那才是一件不大愉快的事情。

想什麼，寫什麼，我想到的非常自私和無聊。

在遙遠的倫琴實[]，我就生活在一個小池子裡。

地球是一個原子或者是電子，也許更小，太陽是原子核。銀河系是一個由[][]分子構成的物體。[][]地，又在一個地球上，那種人，便是跟我們一樣。

他們也如同我們一樣，而我們所發現的物質分子、原子、電子，又是一個星系，一個星球，上面還有我的。

一個數軸上的點就是地球，點的兩段無限長。

世外桃源，在我的心中出現了好幾個，也是好幾次。

在我的想像中——占地兩千平方米的仙境，與世隔絕。

為了防止地震，兩平方公里的地下，全部是充氣高壓薄膜室。在「天」上，可以有一個能自由啟封的萬能罩子，即使用導彈來炸，也是無濟於事，因為那層罩子，是用特種物質製成，我願意它只知道如何製造，卻不知怎麼破壞。

境內，有兩幢三層樓的房子。一幢住人，一幢是實驗室。

室內一切陳設，一應俱全，由電腦控制，萬事只用理[ ][ ]序，輸入它的終端機內，便可放心了。因為它是絕對可靠的，它的能源最方便，既可以用水，也可以用太陽能。

食物的來源在儲藏室裡，而儲藏室有一千多平方米，儲藏的食物，夠五百人吃上一百年的，它們都是通過最理想的機器「食物換成機」造出來的，利用空氣和水，然後從土壤中提取各種人體需要的維生素、無機鹽等等成分加之而成。

啊，最好這個機器只能連續使用一次，也就足夠了。

這裡的空氣，絕對新鮮，任何病毒和細菌都沒有，只有花香和鳥語——在花園裡，這也是一個園中之園，裡面與這個仙境又隔絕起來，使用同樣的材料。

這兒有假山，有小溪，養著成群的野獸。這兒沒有它們的天地，卻有的是食物，當然，我也有限制它們生長的方法，不致它們氾濫成災。

池中的魚，可是豐富多樣了，池中水草適宜地生長著，四季如春，在這兒也是一樣。

我想，這些小動物們，也會感謝我為它們設計了這樣的一個安樂窩吧！

在實驗樓裡，有電影院，圖書室，健身房，娛樂房，電子遊藝室，還有教室。老師是電腦，學生嘛，就是我和一些人。

這些人，是我最信得過，最喜歡的人。可以幫我消愁解悶。

若想尋求刺激，那就可以出去乘上一輛「超空中堡壘」——想像中的一種交通工具和武器。它可以時速一公里五點四行駛。可以上天、下地、入水，當然也可以在公路上疾馳。

它進攻的武器是一台可控性鐳射發生器。它的最大威力，足以摧毀一幢百米大樓，穿透任何一種物質，當然不包括那種特殊薄膜。

乘上它，通過一個唯一的門出去。來到人間，隨意閒逛。——在他們看來，我們就是宇宙人，乘坐的，就是一架架飛碟。

在這裡面，可以活到一千歲。我們每個人都死後，它就會自動進入大氣層，不復存在。

當然，我們其中的每個人都不會叛逃的。

如果覺得這樣都無聊，就可以乘坐另一種堡壘，到別的星球上去拜訪。

我的這個世外桃源的位址在百慕大三角洲海底。

昨天，一切還是好好的，可我今天發現了，所以我終於崩潰了，我更加自悲，我更加可憐自己，我想哭。

慾哭無淚。可偏偏晴天下起了狂雨。觸景生情，心中更是低沉。

他也許會獲得幸福，我卻非常不是滋味，當我看見這些時，我全身都又發麻了，我真嫉妒，人□□□，嫉妒啊。

——我曾經聽過，嫉妒和愛情本來都是一對孿生姐妹！

我又下淚起來，我非常苦惱，可這些又多麼像是一個神經病。

我愛她，非常愛她，可我卻不能表白，我處在這樣一種環境，這樣一種地步，且偏又與她無緣。

我會發狂嗎？

我會為此而衝動嗎？

我是會努力克制住自我的。

她的形象，我只是永遠記住，永遠地，就象埋在岩石底下一樣。

我長大了，我會到邊疆去的，因為我無緣，我也不想勉強。

我只好用孤獨來折磨我自己，以使我更加愛她。

就象所有的幻想一樣，這也許是會成功的。我不……（這一頁被全部撕去，只剩一小角），……高大結實，臉膛……不影響他……

算了吧。要是老師看到了，我們不就完了。』說完，他自己就走開了。

我只好也跟著他一起走了。當時，我覺得他非常傻，可現在想起來，卻覺得他走得是很對，相反地，我自己倒覺得自己有些傻，因為我這樣是，害了我，也害了她。

所以，我感到深深地慚愧。

啊，我驚呆了，因為我發現我得了一種不治之症！

呵，難怪我平時總是有些怪思想。

——心臟病、癌或其他病症。

我心中總是很矛盾，所以我總是郁歡無常，愛激怒，□愛顯示自己——我存在這個世界上——我需要人同我在一起。

我最厭惡而又不能擺脫周圍的一切，雖然我不相信神或上帝的存在，但現在不得不埋怨自己的命運，嗟歎人生為何如此不平。

我看不慣我的衣食住行。太差勁了。窮酸得要命。何必如此呢？

我不喜歡這個世界，至少對於現在來說。雖然隨時都充滿幻想，卻始終沒有實現過一次。

過節了，媽媽花了四毛四分錢買了一掛二百響的鞭炮，給我和弟弟妹妹過節用，真是可憐呀！難怪我長久陷入自責和自悲中不能自拔。

我的早餐，是最糟糕的。通常是一碗泡糊米飯，有時有幾塊大頭菜，沒時就吃白飯。卻訂了一瓶牛奶（半磅）。二個人分著喝。難道這點營養可以充當一頓早餐嗎？

錢！我恨它，卻又不得不想得到它。

將來我崇拜的是一個高尚的境界，但又處處遇見的是庸俗不堪的東西。

我變老練了，這是杜說的。是嗎？我的確變老了，過早成熟促使我心□□□開發展。這□環境和所看□□□談與研整段的文字到此終止，後面每頁有時是幾個大字，有時是一兩個大字，都是一些絕望的叫喊，如：

我想大聲喊
卻又無言

真他媽的！

人為什麼要活著？
信仰能改變我嗎？
我的信仰是共產主義！！！

生　愛　若　二
命　情　為　者
誠　價　[　]　皆

可更〔〕可
貴高故拋

自殺吧！

與不如
其好活
賴
死放你奶奶的
遺傳猴屁

人的一生只有一次，若能投胎，那自然可以得到更多的，
可我已經
過去了

我是一個
神經病

狂人

千古風流，
逝去也哉！

自殺並不是神祕之物
看你如何呼吸吧

矛和盾

哈哈哈
笑你媽那個

（這一頁是個鋼筆畫的頭像——拾者注）

（後七頁為七個鋼筆畫的頭像——拾者注）

這件事辦完了，我大大地鬆了一口氣，這一鬆氣不打緊，我胸中鬱積已久的煩惱、仇恨、不幸、憂愁頓然消失，我不禁覺得我自殺的時機尚未成熟，我不想再寫下去了，我已厭倦了這種無休無止的思想，我覺得人與獸之別並不在於人有思想感情而獸沒有，而在於人是能行動的，能運用思想行動的，而獸不能。我如果要自殺，也必須等到我找到這本筆記的主人。

我相信我會找到他的。

我相信像他這樣的人決不在少。

我相信我一定要在找到他時再自殺。

釀小說80　PG1532

憤怒的吳自立

作　　者　　歐陽昱
責任編輯　　盧羿珊
圖文排版　　周政緯
封面設計　　王嵩賀

出版策劃　　釀出版
製作發行　　秀威資訊科技股份有限公司
114 台北市內湖區瑞光路76巷65號1樓
電話：+886-2-2796-3638　傳真：+886-2-2796-1377
服務信箱：service@showwe.com.tw
http://www.showwe.com.tw
郵政劃撥　　19563868　戶名：秀威資訊科技股份有限公司
展售門市　　國家書店【松江門市】
104 台北市中山區松江路209號1樓
電話：+886-2-2518-0207　傳真：+886-2-2518-0778
網路訂購　　秀威網路書店：http://www.bodbooks.com.tw
國家網路書店：http://www.govbooks.com.tw
法律顧問　　毛國樑　律師
總 經 銷　　聯合發行股份有限公司
231新北市新店區寶橋路235巷6弄6號4F
電話：+886-2-2917-8022　傳真：+886-2-2915-6275

出版日期　　2016年5月　BOD一版
定　　價　　380元

國家圖書館出版品預行編目

憤怒的吳自立 / 歐陽昱著. -- 一版. -- 臺北市：
釀出版, 2016.05
面；　公分. --(釀小說；80)
BOD版
ISBN 978-986-445-098-5(平裝)

857.7　　105003649

讀者回函卡

感謝您購買本書，為提升服務品質，請填妥以下資料，將讀者回函卡直接寄回或傳真本公司，收到您的寶貴意見後，我們會收藏記錄及檢討，謝謝！如您需要了解本公司最新出版書目、購書優惠或企劃活動，歡迎您上網查詢或下載相關資料：http:// www.showwe.com.tw

您購買的書名：________________________________

出生日期：________年________月________日

學歷：□高中（含）以下　□大專　□研究所（含）以上

職業：□製造業　□金融業　□資訊業　□軍警　□傳播業　□自由業

□服務業　□公務員　□教職　□學生　□家管　□其它________

購書地點：□網路書店　□實體書店　□書展　□郵購　□贈閱　□其他

您從何得知本書的消息？

□網路書店　□實體書店　□網路搜尋　□電子報　□書訊　□雜誌

□傳播媒體　□親友推薦　□網站推薦　□部落格　□其他________

您對本書的評價：（請填代號　1.非常滿意　2.滿意　3.尚可　4.再改進）

封面設計____　版面編排____　內容____　文／譯筆____　價格____

讀完書後您覺得：

□很有收穫　□有收穫　□收穫不多　□沒收穫

對我們的建議：________________________________

____

____

____

請貼
郵票

11466
台北市內湖區瑞光路 76 巷 65 號 1 樓
秀威資訊科技股份有限公司 收
BOD 數位出版事業部

（請沿線對折寄回，謝謝！）

姓　　名：＿＿＿＿＿＿　年齡：＿＿＿＿　性別：□女　□男

郵遞區號：□□□□□

地　　址：＿＿＿＿＿＿＿＿＿＿＿＿

聯絡電話：(日) ＿＿＿＿＿＿＿＿ (夜) ＿＿＿＿＿＿＿＿

E-mail：＿＿＿＿＿＿＿＿＿＿＿＿